豊洲周辺
茅場町
清澄白河
深川警察署
木場公園
深川公園
門前仲町
数矢小学校
富岡八幡宮
越中島一丁目
都営大江戸線
東京メトロ東西線
木場
永代通り
東陽町
越中島
中央区
東京海洋大学
佃二丁目
新富町
越中島三丁目
JR京葉線
木場一丁目
深川線
佃三丁目
月島
越中島二丁目
江東区
勝どき
晴海運河
豊洲一丁目アパート
芝浦工業大学
(豊洲キャンパス)
塩浜二丁目
豊洲一丁目
塩浜一丁目
日本ユニシス(株)
潮見
シティタワーズ豊洲
ザ・シンボル
晴海一丁目
ザ・トヨスタワー
(株)IHI
枝川二丁目
豊洲北小学校
枝川交番
シティタワーズ豊洲
ザ・ツイン
朝凪橋
豊洲運河
スーパービバ
ホーム豊洲店
枝川一丁目
豊洲小学校
豊洲四丁目
豊洲運河
水上派出所
豊洲五丁目
深川第五中学校
SIA豊洲
プライムスクエア
がすてなーに
ガスの科学館
(仮)豊洲西
小学校予定地
シティーコート豊洲
豊洲六丁目
NBF豊洲
キャナルフロント
(仮)昭和大学
新豊洲病院
(建設中)
辰巳橋
イオン
新豊洲
東雲水門
東雲一丁目
辰巳
新豊洲変電所
(テプコ豊洲ビル)
KDX豊洲
グランスクエア
東雲キャナル
コートCODAN
築地魚市場
移転予定地
晴海通り
アミューズメントパーク
ウェアハウス
東雲住宅
N
ゆりかもめ
市場前
晴海線
0
500m
有明

第一話

橋向こうのかぐや

2010年8月

橋向こうに落ちる。

そんな浮遊感だった。

「豊洲駅前交差点を左です」

助手席で指示しながら、岩倉梓はシートベルトに軽く手を添えていた。

木場にある深川警察署から、三ツ目通りを南へ。東京ベイエリアは、埋め立てた島と運河で構築されている。そのひとつ枝川を通り抜けると、すぐ目の前に迫る朝凪橋は、時代劇に見る日本橋のように、橋の向こう側が見えない太鼓橋なのだった。

車はぐんと一瞬中空を目指し、それから落ちる。——豊洲のなかへ。

高層マンションの窓が、八月半ばの太陽を受けてぬめるように輝く。

「豊洲五丁目ですね」

ハンドルを握る佐々敏之が、確認するように言った。急いでいる。慌ててはいない。刑事になって半年未満の若手にしては、態度が堂々としている。背が高く体格がいいせいで、そう見えるのだろうか。

深川署の生活安全課は拾いものをした。上司たちがそうささやきかわすのを、梓は耳にしたことがある。パートナーを組む後輩は、仕事ができるに越したことはない。しかし、軽い嫉妬も覚える。自分が生活安全課に配属された時、上司や同僚になるべき男たちの目は、期待がすみやかにしぼんだと言いたげではなかったか。

――なんだ、オンナか。

「五丁目です」

武骨な太い眉を持つ佐々に、梓は短く返した。女性警察官の数も増えているとはいえ、警察はその職務上、いまだに男性中心の職場だ。しかし、女性を必要としないわけではない。女性被疑者の身体検査をするにも、女性警察官が必要だ。女性から事情聴取を行う時には、女性のほうが話しやすい場合もある。男性警察官に比べて女性警察官は圧倒的に数が少ないので、職務を離れたところでは何かとちやほやされる。昇進試験で差別を受けるわけでもない。優秀な女性警察官が、警部や警察署長に昇進していくご時世だ。

――とはいえ。

不毛なもの思いから覚め、梓は車窓を眺めた。橋のたもとには、ダークな色調のツインタワーがそびえたっている。つい先年完成した高級マンションだ。その向こうには、いつも買い物客とその車で溢れかえる、祝祭の渦のような巨大なホームセンター。時おりビルの隙間から、建設中のスカイツリーが小さく姿をのぞかせる。それを見ながら、交差点を曲がる。

ここに来るたび、梓は街が〈沸騰〉していると感じる。ほんの十年前まで寂れた埋め立て地だったこの島は、今さなぎが蝶へと脱皮するように、華やかな変容を遂げつつある。

「あのマンションです」

佐々も気づいているだろうが、梓は念のため目的の建物に視線を送った。

「了解」

豊洲にそびえる、もうひとつのツインタワー、シティコート豊洲——東雲キャナルコートや、アクティ汐留などに続く待望のデザイナーズマンションとして、UR都市機構が建設した、都内でもっとも新しいUR賃貸マンションだった。

うたい文句は、「銀座までメトロで五分」。夜遅くなって終電車を逃がしても怖くない。タクシーに乗ればすぐだし、いざとなれば歩いてでも帰れる距離だ。およそ八百世帯が居住可能という四十階建てのツインタワーは、外国の映画に出てきそうな未来都市風のメタリックなデザインだった。

いま、その玄関先に、警視庁のパトカーが一台停まっている。

佐々は、パトカーの真後ろに車を停めた。深川警察署の覆面パトカーを借りてきた。庶務課に、生活安全課への異動を希望している女性警察官がいる。おかげで事務手続きがスムーズだ。そのうち彼女に自分の居場所を奪われるのではないかと、梓はひそかに気が気ではない。

エンジンが止まるより早く、シートベルトをはずして片足を地面に下ろしていた。車を出ると、アスファルトの上はフライパンで炒られるような暑さだ。あんまり暑いので、上着を脱いで腕にかける。上着の内側に、ピンで止めた神戸の長田神社の肌身守が揺れた。

毎年、正月になると母親が新しいものを送ってくる。ドアミラーに、濃紺のパンツスーツと、白いシャツの自分が小さく映っている。仕事中は男性と同じように、紺かグレーの地味なパンツスーツで通している。三十代になれば、リクルートスーツに間違えられる恐れもない。私服刑事になって制服は脱いだが、いまはこの堅い服装が梓の制服のようなものだ。セミロングの髪は、邪魔にならないよう後ろで束ねてアップにしている。腰の丸みがなければ、男の子のようにも見えるかもしれない。

梓はパトカーに近づき、内部を覗（のぞ）きこんだ。誰もいない。

「上がりましょう」

佐々を促し、エレベーターに向かう。

問題の部屋は、西棟八〇二号室。八階の端から二番目の部屋だ。

今日の午後二時十分頃、豊洲駅前の交番に、通行人から通報があった。シティコート豊洲の八階ベランダから、子どもが落ちそうになっているという。交番に詰めていた警察官が駆け付けると、大勢の通行人や近所の人々が、布団や毛布などをマンションの下で抱えて、子どもに声をかけ励ましていた。

ベランダの手すりから、身体（からだ）を半分出して泣きわめいていたのは、三歳くらいの女児だった。遊んでいて、隙間から身体を出し、抜けなくなったように見えた。

警察官は八階に急ぎ、家族がいないかと呼び鈴を鳴らしたが誰も出ない。マンションの管理者とともに鍵を持って駆け戻り、中に入って子どもを救出したのだが――。

ドアを開けたとたん、鼻をつく異臭に彼らはぎょっとしたらしい。間取りは１ＬＤＫ、玄関を入ってすぐ、十畳ほどのリビングになっている。その部屋が、ゴミで溢れかえっていた。

コンビニの袋、食べ残して腐った弁当、ペットボトルや空き缶の山――。それらをかき分けるように彼らは進み、ベランダに出て痩せこけた幼児を救出した。

あまりに小柄なので三歳くらいに見えた女児は、五歳であることがわかった。栄養が行き届かず、成長が普通の子どもより遅いために幼く見えたのだ。女児は、ほとんど満足に会話することもできない状態だった。脱水症状を起こしており、このまま放置されれば、間違いなく命を落としていたはずだった。

室内の状況といい、幼い子どもをひとりで放置して親の姿が見えないことといい、これは様子がおかしい――ということになり、児童相談所とともに、生活安全課の梓たちにも声がかかったというわけだった。

生活安全課の職務範囲は、生活安全相談、少年・家出人相談、風俗営業許可等。口の悪い連中には、殺人や組織犯罪、交通事故などを除く、いわば「犯罪の何でも屋」だと呼ばれている。

「お疲れさまです。生安（せいあん）の岩倉です。こちらは佐々」

八〇二号室では、制服警官二名が室内を捜索しているところだった。児童相談所の職員は、まだ来ていないようだ。

「ご苦労さまです」

　マスクと軍手で武装した巡査部長の諸角が、顔を上げてこちらに近づいてきた。最初に通報を受けた、豊洲交番勤務の巡査部長だ。四十代半ばで、白髪がこめかみを埋めつくしている。

「それで、女の子は」

「脱水症状がひどいので、救急車を呼んで病院に運びました。いま手当てを受けています」

「住人について、教えてもらえますか」

　佐々が手帳を開き、メモを取る姿勢になる。彼が感心なのは、深川署生安のホープと持ち上げられても、少しも高ぶらずに先輩の梓を立ててくれることだろうか。たとえその先輩が、いまひとつぱっとしない存在であっても。

「八〇二号室の賃貸契約者は、宮崎奈津子。二十七歳です。住民票には、奈津子と子どもふたりが登録されています」

「ふたり？」

「ベランダで見つかった麻耶という五歳の女児と、八歳になる透也という男児のふたりですね。男の子のほうは、まだ見つかってないんです」

　梓は思わず、室内に目をやった。聞きしにまさるゴミの山だ。靴を脱いで上がるのを躊躇する汚さだった。先に来た彼らが窓を開けておいてくれたおかげで、臭気は多少抜けている。——まさか、この中に子どもが埋もれているのだろうか。

諸角巡査部長が察して首を横に振った。

「幸い、そうではないようです。念のために中を確認しましたが、誰も埋まってやしません。ゴミばっかりで、食べられるものはひとつもない、とんでもないありさまですがね」

それに、と彼は言葉を継いだ。

「麻耶という女の子が、うわごとで、お兄ちゃんが昨日ママを捜しに行ったと言いましてね」

梓は佐々と顔を見合わせた。軽々しく感情を見せない佐々だが、さすがに心を動かされた様子だった。

「母親が出て行ったということですか。子どもふたりを残して」

「男の子が家を出る時、鍵を閉めたようです。女の子は鍵に手が届かない。窓からベランダに出て、助けを求めようとして、手すりにはさまってしまったというところでしょう」

踵の低いローファーを脱ぎ、ストッキングを穿いた足で、なるべくフローリングの床が覗いているきれいな部分を選んで進む。

梓は、くだんのベランダに近づいた。1LDKの室内は、クリーム色の壁にフローリングの床、しゃれたデザイナーズ家具が置かれ、都心の洗練された空間を体現する——はずだった。それが、どういうわけかゴミ屋敷だ。

UR賃貸とはいえ、都心のデザイナーズマンションである。家賃は月に十数万は下らない。子どもをふたり連れた若い女性が住んでいた、という点にも違和感がある。子どもの父親はどうしたのだろう。

窓の向こうには別の高層マンションが目前に迫り、築地の魚市場が引っ越してくる予定の、巨大な空き地が遠景に広がっている。見晴らしは悪くない。

ベランダには、鉢植えのひとつも飾られていなかった。小さな子どものいる家では、手すりから子どもが落ちないよう腰板を置くこともあるが、若い母親はそこまで気が回らなかったようだ。サンダルだけ放置されているベランダは、殺伐とした光景だった。梓なら、観葉植物のプランターでも置きたいところだ。グリーンが目を楽しませ、生活に潤いを与えてくれる。

ふと、気がついた。この部屋から感じる、荒涼とした気配。たんに室内がゴミに埋もれているからではない。生活を楽しもうとする気配が、どこからも感じ取れないからだった。手すりの隙間はわずかだ。そこにぴたりとはまり込むほど薄い子どもの身体を思いやって、梓はため息をつきそうになった。

ベランダに、お茶のペットボトルがひとつ落ちていた。底にわずかに残る液体は透明で、水のようだ。後に残していく妹のために、小学生の兄がボトルに水を詰めて渡したのだろうか。

母親は、いったいいつから姿を消しているのだろう。

「宮崎奈津子の職業は？」

「URに提出した源泉徴収票には、京橋の企業名が書かれていたんですが、調べてみたところどうやらアリバイ会社らしいですね」

諸角の言葉に梓は眉をひそめた。アリバイ会社とは、夜の勤めに出ているなど事情のある人が、家族や恋人に勤め先を教える必要に迫られたり、ローンの申し込みをしたり、住宅を借りたりする際に利用するものだ。在籍証明や源泉徴収票、収入証明などの書類を企業名で発行してくれる。

UR賃貸は契約時に保証人を必要としないが、その代わり申込資格が厳しく定められている。申込者本人の平均月収額が、UR都市機構の定める基準月収額以上、もしくは貯金額が基準額以上であること。宮崎奈津子は、その基準を満たすためにアリバイ会社を利用したのかもしれない。

「クローゼットの衣類を見ると、まずクラブホステスじゃないかと思いますね」

諸角がクローゼットの扉を開けてみせた。サテンやシフォンの華やかなドレス類を見て、納得がいく。

「管理人も彼女の本当の勤め先は知らないんですね」

「知らないそうです」

梓は唇を噛んだ。とにかく、早急に宮崎奈津子に連絡をつける必要がある。透也という男の子の行方も探さねばならない。夏場とはいえ、八歳の子どもがどこをうろついているのか。

「それじゃ、同じフロアの住人に、話を聞いてみましょう」

近隣の住人なら、奈津子の連絡先くらい聞いているかもしれない。そう考えて、佐々と手分けして八階フロアを回った。

マンションの内部は、恐ろしいぐらい静まりかえっている。

見通しの良い白っぽい廊下はのっぺりとした印象で、デザインは凝っていて個性的なのに、なぜか特徴に乏しい。建物は新しくきれいで、採光も申し分ない。なぜ、こんなによそよそしい感じがするのだろう。

「誰も応答しませんね」

佐々が首を振った。八階フロアには十戸の住宅があるのだが、誰ひとりとして呼び鈴に答えるものがいないのだった。

「管理人の話では、昼間はみんな仕事に行ってるそうですよ」

諸角が、額の汗を拭いながらため息をつく。

「共働きの若い世代が多いそうです。日中は子どもを下の保育所に預けて、仕事に行ってしまう。宮崎奈津子のように、夜働いている人間は珍しいと言ってました」

「この建物に、保育所があるんですか」

一階に、テナントがいくつか入っていることは知っている。コンビニや学習塾、クリーニング店などの看板を見かけたが、保育所まであるとは知らなかった。

「宮崎奈津子は、子どもを保育所に預けたことがあるかもしれませんね」

男児は小学生だが、女児は就学前だ。仕事に出かける前に、保育所に預けた可能性はある。佐々も梓の意見に頷いた。

「私たちはもう少し部屋の中を調べて、勤務先や親戚、友人などの連絡先を探してみます。このゴミを片付けないことには、どうしようもないが」

困惑したように、諸角が唸った。

「お願いします。私たちは、後で子どもの病院に寄ってみます」

麻耶という子どもが、少しでも会話できる状態まで回復していれば、何かわかるかもしれない。

佐々を連れて階下に降りた。

一階のテナントを端から見て歩くと、驚いたことに、保育所が三つ、学習塾がふたつに、子どもの理科的興味を伸ばすためのサイエンス塾がひとつあった。あとは歯医者にコンビニ、クリーニングなどの生活関係のテナントだが、圧倒的に子どもに関する店舗が多い。

豊洲は、おそらく全国でも有数の児童数が多い街だ。大規模ショッピングモールのららぽーとや近くのショッピング・センター、スーパーなどを歩いてみれば、それがよくわかる。他ではあまり見かけなくなった幼い子どもの集団を、ここではあちこちで見ることができる。

江東区豊洲。江東区は、東京二十三区の中でも、東京湾の埋め立て地に占める面積が多い区だ。隅田川、荒川と東京湾に囲まれた江東区には、木場、深川、門前仲町といった古くからの土地のほか、豊洲、東雲、有明、青海といった新たに開発された土地が含まれている。有明、青海はテレビ局のある港区台場のすぐそばで、有明コロシアムや日本科学未来館などもあり、イベントのある日や夏休みなど家族連れでにぎわう場所だ。梓がいる深川署は、その江東区のうち一部を管轄区域として受け持っている。豊洲もその中に含まれている。

東京電力の火力発電所や、石川島播磨重工業の工場などが並ぶ工業地帯が、時代の変遷とともに姿を変えた。工場が消えると、跡に残されたのは東京都内ではもう期待できないほど広大な「空き地」。銀座からメトロで五分という立地条件も有利に働いた。おかげで、この地区は高層マンションの建設ラッシュにある。豊洲・東雲・有明地区の人口は、現在の八万人ほどから、平成三十二年には二十万人を超えるだろうとも予測されている。

全国的に人口の減少局面に入ったと言われるなか、異例の地域だ。

子どもの姿をよく見かけるのも当然だった。増加する子どもに対応するため、小中学校も増え続けている。ひとつのマンションにこれだけ学習塾などがあるということは、親たちも教育熱心なのだろう。

三つの保育所をひとつずつ訪ねて回った。刑事の仕事は根気が必要だ。丁寧に事情を説明する。宮崎奈津子を知る職員はいなかった。彼女の子どもたちを預かったことがある保育所は、シティコート豊洲の中にはひとつもなかった。

「それじゃ、母親も男の子も行方不明なのか」

深川署は木場公園の前にある。木場駅前から徒歩で五、六分、都心にしては緑の多い良い環境だ。

班長の八坂恭一郎に問われ、梓は頷いた。

女児が救急搬送された病院にも足を運んだが、面会は医師に断られた。運びこまれた時、かなり危険な状態だったらしい。面会できる状態になれば、連絡すると言われた。

八坂班には、班長以外に刑事が六名配属されている。佐々と梓のペア以外に、美作と和田、近藤と依藤というベテランと中堅の男性ペアがふた組いるのだが、彼らは別の事件で出払っているようで、姿が見えなかった。今夜は風紀の摘発があるとか言っていたようだ。

「男の子は、迷子として保護されている可能性もあると考えましたが、近隣の警察署を含めて該当する子どもはいないそうです」

八坂班長のデスク脇に、梓と佐々は並んで立った。佐々は梓に報告をまかせ、静かに梓の言葉に頷いている。

八坂班長は、デスクに肘を載せ、何か見落としがないかチェックするように目を瞬いた。四十代後半。若い頃には、著名な二枚目俳優に似ていると言われたらしいが、向こうは髪が薄くなり、八坂は鬢のあたりが白くなったので、今ではあまり似ていない。

男児は小学三年生。夏休み期間中だが、校区を調べ、担任の教師と連絡をとることができた。ところが、担任ですら、母親の携帯電話の番号や職業などは知らないというのだ。

昨今の個人情報保護に対する意識の高まりを受けて、以前は作成してPTAに配布していた連絡先の一覧表なども作られなくなっている。学校側は自宅の電話番号のみ知っていたが、緊急連絡先までは押さえていなかった。

担任は梓よりもはるかに年上の女性だったが、母親がふたりの子どもを放置して姿を消していると聞いて、信じられない様子だった。事故にでも遭ったのではないかと心配していた。梓も信じたくはない。しかし、こういう仕事をしていると、信じられないことがいくらでも起きるのが、この世の中だと思えてくる。

「今のところ、室内から母親の勤務先を示すものは見つかっていません。夕方になればマンションの住人が戻るでしょうから、少し遅い時間にもう一度行ってみようと思います」

諸角巡査部長たちがゴミの山をかきわけ、室内を丹念に捜査したが、名簿や住所録どころか、写真一枚、ハガキ一枚すら見つからなかったと呆れかえっていた。現在の職場を知る手掛かりもなかった。特に、子どもの写真が一枚もないことが、諸角には信じられなかったようだ。八歳と五歳。可愛いさかりの兄妹を、一枚も写真に収めていないとは。

梓には、なんとなく理解できるような気がする。今どきは、何もかも携帯電話におさまるのだ。友達とのやりとりはLINE。アドレスや電話番号も手帳に書く必要などない。すべて、携帯の電話帳に入っている。写真だって、携帯で充分撮影できる時代だ。

そして、携帯は母親の奈津子が持ち歩いているだろうから、捜査の役には立たない。

「母親は、子どもを近くの公園で遊ばせたりしなかったのかな」

「マンションの中庭がありますそこで遊ばせていた可能性はあります」

「母親同士で話くらいするだろう。尋ねてみたらどうだ」

八坂はのんびり言った。若い頃には切れ者のやり手で通っていたと噂に聞くのだが、現在の八坂はとてもそんな風には見えない、のどかな男だ。

「そうですね。ひょっとすると、休日のほうがいいかもしれませんが。行ってみます」

今日は木曜日で、夏休みとはいえ、平日の夕方に子どもを公園で遊ばせる母親がどのくらいいるのか、まだ結婚もしていない梓には見当もつかない。

そろそろ五時になろうとしていた。

佐々を促し、梓はまたシティコート豊洲に戻るべく、上着を握った。

きわどいところで机の電話が鳴った。腕を伸ばして、梓は受話器を上げた。

「はい、深川警察署、生活安全課です」

『築地署の緑川です』

宮崎透也少年が迷子として保護されていないか、近隣の警察署に確認を頼んでおいた。その連絡だった。

「え、保護されたんですか」

相手の言葉に、梓は驚いて鸚鵡返しに尋ねた。緑川は穏やかな年配の男性だった。

『宮崎透也と名乗ってますね。八歳の男の子です。銀座四丁目の交番で保護しました。怪我などもなく、元気です』

子どもが無事に見つかったと聞いて、八坂班長も佐々も見るからにほっとした表情になっていた。八歳の子どもの行方が知れないのと、その母親の行方が知れないのとでは、心配の度合いが異なる。

「すぐ、交番に伺います」

「銀座四丁目まで、歩いて行ったんでしょうか」

佐々が呟いた。子どもなら、やりかねない。徒歩で行けない距離ではないし、子どもというのは、ときに大人が思いもかけないパワーを発揮することがある。

「署に連れてきてもいいでしょうか。誰もいない自宅に連れて行くのも用心が悪いですし、母親が見つかるまで、児童相談所に預かってもらわないといけませんから」

「いいだろう。児相には、こっちに来るよう連絡しておくよ」

八坂が請け合ってくれた。梓たちは、心おきなく深川署を飛び出した。

†

ろくに食べてない、ということがひと目でわかる。

宮崎透也という少年は、身長が百十センチ程度しかなかった。八歳児の平均身長は、およそ百三十センチ。六歳児並みの身長だ。

身体は貧弱でやせっぽちだが、少年は印象的な目をしていた。ぱっちりとして大きく、見ているものを吸い込みそうな引力のある目だ。その目が今、梓を睨むように見ている。

「お母さんを捜して、ここまで来たのね」

交番では、お茶と和菓子を子どもに与えていた。大きめの饅頭をひとつ、ぺろりとたいらげたらしい。パイプ椅子に腰かけて、床に届かない足を揺らしている子どもの目線に合わせ、梓はしゃがんだ。

「どこに行けばお母さんに会えると思ったの」

子どもはじっと梓を見つめるばかりで、話そうとしない。むっつりと、不愉快そうな表情で黙りこくっている。見かねた交番の警察官が、事情を教えてくれた。

宮崎奈津子は、この春まで銀座のクラブに勤めていたそうだ。子どもは母親が店にいると思い、銀座まで歩いてきたのだが、見憶えのある店に来ても母親の姿は見当たらなかった。子どもが入り込んだのを見とがめた店の女性が、事情を悟って交番まで連れてきたらしい。クラブの女性たちの中には、店の近くにある託児所に子どもを預けて仕事を続けている人もいて、男児を見憶えていたそうだ。

店の名前と連絡先。それから、店に勤めていた頃に使われていた宮崎奈津子の携帯の番号を、気をきかせた警察官が聞きだしていた。ずいぶん前進したものだ。

しかし、母親の携帯電話にかけても、相手は電源を切っているようだった。

深川署で子どもを預かることに、築地署の交番は異存がなかった。

「署に戻る前に、お店に行ってみましょう」

子どもが、佐々を見上げるとすぐ、梓から隠れるように彼の足にすがりついた。佐々の陰から恐ろしいものでも見るように見上げられ、梓は大いに傷ついた。

「男親がいないので、男性が珍しいんでしょう」

佐々はあくまで落ち着いて、そんなフォローを入れる。悔しいことに、梓が軽いショックを受けたことまで見透かしている。確かに、佐々と子どもが並ぶと、まるで親子のようだった。五つは年下の佐々のほうが、自分よりずっと大人じゃないか。憂鬱になりかける気分を隠して、交番を立ち去る。

†

宮崎奈津子が勤めていたクラブ『杏（あん）』は、交番から歩いてすぐの場所にあった。

銀座のクラブとは言っても、ピンからキリまである。『杏』のランクは中ほどの上、といったあたりか。まだ看板の灯は消えている。ビルの三階にある店の扉を押すと、開店前の店内でホステスが三人、顔をつきあわせて話していた。

宮崎奈津子と子どもを知っていたのは、意外なことに三人の中でもっとも若い女だった。二十二、三歳というところだろう。梓のワードローブには一生縁がなさそうな、ピンク色のドレスを着て肩と胸を露出させている。

「奈津子さんが行方不明になってるなんて、全然知りませんでした」

みゆきと名乗った女は、梓の説明に細く描いた眉をひそめる。客商売の女性だけあって、言葉遣いが丁寧で、如才がない。

「三月いっぱいで向こうが店を辞めてから、一度も会ってないんですよ」

「連絡もなかったですか」

「ないですねえ。店で雑談くらいはしましたけど、それほど親しくもなかったし」

「なぜ三月で辞めたのか、ご存じですか」

「――さあ。辞めたくなったと聞きましたけど。いろんな人がいますから」

「宮崎さんのご家族とか、お友達、つきあっていた男性――何でもいいんです。教えていただけませんか。子どもたちの父親を、ご存じではありませんか」

「そう言われても、ほんとにそれほど親しくなかったんですよ。麻耶ちゃんが生まれてすぐに、子どもの父親と離婚したって聞きましたけど」

予防線を張るわけでもなく、正直に答えているらしいのは、濃いアイラインで縁取られた目を見ればわかった。

「――そうだ。ネットを見ればいいですよ」

「ネット？　インターネットですか」

「そう。あの人、ミクシィが気に入ってたから。携帯でよく書きこんでました。何かわかるかもしれませんよ」

佐々に視線を送ると、任せてくださいと言わんばかりに頷いた。彼は今どきの若者らしく、コンピュータにも強い。梓はそちらも苦手だ。佐々を相手にすると、色々負けた気分に悩まされる。

「ミクシィで宮崎さんが使っていた名前はわかりますか」

佐々の問いに、みゆきは無造作に頷いた。メモを引き寄せ、『香具夜』と書きつける。

「かぐや姫の『かぐや』。ちょっと変わった名前ですよね」

†

子どもを連れて深川署に戻ると、佐々はさっそくパソコンで宮崎奈津子が書きこんでいたというサイトを調べ始めた。

「透也くんのお母さん、いつから帰ってこないの」

生活安全課の隅に、古びた応接用のソファとテーブルがある。梓はそこに宮崎透也を座らせた。半袖のTシャツに、半ズボン。何日も着替えていないらしく、汗と食べこぼしで汚れている。児童相談所の担当者が来れば、相談して着替えさせ、風呂にも入らせたほうがいいだろう。

「――二週間ぐらい前」

車の中でできるだけソフトに話しかけ、おにぎりや菓子パンなどを与えて少しずつ懐柔したのが功を奏したのか、ようやく子どもは言葉すくなに口を開くようになっていた。妹も病院で手厚い看護を受けているからもう大丈夫、と教えたので警戒を解いたのかもしれない。

「お母さん、何か言ってたかな。どこに行くとか、いつ帰るとか」

無言で細い首を横に振る。

「透也くんと麻耶ちゃんだけ置いて、黙っていなくなったの？」

子どもは大きな目に何の感情も映さず、ぼんやりと頷いた。

「食べるものや、飲むものはどうしたの」

「冷蔵庫に少しあったし、テーブルに三千円置いてあった。あと、おこづかいが千円くらいあった」

小学三年生なら、コンビニで買い物ぐらいできるだろう。それでは、母親がいなくなってからの二週間、子どもふたりは冷蔵庫に残った食べ物と、わずかな金で買い食いをして命をつないでいたわけだ。

学校のある時期なら、先生に相談することもできたかもしれないが、あいにく夏休みだった。彼らがそんな状態に置かれているとは、誰も気づかなかったようだ。

近くに住んでいる人にでも、相談できなかったのだろうか。そう考えたとたん、あのクリーム色の廊下が脳裏に浮かんだ。誰もいない廊下。反応のない呼び鈴。

「それで――もうお金も食べるものもなくなったから、お母さんを捜しに行ったのね？お店の場所、よく知ってたね」

「前に連れて行かれた」

話し始めると、透也の言葉は明晰(めいせき)だった。八歳にしては幼い印象が拭えないが、見た目よりは成長しているらしい。

「親戚の人とか、誰か連絡先知ってる？」

「おばあちゃん。九州にいる」

「電話番号か、住所がわかる？」

透也は大きな目を見開いて、ゆっくり首を横に振った。知るはずがないと思いながら聞いたので、がっかりすることもない。

「お父さんからは連絡あった？」

離婚した、とみゆきは話していた。たとえ離婚していても、子どもの様子は気になるはずだ。透也は一瞬首をかしげ、またむっつりした表情で首を横に振る。

子どもをなだめすかして話を聞いたものの、母親を捜し出すのに必要な情報は持っていないようだ。

幼い子どもふたりを満足に食事も摂れない状態で放置して、母親が行方をくらましている。事件に巻き込まれたのかもしれないと考えたいところだが、最近はそれが珍しくもないようだ。去年の冬には、深川署の管轄内でも、就学前の子どもをひとり自宅に残して、スキーに出かけた両親がいた。子どもがカップラーメンを食べるために湯を沸かそうとして大火傷を負い、隣家に助けを求めて発覚した。

子どもの話が本当なら、宮崎奈津子は刑法の保護責任者遺棄罪に問われるだろう。児童虐待防止法違反にもなるかもしれない。

「岩倉さん」

　コンピュータを覗きこんでいた佐々が、何か見つけたらしく梓を呼んだ。

「ここで待っていてね。すぐ戻るから」

　子どもをソファに残し、彼が発見したものを確認する。佐々は熱心にページを読んでいた。

「『香具夜』という名前で登録されている女性のページです。子どもの写真として、透也くんたちの写真が載っているので、間違いありません。宮崎奈津子です」

　びっくりするほど、若くてきれいな女性の写真が載っていた。銀座のクラブで働いていたというのも伊達(だて)ではない。卵型の輪郭に、ぱっちりと華やかな双眸(そうぼう)。透也の大きな目は、母親譲りらしい。営業用に撮影された写真かもしれない。写真の中の奈津子は、丹念にメイクをほどこした顔で、輝くような笑みを浮かべている。

「一番新しい書き込みは、いつ？」

「三日前です。ただ、一時間以内にこのページにログインした形跡もありますね」

「居場所はわかりそうですか」

　佐々は梓より五年ほど後輩だが、いつか自分を追い越して上司になるかもしれない。梓は佐々に対して、丁寧な言葉遣いを崩さないことに決めていた。

「公開されている日記をひと月前のものから読んでみましたが、ほとんど詩のような文章で、具体的な地名などは書かれていません」

　佐々が示した、数行ほどの短い文章を読んだ。月に還(かえ)る、と題がつけられている。

——さすがはかぐや姫。

自分はひとりで月を眺めている。憧れてやまぬ月に帰りたい、という趣旨の、とりとめのない「詩」だった。

「彼女の身に、危険が迫っている様子ではないですね」

「この文章を見る限りは、ありませんね」

「公開していない日記もあるのかな」

「自分の知り合いにだけ公開する設定があるんです。その設定だと僕には読めません。彼女が頻繁にサイトに入っていれば、メッセージを送れば反応があるかもしれませんよ」

少し考えた。彼女は警察からのメッセージを受け取って、連絡するだろうか。

「かんたんに事情を説明して、子どもの入院先などは教えたほうがいいですね」

班長の八坂が、こちらのやりとりを黙って聞いていた。今後のことを児童相談所に任せてはどうかと考えているのかもしれない。子どもふたりは危険な状態を脱し、ひとまずは無事だった。男児は、母親を捜すために銀座までの道のりをひとりでたどるほど、母親を慕っていると見受けられる。この件に、警察が介入すべきかどうか。下手をすれば、母親と子どもを引き離してしまうかもしれない。それが本当に正しいのか。逆に、このまま放置すると子どもたちが取り返しのつかない事態に陥る可能性もある。

八坂は不思議な男だった。部下に対する態度はいつも穏やかで、言葉の内容は論理的だ。彼が烈火のごとく怒るところなど見たことがない。口調も優しげだ。そのくせ、どこか人間という存在に対して諦めてしまったようなところがある。

——しょせん、なるようにしかならない。

八坂の態度にそういう漂泊の気分を感じるのは、梓だけだろうか。

「班長。事件にするかどうかは、宮崎奈津子本人と話して少し様子を見たいと思います。これまでの状況を押さえておくために、捜査を続けてもいいでしょうか」

佐々が宮崎奈津子に送る文面を練っている間に、相談を持ちかけた。八坂が気乗りしない様子で頷いた。

「いいだろう。近隣住民に話を聞くのか」

「そろそろ彼らも自宅に戻っている頃です。子どもを児相に引き渡して、これから例のマンションに行くつもりです」

「わかった。児相の担当者には、こちらに来るよう伝えている。来るまで私が預かろう」

班長が、と目を瞬いて言いかけて、言葉を飲みこんだ。

「岩倉さん、メッセージを送りました」

佐々が立ち上がる。署を出る前に、生活安全課の内部を振り返った。八坂が、自分の席の近くに椅子を引いて子どもを座らせ、菓子を与えて話しかけている。その横顔に子煩悩な父親の表情を見て、梓は微笑(ほほえ)んだ。

†

シティコート豊洲の八階フロアを、一戸ずつ訪問する。午後八時ともなると、どの家も呼び鈴に応答した。

しかし、収穫はない。

「お隣のこと、よく知らないんですよ。休日にときどきエレベーターで見かけたことがある程度で――挨拶ぐらいはしますが、どんなお仕事をされているのかも、全然――」

八〇一号室の女性は、そう言って申し訳なさそうな顔をした。彼女は大手町の職場から帰宅したばかりだそうで、ちょうど自宅の鍵を開けようとしたところに梓たちが訪ねて行ったのだ。カットソーとパンツのスタイルも、いかにもセンスがいい。左手の薬指に細い指輪をはめているのを見て梓が家族について確認すると、夫と同居しているが、まだ仕事から帰っていないという答えだった。

その他の部屋の住民も、似たような反応だった。中には、宮崎奈津子とその子どもたちの存在をまったく知らないという住人もいた。男性の住人は、奈津子を見かけて、ずいぶんきれいな人が住んでいるなという感想を持ったようだ。それでもやはり、個人的な接触を持った人間はいなかった。

「クライアントとの打ち合わせがなければ、日中もだいたい自宅で仕事をしていますが、そう言えば子どもの泣き声がかすかに聞こえることはたまにあったかな」

隣の八〇三号室にひとりで住む、四十歳前後の男性は首をかしげていた。フリーでデザイン関係の仕事をしているそうで、このマンションはＳＯＨＯとして借りているらしい。

「しっかり防音しているということですか」

「ここを選んだ理由のひとつですからね。仕事中に外の音で気を散らされたくなくて」

参考までに、と男性は室内に梓と佐々を招き入れ、ドアと窓を閉めた場合に、どれだけ周囲の環境音が遮断されるのか実演してくれた。子どもが虐待されていた可能性に、自分がこれまで気づかなかったことを弁解する気持ちもあったのかもしれない。窓を閉めきると、道路で鳴らされるクラクションなどがほとんど聞こえなくなった。

男性の部屋は、宮崎奈津子の部屋とまったく構造が同じだったが、職業柄なのか、デザイナーズ家具らしい洒落（しゃれ）たデスクなどで部屋を飾っている。この部屋は本来、こうして住むべきものなのだと教えられたような気がした。

今日の日中に起きた、子どもの救出騒動についても、誰も知らなかった。ここしばらく、廊下に出ると変な匂いがすると感じた人は何人かいた。それだけだった。

夜になって住人が帰宅したはずなのに、廊下に出るとやはり森閑としている。人の話し声や、テレビの音が洩（も）れてくることもない。なんとも、人間の存在感が希薄な〈街〉だ。

「向こう三軒両隣というのは、とっくに死語だとはわかってましたが」

こんな状態では、聞き込みがやりにくくてしかたがない。梓がぼやくと、佐々が頷く。

「今どきのマンションは、こんなものでしょう」

「それにしても、度が過ぎてますよ。マンションによっては、管理組合があったりして、住民がお互いに顔を合わせる機会が多いところもありますからね」

「岩倉さんは関西出身ですよね。僕はずっと東京にいるからかな。あまり、違和感はありません」

太い眉を曇らせることもなく、けろりとしている佐々を思わず見やる。

「むしろ、隣近所に自分の家庭について知られたり、詮索されたりするほうが嫌ですね。僕自身も、隣家のことなんて知ろうともしませんでしたし」

佐々と話していても、ふだんは違和感を覚えることはない。しかし、やはり五歳の年齢差は大きいのだろうか。それとも、彼が指摘するように、生まれ育った場所や環境による個人差なのだろうか。

「岩倉さんは神戸でしたっけ」

「そうです。新長田(しんながた)という、靴のメーカーがたくさんあるところです」

「阪神の震災で、火災がひどかったところじゃないですか」

佐々の歳(とし)なら、当時は小学生くらいだろう。よく覚えていると思ったが、梓は小さく頷くにとどめた。

エレベーターで一階に降りると、人影のないマンションの中庭が見えた。児童公園のような遊具が設置されている。住民が子どもを連れてくることもあるかもしれない。

「明日は、中庭に来るお母さんたちの話を聞いてみましょう」

宮崎奈津子もここに来たことがあれば、覚えている人間がいるかもしれない。佐々がその意見に同意した。午後九時半になろうとしている。児童相談所は、もう透也を引き取ってくれただろうか。

いったん署に戻って車を返却し、今日は帰宅することにした。

†

梓が住んでいるのは、警視庁の女子寮だ。

深川署の最上階には独身男子が住む寮があり、佐々はそちらに帰った。男の園を見たことはないが、畳の部屋にふたりから四人の集団生活と佐々が苦笑しながら説明するところをみると、かなりむさくるしい生活なのに違いない。

女子寮は、ワンルームマンションのタイプだった。七階建ての一般的なマンションだ。ここに住んでいるのが、全員女性警察官だと知っている人間は少ないだろう。中はごく普通で、小さなキッチン、バスルーム、ベッドと机を入れただけで窮屈なワンルーム。プライバシーが一応保てるのが利点だった。

運動のために三階まで階段で上る。途中で、どこからかカレーの匂いがした。

自室に入る前、隣の部屋からテレビの音声が洩れていることに気がついた。隣は交通課の山形明代(やまがたあきよ)だ。バラエティ番組の賑(にぎ)やかな音声を聞きながら、梓はなんとなく微笑をもらし、鍵を開けた。

——やっと帰ってきた。

肩の力が抜ける。

梓には、豊洲のマンションよりこっちのほうがずっと気楽で馴染みが深い。必要以上にお互いに干渉することはないが、万が一梓の部屋に強盗が入った時には、悲鳴を上げれば誰かが飛んできてくれるだろう。

——もっとも、梓が強盗を見て悲鳴を上げる可能性はあまりない。その前に、得意の柔道技で締め上げている。近ごろ少し練習不足ぎみではあるが、学生時代の彼女は全国大会で三位にも入った猛者だった。

留守番電話に、実家の母親からのメッセージが残っていた。十時台なら、かけ直しても文句は言われないだろう。

『ああ、梓？　あんた、こんな遅くまで仕事しとったの。あのね、お兄ちゃんが、あんたに仕事用の靴を送ったげ言うんよ』

「いいのに。この前送ってくれたのが、まだ残ってるから」

神戸の実家は、靴のメーカーだ。新長田に、小さな工場を持っている。ふたりの兄が、父親とともに切り盛りしている。阪神・淡路大震災の時には、工場が火災で焼失した。ケミカルシューズの原材料は塩化ビニールを元に開発されており、いったん火がつくと止めようがなかった。工場の歴史もここまでかと父親は肩を落としたが、他で勤めていた兄たちが実家に戻り、工場の仕事を継ぐからと父を説得して再開させたのだ。事業が軌道に乗ったのは、ほんの数年前だろう。まだまだ借金経営だ。

それでも年に何回か、仕事用にと黒か茶色のローファーやウォーキングシューズを送ってくれる。彼女の仕事靴は、官給品以外、すべて実家の製品だった。

『非番の日に着くように送るから。次の非番を教えてもらおうと思って』

後は雑談だった。とりとめのない近況を語り、受話器を置いた後で、宮崎奈津子にはこんな風に話をする家族や友人はひとりもいなかったのだろうかと、ふと思った。

夕食にレトルトのカレーを温める。自分の部屋から洩れるカレーの匂いを、今度は別の誰かが嗅いで、今夜のメニューを決めるかもしれない。

†

「このお母さん、見たことありますよ」

インターネットに載っていた宮崎奈津子のポートレートを印刷して、マンションの中庭に子連れで来ている母親たちに見せた。

金曜の午前九時、話を聞くには少し時刻が早いかとも思ったが、日差しが強すぎないので子どもを連れてくるには都合がいいのかもしれない。中庭は意外ににぎわっている。

「きれいな人ですよね。印象に残ってますよ。子どもたちも可愛くて」

「透也くんと麻耶ちゃんでしょう。でも、この春ぐらいから見かけませんね」

子どもを砂場や遊具で遊ばせている母親たちは、みんなこざっぱりした服装をしている。子育ての最中にある母親にしては、ずいぶんおしゃれにも気を遣っているようだ。近ごろはそういうものなのだろうか。

子どもを乗せるバギーも、そのあたりの量販店では手に入らなそうな品物だ。

梓は、母親たちの靴をチェックした。生家が靴のメーカーだからか、靴ならひと目で革の品質や、縫製、型の良し悪しなど見わけがつく。マンションの中庭に降りて子どもを遊ばせるだけでも、軽そうな上質の皮革を使ったウォーキングシューズを履いてくる母親たちだ。生活水準の高さが透けて見える。

「お母さんがもの静かな人で、あまり話に入ってこなかったのよね」

「そうそう。よく、そこのベンチに座って、携帯電話でメールか何か打ってましたね」

「そうね。何か、ずっと遠いところを見てるような感じがしてね」

宮崎奈津子は、この母親たちを相手に気おくれしたのかもしれない。奈津子はクラブのホステス。彼女たちはどう見ても、高給取りの連れ合いを持つ、優雅な奥様たちだ。会話が弾むとは思えない。自分が平気な顔をして話しかけることができるのは、職務だからだった。個人的に彼女たちとつきあえる自信はない。

「この女性と、個人的に仲が良かった方はいらっしゃいませんか」

母親たちは顔を見合わせ、首をかしげた。予想どおりの反応だった。

帰りぎわに、少し離れた場所から中庭を振り返った。ベンチの隅で、うつむきかげんに携帯の画面を見詰める、宮崎奈津子を思い浮かべる。このマンションで、彼女の存在感は希薄だった。

ふと、彼女の靴を見てみたくなる。ブランドものの高級なパンプスだったのではないかと想像した。そういう靴で武装しなければ、彼女はここに顔を出せなかったんじゃないか。なぜ彼女はここを住まいに選んだのか。管理人から聞きだしたところでは、彼女は昨年このマンションが建ってすぐに、引っ越してきたそうだ。既に離婚して、子どもをふたり連れていた。勤務先の銀座に近いのは確かだ。それにしても、子連れのシングルマザーがわざわざこんなに賃貸料金の高い部屋に住まなくとも。

――武装。

その言葉が、妙に自分の中で引っかかった。このマンションも、そのひとつだったのかもしれない。


「あとは、宮崎奈津子からの連絡待ちでしょうか。子どもの父親と、奈津子の母親は連絡先がわからないし」

佐々が車に戻りながら、シティコート豊洲を見上げた。火で焙られるような暑さだが、彼は汗ひとつかかず涼しい顔を保っている。どこまでもできが違うらしい。

透也少年は、児童相談所がひとまず預かることになった。麻耶については、今朝になって病院から署に連絡が入り、ようやく面会の許可が下りた。とは言え、既に透也からヒヤリングをすませた後で、五歳の少女から得るものがあるとも思えない。麻耶への事情聴取は、形ばかりのものになるだろう。むしろ、身体の傷やあざなど、虐待の形跡がないかどうかを確認するほうが重要だ。宮崎奈津子が自分の子どもに暴力をふるう母親だったのなら、彼女の手に子どもたちを返すべきかどうか、冷静な第三者の目で判断したほうがいい。

「宮崎奈津子は、透明人間のようですね」

佐々が呟いた。

「そこにいても、いない。誰とも関わろうとしない。目の前ではない、遠くを見ている」

「そうですね。――彼女は、ここに住むべきではなかったのかもしれません」

梓は感じたままを言葉に出した。別の場所なら、彼女は生活に馴染むことができたのではないか。この街は熱気に満ち溢れている。人が集まれば、それだけで街は生き生きと華やぐものだ。しかし、この華やかさに馴染めない人間は、エアポケットに落ちたみたいに、たったひとりで取り残されていくのではないか。

「だから〈かぐや〉なのかな」

運転席に滑り込み、佐々がエンジンをかける。梓は助手席で彼の言葉を嚙みしめた。宮崎奈津子は、かぐや姫に自分をなぞらえていた。月の都から舞い降りた迷い子。ここではない、どこか別の場所にいる自分を、彼女はずっと夢見ていたのだろうか。

――きっとどこかに、自分を受け入れてくれる場所がある。今の自分は、本来の居場所ではないところにいるだけだ。

そう心の中で呟きながら、孤独に耐えていたのだろうか。

「別の場所に行っても、結局は同じことだと自分は思います」

佐々は珍しく饒舌（じょうぜつ）だった。

「休みの日に出かけると、妙な光景を見かけることがあるんですよ。十代、二十代の人たちが集まって、みんな自分の携帯を見つめている。彼らは明らかに友達同士で、せっかく集まっているのに目の前にいる友達とは話をせずに、携帯でメールを打っているんです」

そういう光景は梓にも覚えがあった。最初はいったい何をやっているのかと興味を持ち、状況を理解すると、なんだかうすら寒い気分になったものだ。

「そこにいても、いないんですね」

「関わろうとしないんです」

「でも、誰とも関わらずに生きていけるはずがない。宮崎奈津子も、何らかの形で誰かと関係を持っていたはずでしょう」

「ひとつ心当たりがあります。例のミクシィなんですが、宮崎奈津子はいくつかコミュニティというものに入っているんです」

「コミュニティ？」

「同じものに関心を持つ人間が、インターネット上に集まるサークルみたいなものと言えばいいでしょうか。掲示板のような使い方もされています。ひょっとすると、その中に彼女と親しい人間がいるかもしれませんよ」

車は深川署に向かっている。

朝凪橋にさしかかると、梓は車の窓から外を見つめた。この橋ひとつが、何かを隔てているのだろうか。少なくとも宮崎奈津子は、自分が還るべき場所から隔てられていると感じていたのだろうか。

携帯電話が鳴りはじめた。八坂からだった。

『今、どこにいる』

「豊洲から署に戻る途中です」

『銀座のクラブにいたみゆきという女性、今から連絡をつけられるだろうか』

八坂の声が沈んでいる。

「連絡先は聞いています。電話してみましょうか」

どうやら何か起きたようだ。八坂の声から推察しても、あまりいいことではないらしい。

『今朝、渋谷のホテルで女性の遺体が発見された。渋谷署は宮崎奈津子だと見ている』

梓は言葉を失った。八坂の声が暗い理由も理解した。

『まだ宮崎奈津子の両親と連絡が取れていない。遺体の身元を確認できる人間がいないんだ。その女性に頼めないだろうか』

まさか、小学三年生に母親の身元確認をさせるわけにもいかない。

「わかりました。すぐ連絡してみます」

――宮崎奈津子が死んでいるかもしれない。

思いがけないことになってきた。

みゆきの連絡先を開きながら、梓の脳裏に浮かんだのは、子どもたちには誰が伝えるのだろうという心配だった。

†

梓たちが管轄とする江東区は、亀戸(かめいど)や門前仲町など江戸時代の下町情緒を残す街並みと、豊洲のようにまさに開発の最中にある街とが混交している。とは言え、全体を見渡すと落ち着いた印象だ。渋谷に来ると、梓は街が発散するカラフルでポップなエネルギーに圧倒される。江東区が墨絵とメタリックな色合いで塗られた絵画なら、渋谷は極彩色の前衛芸術をほうふつとさせる。若者の街だからだろうか。とは言うものの、道玄坂を上がり円山町の路地に一歩入りこめば、そこはしっとりと情感に満ちた下町が広がっている。東京は不思議な町だと、関西出身の梓などは思う。

渋谷駅から徒歩五分。

宮崎奈津子の遺体が見つかったのは、そんな場所にあるシティホテルの一室だった。客室は壁紙、カーテン、ベッドに至るまで清潔で温かみのあるクリーム色で統一されている。女性客をメインターゲットにしたホテルなのだろう。

大きなダブルベッドで、羽毛布団に埋もれるように奈津子は死んでいた。ランジェリーを身につけ外傷はなく、ホテルの従業員は最初、眠っているのかと思ったという。宮崎奈津子本人であることは、銀座で同僚として働いていたみゆきが確認を行った。

「解剖の結果が出れば、こちらにも送ってもらいたいと渋谷署に頼みました」

深川署の生活安全課に戻り、梓は班長の八坂にそう報告した。

五歳と八歳の子どもを置き去りにした母親として行方を探していた宮崎奈津子は、既に亡くなっていた。今のところ、病死、自殺、他殺――どの線もありえると渋谷署は見ている。奈津子は、このホテルに一週間連泊していた。ひとりではない。宿泊カードに記帳したのは奈津子自身だったが、連れの男性がいた。カードには、宮崎奈津子と宮崎剛と書かれている。夫婦連れを装うための偽名だろう。住所は北海道旭川となっているが、でたらめな地名の羅列だった。

「母親が自宅を出て二週間と、子どもは言っていたんだろう。ここに泊まる前はどこにいたのかな」

「別のホテルじゃないかと、渋谷署で調べています」

事件は、遺体を発見した渋谷署に移ってしまった。梓は自分がすっかり気落ちしていることに気づいていた。事件に向かう時の高揚感が失われたのだ。透也と麻耶の兄妹にも、関わる理由がなくなってしまった。

「現場の検死では、亡くなったのは一昨日の夜らしいです。昨日は一日中ドアに〈起こさないで〉の札がかかっていて、清掃担当者が内部を確認していません。今日がチェックアウトの予定だったのに、電話しても誰も出ないのでホテルの従業員がマスターキーで中に入ったんです」

「待て。佐々は、宮崎奈津子が昨日ミクシィを使った形跡があると言っていたな」

八坂は部下の話をよく覚えている。佐々が隣で頷いた。

「そうです。昨日の午後四時頃、『香具夜』というＩＤでミクシィにログインしています。宮崎奈津子が既に死んでいたのであれば、彼女のＩＤを無断で使った何者かということになります」

「彼女のパソコンは見つかったのか」

「ホテルの部屋にはありませんでした。ですが、宮崎奈津子はホテルに泊まる際に、わざわざ無線ＬＡＮが使える部屋かどうか確認しているんです」

「連れの男が持ち出したか」

奈津子は男連れだった。偽名を使ってはいるが、ホテルの防犯カメラには若い男性の姿が映っている。男の正体が明らかになるのは、そう遠いこととは思えない。男は奈津子が死んだことを知り、とっさにパソコンを持ち出したのか。何のためにそんな真似をしたのだろう。

「携帯電話も、なくなっているそうです」

梓の言葉に、八坂が眉をひそめた。もう、事件は自分たちの手から離れてしまった。そうは言っても、いったん関わってしまった母親の死に、無関心ではいられないのだろう。

「――とにかく、宮崎奈津子の件はこれで幕引きだな」

冷静を装ってはいるが、ため息をつくような声だった。

「子どもたちは、どうなるんでしょうか」

「児童相談所が親戚を探して連絡するだろう。引き取り手が見つからない場合は、施設などに預けられることになる」

ちらりと、八坂がこちらを見た。

「岩倉君。目がこわいよ」

え、と呟いて梓は右手を頬骨のあたりに当てた。自分でも知らない間に、ひどく険しい顔つきになっていたようだ。子どもたちが、彼らを見捨てようとした母親と涙の再会を果たす。自分は、そんなドラマティックな展開を期待してでもいたのだろうか。

「母親が死んだことも知らずに、置いていかれた子どもふたりが餓死する可能性もあったんだ。あの子たちの命を救えただけでも、よしとしよう」

慰めるように八坂が言った。自分に言い聞かせているようでもあった。

あの子たちを救えたとは言わず、あの子たちの命を救えたと八坂が口にしたことに、梓は気づいた。——救えたのは命だけ。これから彼らを待つ現実の過酷さや、もう少し彼らが大人になり、事実を知った時に受ける衝撃から救うことはできない。

——警察官は万能じゃない。

†

「岩倉さん、少しいいですか」

佐々が深刻な表情で話しかけてきたのは、その夕刻だった。

梓は宮崎奈津子とその子どもたちの件を、捜査報告書にまとめているところだった。警察官の仕事は、すべてを文書化してようやく終わる。報告書を書く作業で、自分の中に澱(おり)のように淀(よど)んだ何かを吐き出してしまう。近ごろそんな気がすることがある。

捜査を行ううちに、他人の人生の一部を引き受ける。

警察官とは、そういう職業なのかもしれない。他人の人生が、いつしか重しのように自分自身に絡みついてくる。そうならないように、報告書に書き、忘れてしまう。

そうできるようになりたい、と梓は思った。八坂のようなベテランは、この複雑な気持ちをどうやって処理してきたのだろう。次から次へと事件にぶつかるうちに、そういう繊細な感情は摩耗してしまったのだろうか。

――いや、そんなことはない。

少なくとも、八坂に関してはそうではない。梓は、この端正な上司が、事件のたびに深く心を痛めていることに気づいている。それを、表に出さないだけだ。

八坂が、給湯室でひそかに薬を飲む姿を見かけたことがある。見てはいけないものを見たと後悔した。八坂は、何年か前まで捜査一課にいた。その後、心を病んで休職し、深川署の生安に異動になった。そんな噂も、耳にしたことがある。

切れ者の辣腕(らつわん)刑事が、飄々(ひょうひょう)とした生安の班長になるまでには、どんな過去があったのだろう。想像するのは礼儀に外れたことなのだろうか。

「――どうかしましたか」

梓は丁寧に佐々に応じた。

「なんとなく気になって、ミクシィの宮崎奈津子のページを覗いてみたんです」

佐々は少し決まりが悪そうに、携帯の画面を見せた。若い彼は、パソコンや携帯などの電子機器を自在に扱う。自分でもミクシィを使っているらしく、自宅のパソコン以外にも、休憩中に携帯からアクセスすることもあるのだと教えてくれた。

「『香具夜』の日記が、増えてるんです。つい一時間ほど前にアップされています」

「同行していた例の男がアップしたということでしょうか」

「そうかもしれません。彼女のパソコンを持ち歩いているようですから」

梓は残念ながら、この手のことに疎い。

「ミクシィって、パスワードは必要ないんですか。本人以外の人間が、そんなに簡単に彼女の日記をアップしたりできるのかしら」

「パスワードはもちろん必要です。ですが、ブラウザにパスワードを記憶させてしまうことができるんです。パソコンを起動させれば、誰でも彼女のアカウントでログインできる状態になっている可能性はあります」

佐々が示した、『香具夜』の本日付けの日記を読み下す。あいかわらず、詩のような文面だった。梓に詩の良し悪しなど判断できないが、ロマンティックな女子高生が書いたような、舌足らずな甘さを感じる。

「文章は、前の日記と同一人物が書いたもののようですね」

彼女の遺体をこの目で見ていなければ、宮崎奈津子は生きているのではないかと疑ったかもしれない。

「宮崎奈津子が、日記の下書きを保存しておいたのかもしれません」

ひそめた声で話し合っているのを、八坂が見咎(みとが)めたらしい。顔を上げ、こちらを見ていた。

「どうしたんだ」

「班長、これ見てください」

八坂も説明を受け、わけがわからないという顔になった。

「宮崎奈津子が残した文章を、姿を消した男が彼女のパソコンを使って日記にアップしているというのか。何のためにだ」

捜査のかく乱を狙っているのだろうか。それにしても変だ。渋谷のホテルで遺体が見つかった件は、まだニュースで流れていないのだろうか。

「念のため、渋谷署に連絡しておきましょうか」

八坂は気難しい表情になった。事件をすっかり渋谷に持って行かれたことが面白くないのかもしれない。この上、わざわざ向こうに協力してやる義理はない。おまけに、佐々が宮崎奈津子のミクシィ日記を個人的にチェックしていたことで、向こうは何か勘繰るかもしれない。協力して痛くもない腹を探られるのでは、面白くない。

「そうだな――」

八坂がしぶしぶ頷きかけた時、デスクの外線電話が鳴った。

「はい、深川署生活安全課です」

受話器を取った八坂の表情が、一瞬驚いたようにこわばり、さらに曇った。

「児童相談所からだ。宮崎透也少年が、逃げ出したらしい」

受話器の送話口を手で押さえ、八坂がこちらを見た。梓は思わず立ち上がっていた。

「どこに行ったか、心当たりはあるか」

「自宅か病院じゃないでしょうか。妹に会いたがっていましたから。母親が死んだことは、もう知っているんでしょうか」

「知らせたそうだ。知らせて、目を離した隙に逃げられた」

あの子どもは、どんなふうに最悪の知らせを聞いたのだろう。大きな目を見開いて、およそ八歳の子どもらしくない不機嫌そうに眉をひそめた顔で、じっと耳をすませていたのだろうか。

椅子の背から、上着を取り上げた。

「――行ってもかまいませんか」

こちらの手を離れた事件だ。事件とも呼べないような状況になりつつある。八坂が唇だけで苦笑いした。

「行ってこい。佐々もだ」

とっくにそのつもりだったらしい佐々も、既に上着に袖を通しかけていた。八坂の声が追い打ちをかけた。

「子どもが刃物を持ち出したかもしれないそうだ。充分気をつけてな」

†

生活安全課は、殺人事件を扱わない。

その代わり、まだ生きている人間を扱うのだ。それが、梓を支える矜持になりつつある。殺人事件は、起きた時点で全ての関係者が負けている。どんなに頑張って犯人を突き止めても、被害者の命は戻らない。生活安全課が扱う事件は違う。自分たちは、事件を未然に防ぐために存在しているのだ。

佐々が豊洲に車を走らせる隣で、病院に電話をかけた。兄の透也が児童相談所を飛び出したこと、妹の麻耶を見舞うため病院に現れる可能性があることを説明する。看護師はまだ透也の姿を見ていないと言ったが、万が一病院に来た場合は、引きとめて深川署に連絡すると快く約束してくれた。念のために、自分の携帯番号と、生活安全課の外線の両方を教えておいた。

「透也くんは、自宅の鍵を持っているんでしたね」

尋ねながら、佐々の運転が、いつもより飛ばしぎみだと気がついた。意外な面を見た気分だ。どっしりとかまえていて、落ち着いて見える佐々だが、内心の揺れが意外なところに表れるのかもしれない。

豊洲五丁目のシティコート豊洲に到着すると、真っ先に八階の窓を見上げた。端から二番目の部屋に、明かりはついていない。

「こっちにも戻っていないんでしょうか」

「上がってみましょう」

透也という少年は、小学三年生にしてはずいぶんしっかりしている。明かりをつけていれば、自分を探しに来た誰かに見つかるかもしれない。そう考えて、照明のスイッチを入れていないだけかもしれない。

八階に上がり、考えすぎていたことがわかった。宮崎奈津子の事件を受け、渋谷署員がマンションにも来たらしい。八〇二号室の玄関ドアには、黄色いテープが張り巡らされていた。これでは、透也が戻ってきたとしても、中に入れなかったに違いない。

——親を亡くしたばかりの八歳の子どもが行く場所。

小学校低学年だった頃の自分を思い起こそうとした。はるかな昔のようだ。たかだか、二十数年ばかり前のことなのだが。

子どもが、刃物を持ち出した。それが気にかかっている。誰に対する、あるいは何に対する刃物なのだろう。

「学校にも行ってみますか。自宅にいないのなら、学校に向かったのかもしれません」

佐々が途方にくれたように尋ねる。

「待って」

梓はがらんとした廊下を見まわし、歩きだした。前日の昼間に訪問した際、廊下の中央に扉があり、ツインタワーの片割れに通じる渡り廊下に続いていることを確認していた。渡り廊下と言っても、緊急避難用なのか、手すりがあるだけの吹きさらしだ。

実家から送ってきたローファーは、底が柔らかくて足音をたてなかった。梓は静かに廊下を進み、扉を開けて渡り廊下を覗きこんだ。

薄暗がりに、手すりから身を乗り出す少年が見えた。

「透也くん」

小さな顔で、じろりとこちらを睨む。刃物を持っていると注意されたので観察したが、見えなかった。足元に置かれた小さな袋に入っているのかもしれない。お稽古事に通う子どもが持たされるような、巾着袋だ。

「私たちのこと、覚えてるかな。昨日、警察で会ったでしょう」

佐々もすぐ後ろに追いついてきていた。手すりから上半身を乗り出すような子どもの姿勢が気にかかる。まさか、飛び降りるつもりではあるまい。子どもの視線は、自宅の窓に向けられていたようだ。

「そっちに行くわね」

刺激しないように、柔らかに言った。子どもは特に反抗しないが、歓迎もされていない。むっつりと引き結んだ唇に、その気持ちが表れている。不機嫌な表情が、仮面のように子どもの顔に張り付いている。

「相談所から、どうやってここまで帰ってきたの？」

問い詰める口調にならないように、ことさら穏やかに尋ねた。難詰されていると感じると、口を閉じてしまうのではないかと思った。

江東区を担当している墨田児童相談所は、錦糸町駅のそばにある。そこからここまでは、銀座よりもはるかに遠い。子どもの足で歩ける距離だとは、とても思えない。子どもが、わずかにやましそうな表情を見せた。

「お金借りて電車に乗った」

よく話を聞けば、どうやら親切な年配の女性に小銭を貸してもらって地下鉄に乗ったらしい。相手の住所も電話番号も聞いていないので、先方は貸したのではなく与えたつもりなのだ。子どもをひとりで遠くに出歩かせるなんて、と心配していたかもしれない。

危ないことをして、と梓は叱りかけた。たまたまいい人に行き当たったから良かったものの、子どもを食い物にする大人だって、いくらでもいる。

「へえ、すごいな。ひとりで電車に乗ったんだ」

佐々がのんびりした声で言った。コンクリートのテラスにしゃがみ、大柄な体軀を子どもと変わらないくらい縮めてみせる。本気で感心しているような声だった。子どもがちらりと小さな歯を覗かせた。

——笑った。

軽い衝撃を受ける。子どもにとっては、相談所から自宅までの距離が、ちょっとした冒険だったのだと気がついた。この子は、自分ひとりでその冒険をやり遂げたことを、誰かに誉めてほしかったのだ。それをあっという間に見抜いた佐々にも驚いた。

「だけど、今ちょっとおうちに入れないんだよね。おじさんたちと一緒に行こうか」

子どもの顔色がまた曇った。

「家に帰りたい」

ぽつんと投げ出すように呟いた言葉に、梓は佐々と顔を見合わせた。こんな時に、なんと声をかけてやればいいのだろう。大人でも、辛いことがあれば自分の家に帰りたいと思う。他人の家や仮住まいは、しょせん仮住まいに過ぎなくて、くつろぐことができないはずだ。どんなに親切な人たちに囲まれていても、他人は他人。

そっと手を伸ばして、おずおずと子どもの頭をなでると、手のひらに柔らかい猫のような毛が触れた。母親が死んだことを、この子どもはどんなふうに受け止めたのだろう。

「知ってるよ。お母さん、死んじゃったんでしょ」

梓が何を迷っているのか、読みとったように子どもがあっさり口にした。無邪気というより、事実をそのまま述べたような、さばさばした口調だった。

「前からずっと言ってたもん。もうじき月に帰るって」

大きな目が天を見上げたので、つられて夜空を見つめた。曇り空で、残念ながら月も星も見えない。うっすらと薄墨色に明るむ東京の空が滲(にじ)んでいるだけだ。

「月に帰る――」

「お母さん、月から来たんだって。透也と麻耶がいい子にしてないと、お母さんひとりで月に帰るからねって。前からずっとだよ、そう言ってたの」

宮崎奈津子はミクシィの日記にも、似たようなことを書いていた。子どもに言い聞かせたのは、よくある親の脅しだろうか。

(いい子にしないと、橋の下に捨ててくるよ)

というたぐいの、あの脅しだ。

「ぼく、ちゃんといい子にしてたのにな」

子どもが青白い顔をして、足元のコンクリを蹴るしぐさをした。小さな運動靴のつま先が、コンクリの床をかすめた。

「透也くんや、麻耶ちゃんのせいじゃないよ」

そう慰めながら、おそらくこんな言葉は、この子どもにとって何の役にも立たないだろうと思う。宮崎奈津子本人がここに現れて、この子をぎゅっと抱きしめてやらないかぎり、言葉など意味がないのだ。

「お母さん、月に帰りたいってそんなに前から言ってたの?」

透也が梓の手から逃げ、また手すりに身体を寄せた。その視線が、自宅のベランダに向いている。

「ここに住むようになってから、ずっと」

「ここに?」

「ベランダに出て、いつも向こう側を見てた」

透也が指差すのは、マンションの裏側に広がる広大な魚市場の用地でもなく、東京湾の暗い波でもなく、そのさらに向こうに広がるきらきらしい夜景のように見えた。

シティコート豊洲がオープンしたのは、一年ほど前のことだったはずだ。宮崎奈津子たちが越してきたのも、当然その後。

ここに来てから、彼女は月に帰りたいと嘆くようになった。自分を〈かぐや姫〉になぞらえるようになったのだろうか。

「月って、どこのことだったのかしらね」

梓がため息とともに漏らした言葉を、透也は聞き咎めていた。

「月は月だよ」

「――うん。そうだけど」

「そんなのどこにもないってことだよ」

奇妙に大人びた大きな瞳を濡らして、子どもが呟いた。自分の母親がどうなったのか、この子は正確に理解している。そう感じた瞬間だった。

†

子どもを見つけたことを八坂班長に報告し、ひとまず深川署に連れ帰ることになった。

渋谷署が、宮崎奈津子の実家に連絡したそうだ。実家は九州で、今は母親と奈津子の兄の家族が住んでいる。そちらは明日にでも東京に駆けつけるそうだが、奈津子の叔母一家が清澄(きよすみ)に住んでいるそうで、心配して深川署まで子どもを引き取りに来るとのことだった。

――そんな近くに、親戚が住んでいたのに。

いつでも相談できたはずだなどと考えるのは、他人事(ひとごと)だからだろうか。いくら親戚でも、相談したくてもできない事情があったのだろうか。釈然としない、もどかしい気分にかられてしまう。

――宮崎奈津子が生きていれば。

やり直す方法があったかもしれないのに。

後部座席に座らせた子どもは、疲れたのかすぐに首を揺らしはじめた。よほど気が張り詰めていたのに違いない。

握りしめて片時も離さなかった袋は、車に乗せた時に梓がそっと預かった。中には、空っぽの小さな財布とハンカチと、児童相談所から無断で持ち出したという果物ナイフが入っていた。こんなものを持って、世界中を敵に回して戦う気分だったのだろうか。

「自分のこと、おじさんってすごく自然に言ってましたね」

子どもが眠りこんだのを見届け、梓は佐々をからかった。取り付く島のなかった子どもが、佐々の言葉に心をほぐしたように見えた。ハンドルを握りながら、佐々は子どもを起こさないように低い声で笑う。

「姉の子どもが、ちょうどあれぐらいなんですよ。自分にも覚えがありますが、あれぐらいの年齢の時って、周囲に大人扱いしてほしい頃ですよね」

そうだっただろうか。

梓は小学校に上がる前に、小さなピンク色のポシェットをもらったことを覚えている。ポシェットを身体にかけると、一足飛びに大人になったような気分がした。自分の宝物をこっそり詰め込んで、持ち歩いた。

「僕も、ひとりで小銭を握りしめて、電車に乗りましたよ。帰りの電車賃がなくて、公衆電話から家に電話しましたけどね。べそをかきながら」

勇んで知らない町に来たものの、帰ることができずにべそをかいている子どもの頃の佐々を思い浮かべ、梓は小さく笑った。

「宮崎奈津子のことを、考えたんですけどね」

佐々が急に真面目な顔になる。

「彼女、どうして実家に戻らず、豊洲のマンションを借りたんでしょうね」

確かにそうだ。離婚した若い女性が子どもふたりを女手ひとつで育てるのは、簡単なことではないだろうと梓にも想像がつく。実家があり、近くには叔母もいる。子どもを心配して即座に引き取る決断をする親戚がいるのに、いったいなぜ、何をためらってマンションを借りたのだろう。

「他人の家庭には、外から見たのではわからないことがありますから」

彼女には、意地があったのかもしれない。誰にも頼りたくない。そんな気持ちを持つようになったのかもしれない。

もし自分が彼女の立場に追い込まれたら、と想像してみる。幼い子どもふたりを抱えて離婚し、仕事も辞めて東京にひとり放り出されたら。自分なら間違いなく、神戸の実家に電話する。実家の靴工場は、兄ふたりが継いでいて経営は決して楽じゃない。自分と子どもが転がりこめば、きっと迷惑をかけることになる。それでも、自分はあの場所に帰るはずだ。唯一の、自分が心から安らげる逃げ場所へ。

深川署に戻った時には、子どもは熟睡していた。佐々が軽々と抱き上げる。まるで若い父親のようだった。

「柳田と申します。本当に、いろいろとご迷惑をおかけしまして」

生活安全課で待っていたのは、五十過ぎぐらいに見える品の良い婦人だった。柳田加寿子と名乗っている。地味なブラウスに、黒のタイトスカートを選んできたのは、奈津子が亡くなったことを聞いているからだろう。深々と頭を下げる彼女に、八坂がこれまでの状況を説明していた。

「奈津子は、実家にも住所を知らせてなかったんです。まさか、こんなに近くにいたなんて」

当惑したように、片手を頬に当てて首をかしげている。それでも、眠りこんだ子どもに対する視線は優しかった。

「高校を出てすぐ、結婚しましてね。あんまり早いからと親は反対したんですけど、振り切って一緒になって、昔で言う駆け落ちみたいに東京に出てきたんですよ。何年かして子どもができて、夫婦仲もうまくいってるのかと思ったら、私たちも知らない間に離婚していたらしくて。あんなに強引に結婚したのに、簡単に別れるなんて決まりが悪くて言えなかったのかしら」

別れた夫は、ごく普通の派遣社員だそうだ。親権は奈津子が得たが、別れた夫から養育費用を受け取っていた様子はない。

話によれば、九州の実家は奈津子の兄が結婚して跡を継いでおり、子どもを引き取るのは兄嫁が難色を示している様子だ。奈津子の叔母にあたる彼女が、できれば子どもを引き取って育てたいという気持ちでいるらしい。彼女になら、安心して透也と麻耶を任せられそうだと感じた。

「宮崎奈津子と同宿していた男性が、先ほど渋谷署に名乗り出た。テレビでニュースが流れるのを見て、逃げていると余計にまずいことになると思ったそうだ」

八坂が梓たちを部屋の隅に呼び、声を低めて教えてくれた。

「他殺だったんですか」

「男は自殺か事故だと証言しているそうだ。目が覚めると、隣で奈津子が死んでいたというんだ。検死の結果、ＭＤＭＡの成分が検出された。直接の死因は、心機能障害だそうだ。薬物の過剰摂取で、心臓発作を起こして亡くなった。ＭＤＭＡで自殺をはかるとは思えないから、まず事故だろうな」

「薬物は奈津子が自分で？」

「男は、彼女が薬物を飲んだことも気づかなかったと言っている。今後は、入手ルートの解明に力点が移るだろう」

——そんな。

梓は視線を下げ、加寿子の膝を枕に眠っている透也をそっと見やった。

「しかし、奈津子の日記が死後もアップされていたことは、どう説明しているんでしょうか。その男性がやったのではないんですか」

ずっと疑問に感じていたらしく、佐々が尋ねる。八坂は首を横に振った。

「まだ、そこまで調べが進んでいない。その件については、渋谷署も気にかけている。許可はもらったから、おまえたちも明日は取調べに同席すればどうだ」

渋谷署がそんな許可を出したとは驚きだったが、八坂が自分たちを気遣ってくれたのだと、すぐわかった。このまま、宮崎奈津子の事件に幕を引くことはできそうにない。

そうするには、あまりにどっぷりと深く、この事件に関わってしまっている。

†

野島剛は、二十一歳の大学三年生だった。

昨夜渋谷署に出頭した後、参考人として任意で供述を続けている。

八坂がどのように話を通してくれたのか、渋谷署に着くと梓と佐々は取調室に案内され、パイプ椅子を用意された。

「宮崎さんの子どもたちが、自宅に取り残されて危うく餓死するところだった。その事件を捜査している深川署の人です」

渋谷署の今井という刑事が、野島に説明する。

ごく普通の、大学のキャンパスに行けば、いくらでもいそうな若者。それが、野島に対する梓の第一印象だ。どちらかと言えば繊細で、女性的な雰囲気すら漂う。

茶色く染めた髪は耳に少しかかるくらいで、前髪にメッシュが入っている。警察署に来るので、服装は目立たないものを選んだのか、ジーンズにカジュアルなチェックのシャツ。ふだんの彼はどんな服装をしているのだろう。

新宿のホストクラブでアルバイトをしていて、宮崎奈津子と知り合った。そう、供述調書には書かれている。

「宮崎奈津子さんのパソコンと携帯電話は、野島さんから提出を受け、証拠品として我々が預かりました」

今井刑事が、取調室のデスクに載せたパソコンと携帯電話を指し示す。大きめの鞄に楽に入るくらい小型で、どちらも表面は、ビーズなどでデコレーションされている。梓なら恥ずかしくて持てないような、派手な代物だ。

「野島さんが持っていたんですか」

梓は静かに野島を見つめた。

「夕方ベッドでうたた寝をしていて、目が覚めたら隣で彼女が死んでいたんです。びっくりして、ホテルから逃げたんですけど——なんとなく、彼女のパソコンとケータイを持ち出してしまって」

野島の顔が、だんだんうつむき加減になっていく。

「どうして、携帯やパソコンを持ち出そうと思ったんでしょう」

「——自分でもよくわかりません。宮崎さんと自分との関係を、知られたくないと思ったのかも」

「彼女が死んだからですか」

「そうですね」

「でも、あなたは何にもしていないんでしょう。それなのに、どうしてそんなに慌てて逃げたんですか」

野島を取り調べるのは渋谷署の今井たちの役割で、梓たちは今日、例のミクシィの件について横で話を聞くだけだと言われている。しかし、今井は制止する様子も見せず、黙って梓の質問に耳を傾けている。

「どうしてかわかりませんけど——」

野島が逡巡(しゅんじゅん)するように首をかしげた。

「死んでいる人を見たのは初めてだったので、びっくりして。ついさっきまで普通に話していたのに、突然死んでしまうなんて。それも、老人ならともかく、あんなに若い女の人が」

嘘（うそ）をついている気配はしない。案外、そんなものかもしれないと梓も感じた。近ごろは長寿化社会で、身の回りの人間の死に触れることも少ない。二十一歳にもなって、死んでいる人を見たのが初めてだとは、ある意味幸せな人生だったのかもしれない。それでも、彼の態度になぜか違和感を覚える。何かを隠している。そんな淀みが、彼の目にちらちらと見え隠れするのだ。

佐々に、小さく合図した。彼が身を乗り出す。

「宮崎さんは、ミクシィで日記を書いていました。知っていましたか」

「彼女から聞いて、知ってました」

「宮崎さんが亡くなった後も、彼女のＩＤで誰かがミクシィにログインしたり、日記をアップしたりしていた形跡があるんです。あなたがやっていたんでしょう」

意外と素直に野島が頷く。

「僕です」

「どうしてそんなことをしたんですか」

「彼女が、なぜあんなに急に亡くなったのか、どうしてもわからなくて。ミクシィで日記をつけていると聞いたので、ひょっとすると遺書でも残しているんじゃないかと、見てみたんです」

「自殺を疑っていたわけですか」

佐々の質問に、野島は眉をひそめて顎を引いた。

「持病があるという話も聞かなかったし、てっきり自殺だと思いました。最後に一緒にいたのは自分ですから、彼女を傷つけるようなことを言ったり、したりしたんだろうかとか、考えるとすごく不安で」

「それで彼女のミクシィにログインしてみたんですね」

話の筋は通っているように聞こえる。ただし、もしも野島に都合の悪い内容が書かれていれば、たちまち削除して証拠を隠滅できただろう。

「宮崎さん宛に、僕が送ったメッセージは読みましたか」

「読みました」

「返事はなかったですが」

「――返事のしかたもよくわからなくて」

「わざわざ、新しい日記をアップしたのはなぜですか」

佐々は追及の手を緩めない。

「彼女、日記の下書きを残していたんです」

「下書きを残すって、どういうことですか」

梓が横から口を挟んだ。

「ミクシィでは、日記を公開する前に文章を推敲(すいこう)することができるように、下書きという非公開の状態で日記を保存することができるんです」

梓の質問には、佐々が答えた。

「そうです。彼女が残した下書きを読んで、このまま放っておいちゃだめだと思ったんです。せっかく書き残したのに、このままじゃ、誰も読めない。他の人たちが読めるように、公開しようって」

梓は身を乗り出した。

「宮崎さんの日記、読んでどう思いましたか。まるで詩のような日記でしたけど」

自分には意味がわからなかったが、一緒に泊まる仲の野島なら理解できたかもしれない。

野島は、ためらいがちに首をかしげた。

「正直、僕にはよく意味がわからなくて。でも、彼女の知り合いの中には、意味がわかる人だっているかもしれない。そう思ったから、アップしたんです。――日記のコメントを読みましたか」

何のことかわからずにいると、佐々が携帯を使ってミクシィにログインし、宮崎奈津子の日記を表示させた。しばらく無言で何か読んでいたが、そのまま黙ってこちらに画面を見せた。

奈津子の日記に、さまざまな人たちがコメントを書きこんでいる。二百を超える数のコメントで、中にはニュースで彼女の死を知り、わざわざ日記を探して書きこんだ人もいたようだ。

ごく普通の人たち。インターネットの世界でつながった、ゆるい関係の人々。

彼らが、宮崎奈津子を励ましている。温かい言葉で共感を示している。

――何なんだろう、これは。

梓は延々と表示されるコメントに見入った。宮崎奈津子と顔を合わせたこともないらしい人たちが、なぜこんなに親身になって、月に帰りたいと嘆く彼女のことや、その子どもたちのことを心配し、支えになろうというのだろう。

「宮崎さんは、ミクシィのコミュニティにいくつか入っていました。ほとんどが、そこで知り合った人たちだと思います。直接会ったことはなくても、ネット上で友達になっていたんですね」

佐々が説明してくれた。

「僕はこれを読んで、このまま黙ってちゃいけないと思ったんです。彼女がどんなふうに亡くなったのか、ちゃんと警察に行って、話す義務があるって」

野島が、生真面目な表情で言った。

†

「私は年齢のわりに古い人間なのかもしれません」

野島を取調室に残し、梓たちは今井とともに刑事部屋の一画にある応接セットに移動した。梓の言葉を、今井は黙って聞いている。

「宮崎さんの身に何が起きていたのか、まだよく理解できないんです。彼女は豊洲のマンション内で、まるで空気のように存在感が希薄でした。彼女と子どもたちが住んでいることは知っていても、友達と言えるような人たちは、おそらくひとりもいなかったのだろうと思います。でも——ネットの世界で、彼女の気持ちを理解し、支援しようという人たちは、あんなに大勢いたってことですよね」

「正直、私にもさっぱりですよ」

不惑をいくらか越えたように見える今井が、苦笑いとともに白状した。

「これまでわかったことを、一応お話ししておきますとね。宮崎さんは、二週間前に子どもを残して自宅を出て、しばらくひとりでホテルを転々としていたらしいことがわかっています。その後、馴染みのホストの野島君と一緒にホテルにしけこんで、五日後に亡くなった。彼女の宿泊先などは、カードの支払い履歴などから確認が取れています」

「彼女、野島さんに自分の子どものことは何と言っていたんですか」

「それがね。子どもがいることを話してないんですよ。野島君は彼女の死後に過去の日記を読んで初めて、子どもがいると知ったそうです」

月に帰るなんて、綺麗な欺瞞だ。

彼女はただ、今の生活から逃げ出したかっただけじゃないか。離婚し、誰の手も借りずに子どもたちを抱えて働いていた。外見は綺麗に装っていたが、中身はくたくたに疲れ果てていた。彼女の住まいとよく似ている。器はぴかぴかのデザイナーズマンションだが、中は荒れ放題のゴミ屋敷。そんな生活を投げ出したかっただけじゃないのか。

あんなに小さな子どもを放り出して、自分は男と遊び歩いていた。透也と麻耶の命が助かったのは、奇跡のようなものだ。

刑事としては、そう考えるものの――。

ベランダから、運河の向こうに見える〈東京〉の夜景を見つめて帰りたいと呟いていた宮崎奈津子を、百パーセント切り捨てていいものか、梓にも確信が持てない。

彼女が帰りたかったのは、どこか遠くにある彼岸。ここではない、橋の向こう側だ。宮崎奈津子が、勇気を出して向こう側に渡ったところで――やっぱり、彼女はそのまた向こう側を見ていたような気がする。

いつまでも橋の向こう側を見つめ続ける奈津子を、馬鹿な人だと完全に切り捨てられないのは、自分の中にだって、少しはそういうところがあるかもしれないと思うからだ。

「豊洲のマンションに住んでいたそうですね、死んだ彼女」

今井がソファの背もたれに軽く背中を預けた。

「やりにくいでしょう。聞き込み」

今井の浅黒い顔に、ちらりと親しげな笑みがひらめく。梓は戸惑いながら頷いた。この人は、豊洲で勤務したこともあるのだろうか。

「いや、私はそちらで勤務したことはないんですがね。ちょうど、二十年も前の渋谷が似たような感じだったなと思ってね」

「二十年前ですか」

梓はまだ小学生だ。

「その頃、渋谷も急に雰囲気が変わりましたからね。ギャルなんて言葉がブームになった頃ですよ。新しい人たちが入り込んできて、それまで保っていた地縁がすっかり消えてしまった。新宿だってそうです。街が変わる時には、私らの仕事はやりにくくなる」

「渋谷や新宿も、そうでしたか」

「隣近所が何をしてる人か知らないってのは、都会では昔から言われてきたことですがね。しかし、これからますますその傾向が強くなるでしょう。みんな、自分の内側に――パソコンやら携帯やら使って閉じこもっていきますからね。これから、私たちの捜査はどんどんやりにくくなりますよ。聞き込みをしても、誰も何も見てないし、知らないと言うんです」

梓は、シティコート豊洲の、昼間はほとんど人の姿が見えない廊下を思い浮かべた。確かにあんな街ばかりになれば、警察官の仕事は恐ろしく困難なものになるだろう。

それぞれの家族が、それぞれに生きている。そして、たとえばミクシィなどのネットを通じて、うっすらとつながっている。あるいは、つながっているように感じている。お釈迦様が天界から下ろした蜘蛛の糸のようにはかない縁かもしれないが。

「だけどね。豊洲みたいな新しい土地に、人が住み始めるでしょう。そいつは最初、ただの地域なんですよ。街じゃないんだ」

街じゃない、という今井の言葉に、梓は反応した。

「人が住んで、人と人との間に関わりが生まれてね。地域がそのうち、街に生まれ変わるんです。私ら警察官は、その変化を見守るのが仕事だと思うことがあります」

今井がちょっと照れたように、分厚い手のひらで自分の頰をつるりと撫(な)でた。地域が街になる、と梓は口の中で呟いた。そんな瞬間に、自分も立ち会うことができるだろうか。身じろぎした瞬間に、上着の内ポケットに入れた長田神社の肌身守の存在を感じた。心配性の母親が毎年送ってくれる、そのお守りを通じて、遠く神戸に住む実家の家族の気持ちが自分の中になだれ込んでくる。人と人との関わりは、祈りに通じるのかもしれない。〈あなた〉を大事に思っている。その気持ちが、いつか地域を街に変える。

「――彼女が使ったＭＤＭＡ、入手経路は判明したんでしょうか」

「それがね。どうやら、例のホストクラブで手に入れたようです」

今井はこの話をする時だけ、やや表情を曇らせた。

「野島君はアルバイトなので、売買に直接タッチしてはいないようですが、店でそういう薬物が売られていることは、うすうす気づいていたようでね。ホストクラブには昨夜のうちにガサ入れしました。覚せい剤や麻薬、ＭＤＭＡなどを持っていて捕まったのが、八人ほどいますよ」

今朝のニュースにはなっていない。その程度の事件は、珍しくもないからだろう。

野島が黙り通すつもりだったのは、そのことだったのか。彼女が薬物を手に入れたことに気づいていた。だから、彼女が変死した時も、薬物の摂取が原因だと気がついた。自分が勤務するホストクラブで入手したという証拠が残っていれば、自分が疑われるかもしれない——そんな不安を感じて、慌ててケータイやパソコンを持ち出した。そういうことだったのか。あの生真面目そうな野島ですら、純白ではない。奈津子が死んで誰の目にも触れないまま消えるはずだった彼女の詩を、代わって日記に公開するような繊細さは持つくせに。

「取調べに立ち会わせていただいて、ありがとうございました」

梓は今井に深く頭を下げた。宮崎奈津子の件に最後まで関わることができたのは、彼らのおかげだ。

「いや、なに。八坂さんの頼みとあれば、私もひと肌、脱がないわけにはいかない」

今井が照れたように、片手を身体の前で軽く振った。意外な気がした。

「八坂班長をご存知なんですか」

飄々としているが、顔の広い上司だと思ったことはある。

「昔、一緒に仕事をしましてね」

それ以上のことは語らず、今井は微笑んでいる。昔の八坂は、どんな刑事だったのか、機会があれば聞いてみたいと思った。重ねて礼を述べ、渋谷署を辞去した。電話で八坂班長に状況を報告し、深川署に戻ることにする。

「帰りに、シティコート豊洲に寄りませんか」

梓の提案に、ハンドルを握った佐々が心得た笑みを見せる。

「いいですね」

彼も同じことを考えていたのに違いない。マンションのゲスト用駐車場に車を停め、中庭に歩を進めた。天気予報では曇りだと言っていたが、昼前の気温はやはり三十七度近い。中庭の公園や遊具に、子どもと母親の姿は数えるほどしかない。ひっそりと静かで、なんだか眠っているようだ。みんな自宅に閉じこもっているのかもしれない。

高層マンションを見上げると、巨大なハチの巣のように見えてくる。あの窓ひとつひとつにハチの子が入っていて、自分のテリトリーを守っている。

「もしも宮崎奈津子が薬物で亡くなっていなければ、自宅に戻ったと思いますか」

佐々が上着を腕に掛け、尋ねるともなく尋ねた。宮崎奈津子が亡くなり、死因も判明。危うく餓死するところだった子どもたちの引き取り手も現れた。MDMAの入手ルートに関しては、あとは渋谷署に任せるしかない。

梓たちにとっては、完全に事件は終わったことになる。

「戻ったかもしれないですね」

しかし、二週間だ。その間放置された子どもたちが生き延びたのは、透也少年がしっかりしていて、残されたわずかなお金で食物を確保したからに他ならない。

「なんだか不思議な気がします。人間ってのは、ネットであれほど見知らぬ他人の心配ができるのに」

橋を渡って、この島に降りる。それはまるで、別の世界――異世界に渡るようだ。

この街だからだろうか。沸騰するように人口が急増し、古くからこの島に住む人々はいつの間にか駆逐され、見知らぬ他人同士が隣に住むようになった。この島だけの話なのだろうか。

「この島が、僕らの管轄なんですね」

佐々がぐるりと周囲を見渡し、呟いた。

おや、とその顔が何かを見つけ、振り返る。視線の先に、丁寧に腰を折る中年の婦人と、こちらをめざして走ってくる少年の姿があった。柳田加寿子と、透也だった。

「この子の着替えを取りに入りたくて。渋谷警察署の方に許可をもらって、来たんです」

柳田が説明する間に、子どもは佐々の足にしがみついた。よほど気に入られたらしい。意外に子ども好きなのか、佐々も楽しげに子どもとじゃれている。

黄色いTシャツに新しい半ズボン。こぎれいな衣類に着替えた子どもは、昨夜よりは表情が明るく笑顔も見せるようになった。しかし、まだ目のあたりに険がある。あのきつい表情が取れるまでには、まだまだ時間がかかりそうだ。

「麻耶のほうは、明日にも退院できるそうです。九州の姉と相談して、ふたりともうちで引き取るつもりなんですよ。うちは子どもがいなくて、夫婦どちらも子ども好きなものですから、残念がっていたんです」

「透也くん、学校を変わることになりますね」

「ええ。ちょうど夏休み中ですので、二学期から新しい学校に変わらせようかと考えているところです」

橋を渡って、島の向こうに出て行くことになる子どもを、梓は見つめた。

宮崎奈津子は、自力でそうすれば良かったのだ。帰りたい、帰りたいと呟くばかりで、勇気を奮い起こしてどこかに行こうともしなかった。子どもと一緒に、橋を渡れば良かったのに。小学三年生の透也ですら、小銭を握ってひとりで電車に乗ったのに。

それとも、橋を渡った向こう側も、似たようなものだと彼女は知っていたのだろうか。どこに逃げても同じ。本当の意味での逃げ場所なんてない。せいぜい存在するのは、緊急避難に使える退避所くらいだ。彼女がホストの野島と逃げ込んだ、都会のホテルのように。

「何かあったら、児童相談所もそうですが、私たちにも遠慮なくご連絡ください。私たちも深川署にいますから」

行きすぎかもしれないと思いながらも、柳田にそう声をかけずにいられなかった。

丁寧に頭を下げる柳田と子どもに見送られながら、車に戻った。佐々は名残惜しげに子どもに手を振り、ハンドルを握る。ふたりの影が、どんどん遠ざかる。

「また、会えるといいですね」

佐々が小さく呟いた。

「うん。――なんだか、透也くんにはまた会えるような気がします」

梓も頷く。

自分たちにできることは、あまりにも少なくて歯がゆい。けれど――。

「岩倉さんって、面白い名前ですよね」

注意深く運転しながら、佐々が無邪気なほど楽しげに言った。

「ご存じですか。神様が宿る岩のことを、磐座（いわくら）というんです」

何を言いだすのかと、梓は内心で身構えた。

「そうなの？　実家は神社ではないけど」

「梓という名前も、梓弓を連想させますよね。神事に使われる弓のことです。岩倉梓だなんて、完璧に巫女（シャーマン）の名前みたいです」

「もの知りなのね、佐々さんは」

いくぶん嫌味に言うと、佐々が完璧な横顔で笑った。

「気に障ったらすみません。僕の実家が神社なんです。僕は跡を継ぎませんでしたけど」

神官の子が、ずいぶん生臭い世界に飛び込んだものだ。そう言いかけてためらう。

警察無線から、ノイズが流れだした。佐々の指が、すばやく周波数を調整する。

『……一一〇番に入電。豊洲小学校より不審者の通報がありました。二十代後半から三十代男性。服装は紺のスウェット上下に、黒いスニーカー――……』

不審者目撃情報を流し続ける無線をしり目に、佐々が視線をこちらに投げてきた。豊洲小学校なら、すぐ近くだ。

「――行ってみますか」

梓の答えを知っているように、彼の手はもうハンドルを切りはじめている。

「行きましょう」

太陽の光が、ボンネットの上でぎらりと反射して、梓は目を細めた。いつかこの〈ゾーン〉が街になる。その日を見届けたい。

第二話

樹下のひとり法師

2010年11月

常緑の街路樹が増えている。

落ち葉の除去に手がかかるため、落葉樹は近隣住民の評判が良くない。

それに、冬になると枝ばかりで殺風景な落葉樹より、年中青々と葉を茂らせる常緑樹のほうが、活気を感じるからだろうか。

「落葉樹もいいものだと思いますが」

深川署生活安全課の窓辺に立ち、木場公園を見下ろしながら、岩倉梓は呟いた。コーヒーのマグカップを、両手で包んでいる。

公園の樹木は、十一月に入りようやく冷たくなった風を受けて、急速に色づき始めていた。秋とはこうでなくては、と心ひそかに思う。実家にいた頃は、秋になると須磨浦公園や六甲山、場合によっては少し足を伸ばして、京都の嵐山あたりまで紅葉を見に行ったものだ。

この光景も、今年で見納めになるかもしれない。深川署は、清澄や深川、門前仲町などの江戸情緒あふれる街から、豊洲のように再開発で爆発的な変化を遂げつつある街まで、広く管轄区域を持っている。しかし、今後見込まれる豊洲の人口爆発を前に、この春、警視庁は豊洲署の新設を発表した。まだ、豊洲署に配属される陣容はつまびらかにされていないが、深川署生活安全課のメンバーは、半数近くが豊洲署に異動になるのではないかと見られているのだ。

――いよいよ、木場公園も見納めかもしれない。

なんとなく寂しいような気分だ。先週あたりから、梓のスーツは地の厚いものになり、日によっては薄手のコートを羽織っている。

「僕は、どちらかと言えば常緑樹のほうが好きですね。紅葉は美しいですが、葉が落ちてしまうと寒そうだし、痛々しい感じがします」

佐々敏之ものんびりコーヒーをすすりながら、横に並んでいる。ちょっとした休憩時間だ。

常緑樹のほうが好きだという佐々は、彼自身が常緑樹のようで、体中に活力がみなぎっている。自他共に認める深川署生安のホープだ。その自信が彼を輝かせる。豊洲署が新設されると、佐々のような若手は真っ先に異動になるかもしれないが、彼の表情には屈託がない。新しい環境に飛び込んで行くのに抵抗を覚えない若さは、歳月を共にした景色を離れることに憂愁を感じないのかもしれない。

自分がいくらか年齢を重ねたからだろうか、と梓は考えた。佐々と同じ年のころには、自分も常緑樹のほうを好ましいと感じていただろうか。異動や環境の変化を、ただひたすら楽しむことができただろうか。

季節に関係なく緑の葉を茂らせる木々には、どこか流行りの〈アンチエイジング〉と通じるものがあるようだった。年を取ることを拒否する空気。いつまでも若く、若くの合唱が、耳に痛いほどだ。

　夾雑物を払い落とした落葉樹が、しびれるような凍気のなかで凛然と腕を伸ばしている。そんな姿も、衰えない頑固な老人のようで、またいいものだった。春を迎え、柔らかい新緑を透かしてこぼれる日差しも、捨てがたい。うつろう季節を見守り、それに応じて姿を変える落葉樹の臨機応変。

　あんなふうに年を取れたらいい。近ごろ、そんなことを考えている。

「岩倉、佐々」

　班長の八坂が呼んだ。電話の受話器を置くところだった。八坂なら、どちらを好むだろうか。いつか、聞いてみたい。

「なんでしょうか」

　八坂のもとに急ぐと、走り書きのメモをこちらに寄こした。八坂はなかなかの能筆だ。きれいな文字だな、と一瞬見とれた梓は、八坂の眉宇に浮かんだ沈鬱な影を、あやうく見落とすところだった。

「その住所に行ってくれ。豊洲駅前交番から連絡があった。六十代後半と見られるひとり暮らしの男性が、自室で亡くなっている。死因は病死のようだが、身元がわからないそうだ」

　またか――と、梓は考えながら、頷いた。身元不明の死者は、東京ではあまり珍しくない。深川署の管内でも、ここ数年で何件か発生している。

「地域課は手が足りなくて困ってる。引き受けてやってくれ」

手が足りないのは生安も同じだ。現に、今日も美作たちは管内で発生した組織的なオートバイ盗難事件を追いかけて、聞き込みに回っている。そんな中で、自分たちに身元不明の死者の対応が回ってくるのは、梓の性格を見てのことだろうか。

「車を借りてきます」

佐々は上着を摑むと、先に飛び出して行く。住所は豊洲の一角だった。

(また豊洲)

梓はその言葉を口の中で飲み込んだ。

†

豊洲を中心とした埋立地は、ふたつのエリアに分かれている。
北東部は、昔ながらの団地群や古いマンション、雑居ビルが立ち並ぶ、豊洲四丁目、枝川、辰巳といった地域。あとは、ここ十年あまりで急速に開発が進んだ、超高層ビルやタワーマンション、ららぽーと豊洲などに代表される地域だ。雑駁な味わいの残る枝川一丁目の低層住宅エリアを見て、朝凪橋を渡ると、風景の変化に驚くだろう。石川島播磨重工業の造船所跡地などを含む、六十ヘクタールという都心では考えられない規模の土地を再開発し、広い道路と緑の溢れる公園を用意し、最新の設備を持つマンシヨンや大規模商業施設を建てたのだ。

大正十二年、関東大震災で発生した瓦礫（がれき）を埋め立ててできたのが、豊洲の始まりだと言われている。石川島播磨重工業の造船所や、東京電力の新東京火力発電所、東京ガスの都市ガス製造工場などが建設され、石炭埠頭（ふとう）や鉄鋼埠頭などが設けられ、海に面している地の利を生かして産業が発展した。日本初のコンビニと言われる、セブンイレブンの第一号店が開業したのも豊洲だ。産業の発展につれて、豊洲に住む人々も増えた。

昭和二十八年には、豊洲石炭埠頭の開業に合わせて、貨物専用の臨港鉄道、東京都港湾局専用線深川線が敷設された。今でもその線路の名残が、マンションの間などにひっそりと残されている。

新旧二つの区域の違いを際立たせているのは、建物よりむしろ植物かもしれない。

再開発を終えた区域は、人工的に刈り込まれ型にきっちりとはまった印象のモミの木や、よく手入れされた芝生に囲まれている。古くから手付かずの区域は、たとえば団地と道路の間にささやかな庭があり、見事なほど雑然と多様な植物が茂っている。住人が思い思いに育てるのだろうか。椿（つばき）の生け垣あり、アロエや菊のプランターあり、赤い実をつけた南天あり。庶民的でのびのびとした庭だ。

――豊洲では、まるで植物が会話しているみたいだ。

梓は豊洲に来るたび、目を瞠（みは）ってそれらの庭を観察してしまうのだった。

呼び出されたのは、築四十年は経過していそうな、五階建ての集合住宅の一室だった。

マンションと呼ぶのがはばかられる、昭和の匂いを残す建築物だ。一階はテナントになっていて、これも古びた酒屋と昔ながらのラーメン屋が営業している。

「毎朝八時に、わしがここに瀬戸さんを迎えに来とった」

第一発見者となったのは、亡くなった男性の同僚だった。彼らは清掃会社で十年前から一緒に働いている。

「今朝の八時に来られた時には、応答がなかったんですね」

「そう。珍しいけど、用事でもあって先に行ったかと思って出勤したら、まだ来てないんだ。心配になって、自宅に電話をかけてみた。お互いもう年だから、万が一ってことがあるから」

清掃会社のものらしい制服を着たまま、近江というその男性は疲れた顔をしている。六十代だろう。ごま塩の髪は、すっかり頭頂が薄くなっている。イントネーションにかすかに残る訛りに、梓は耳を傾けた。地方の言葉には、どこか懐かしい素朴な匂いがする。

「電話にも出ないんで、上司に報告して、マンションの管理人と一緒に中に入ってみたんだ」

瀬戸則雄と名乗っていた男性は、狭いワンルームでこたつにもぐり、卓につっぷして死んでいるのを発見された。管理人がすぐ警察に通報し、豊洲駅前交番から警察官が飛んできたというわけだ。

窓、玄関などはすべて施錠されていた。夕食後、こたつでテレビを見ていたらしい。警察官が入った時にも、つけっぱなしのテレビがワイドショーを流していたそうだ。

外傷は特にない。遺体は既に運びだされ、司法解剖を待っている。死亡推定時刻は、昨夜の十一時頃だ。

「瀬戸則雄という名前での、住民票登録がないんです」

交番から駆け付けた警察官は三人いたそうだが、今も現場に残っているのは、まだ二十歳そこそこの若者だけだった。応援が来るまで、ここで待てと言われたらしい。

「清掃会社に勤め始めたのが十年前。その直前にこの部屋を借りています。家賃の滞納など一度もなく、隣人とのトラブルもまったくない。模範的な借主だったそうです」

若い制服警官が、室内を見回した。男性のひとり暮らしにしては、きれいに片付いている。よく見ると、極端に身の回りのものが少ない部屋だった。

家具はこたつと、小型のテレビ。腰までの高さしかない棚があり、上段にはひとり分の食器、下段には将棋の本が並んでいる。わずかな衣類はハンガーに掛けて、隅のラックに吊られていた。夏と冬の、グレーの背広がそれぞれ一着ずつ。質素極まりない生活だ。

「近江さんは、瀬戸さんとは親しくつきあわれていたんですか」

「同じ頃に会社に入ったので、仲良くしてもらってたよ。瀬戸さんのほうが、ちょっと年上だと思ってた」

「家族の話とか、昔住んでいた場所とか、何かお話しされませんでしたか」

「いや――」

近江は困惑したような表情を見せている。

「さっきもおまわりさんに聞かれて、考えていたんだけども——瀬戸さんがひとり暮らしなのは知ってたから、あまりそういうことを聞いちゃいかんような気がして」

遠慮して聞かなかったということらしい。親しい間柄でも、詮索がましいことは聞きにくいものだ。

「だけど、関西出身じゃないかと思うことはよくあったな」

「関西ですか」

佐々が手帳にボールペンを走らせている。

「言葉がね、時々関西弁が出るの。あんたもほら、イントネーションがちょっと」

なぜか近江は、梓を指差して嬉しそうな顔をした。仕事の時には、なるべく標準語を話すように心掛けているが、関西弁のアクセントや抑揚は身体の芯にしみついている。関西弁ですねと指摘されると、時にほっとして、おなかの中が温かくなるような気がする。自分には根っこがある。そう言われている気がするからだろうか。

「瀬戸さんの所持品を調べてみましょう」

佐々を促して調査を始めようとすると、残っていた若い制服警官が、こたつの上に載っているものを指差した。

「所持品の中で経歴につながりそうなものは、そこに出しておきました。いくらもありませんでしたが」

なるほど、銀行の預金通帳、キーホルダー、数枚の名刺や葉書、ミニアルバムなどが並んでいる。若い警察官は、増田（ますだ）という名前だった。気のきく若者なら、そのうち刑事としてどこかの捜査課に取りたてられるだろう。増田もそれを意識して協力的なのかもしれない。

「あれ──財布がありませんね」

梓が声を上げると、増田が不安そうな表情で頷いた。

「室内や、遺体のポケットなどはすべて探しましたが、財布はありませんでした」

「現金もなかったんですか」

「そこの棚の家計簿に一万円札が挟んでありましたが、それだけです。家計簿はそのままにしてあります」

それはおかしい。成人男性が財布を持たずに行動するとは考えられない。誰かが持ち去ったか、落としたか。とにかく、昨夜瀬戸に何かあったのかもしれない。

「瀬戸さんから、財布をなくしたとか聞きましたか」

「いいや。昨日の昼を食べた時は、ちゃんと持ってたよ。茶色い革の財布を」

近江が不思議そうに首を振った。

「携帯電話もないですね」

「いやあ、瀬戸さんは携帯を持たない主義だったんだよ。いつも電話のことを気にしてなきゃならないなんて、わずらわしいって言ってさ」

白い手袋をはめた手で、瀬戸の遺品を丹念に調べる。大手都銀の預金通帳は、残高が二十万円近くあった。給与の振込口座に指定されていたようだ。定期的に、給与振込が十数万円ある。銀行には、口座開設時の本人確認書類などを問い合わせる必要があるだろう。鍵は二本で、一本はマンションの玄関のもの、もう一本は会社のロッカーの鍵だと近江が証言してくれた。

「免許証もなし、住民基本台帳カードもなし。ひょっとすると、なくなった財布に入っていたのかもしれませんね。だけど、こんなものがありますよ」

佐々が葉書の下からビニールをかぶせた健康保険証を取り出した。梓は思わず眉をひそめた。

「なにそれ——自分で作ったのかしら」

現在の健康保険証は、ほとんど個人別のカード状になっている。瀬戸が持っていたのは、ひとむかし前に使われていたような、色紙を三つ折りにするタイプだ。色のついた厚紙にパソコンで印刷しただけの代物(しろもの)に見える。「川越工業株式会社」という会社の健康保険組合のものを装っているが、ほぼ間違いなく偽造だ。瀬戸や近江が勤務している清掃業者とは別の名前だし、彼らはアルバイト扱いで、会社の健康保険組合には入っていない。

「身分を証明するものがないと、銀行で口座を開くことができませんからね」

そのために健康保険証を偽造したのか。十年前なら、古いタイプの保険証が通用していた。騙(だま)される人間もいたのかもしれない。

「――なるほどね」

瀬戸が携帯電話を持たなかったのは、おそらく身分を証明することができないからだ。十年前ならともかく、いまどきこんな偽造の保険証で騙される人間はいないだろう。

ミニアルバムを開いてみると、職場の同僚たちとともにカラオケに行った時のものらしい写真が何枚か入っていた。

「これが亡くなった瀬戸さんです」

増田がひとりの男性を指差した。ビールを前に置いて、赤い顔をして微笑(ほほえ)んでいる。それほどお酒には強くなさそうだ。

葉書は一枚。ららぽーと豊洲にあるベルギービールの専門店からの、冬のフェア開催を知らせるダイレクトメールだ。何気なく名刺を見た梓は、その中に同じ店のバーテンダーのものが混じっていることに気がついた。瀬戸は、この店の常連だったのだろうか。

「あのな、刑事さん」

まだ玄関先に辛抱強く立ち、帰らずに待ってくれていた近江が顔を見せた。

「これはただの勘なんだけども。瀬戸さんには、娘がいるんじゃないかと思ったことがある」

「娘さんですか。――どうして、そう思われたんでしょうか」

「瀬戸さんは将棋が大好きでさ。若い女流棋士のなんとかいう人――あのひとが指す時は、まるで自分の子どもが指してるみたいに、テレビにかじりついて見てたからね」

「その女流棋士の名前、覚えてますか？」

首をかしげる近江に、思いついて棚に並んでいる将棋の本から、雑誌を何冊か取り出して広げて見せた。

「ああ、これ。このひとだよ」

近江の表情がぱっと輝く。

対局の写真が表紙に取り上げられている。手前は男性、奥にこちらを向いて座っているのは、若い女性だ。名前は覚えていなかったが、梓もテレビのニュースなどで見た記憶があった。瀬戸則雄の娘がこれくらいの年齢だとすると、かなり年配になってからできた子どもということになる。

目次を見ると、表紙の説明が簡単に記載されていた。

——竜王ランキング戦。手前＝石山修一四段。奥＝吉見涼香倉敷藤花。

†

「瀬戸則雄、偽造された健康保険証によれば、六十七歳。解剖の結果、死亡推定時刻は一昨日の夜十一時から十一時半のあいだ。死因は心筋梗塞だそうです。どこかで転んだのか、背中や臀部に打ち身の跡がありましたが、死因とは関係ないそうです。かなり飲酒していたようで、血中アルコール濃度が０・３パーセント弱——いわゆる酩酊極期と呼ばれる状態だったようです。自宅マンションの鍵はすべて施錠されており、現場に他の人物が関与した形跡もありません。ただ、所持品から財布が消えています。一昨日の昼までは持っていたと、同僚の近江氏が証言しています。瀬戸則雄の身元ですが、東京都内の住民票を照会したところ、瀬戸則雄名義での登録はありません。自宅に残された遺品には、本来の身元につながるようなものもありませんでした」

解剖の結果は、翌日の午後になってようやく出た。八坂に報告し、梓は胸のうちで長いため息をついた。

酩酊極期――運動障害が発生し、まっすぐ歩けない千鳥足状態になる酔い方だ。ほろ酔いかげんをとうに通り越した状態。瀬戸は少々飲みすぎたらしい。転んだのも、そのせいかもしれない。直接の原因ではなくとも、深酒が彼の死期を早めたのかもしれない。

「財布がない――か。岩倉君はどう見る。事件性があると思うか」

班長の八坂は、デスクに両肘をついてこちらを見つめた。やんわりと試験をされているような気分になる。

八坂は数年前まで、本庁の捜査一課で殺人事件を手がけるやり手の刑事だったと聞いている。優しいだけの上司であるはずがない。

ただ、捜査一課時代に、心を病んだという噂がある。休職して、復帰する際に深川署の生安に回された。決して閑職ではないが、本庁の捜査一課よりは心にゆとりが持てるということだろうか。飄然と、ひとりで涼しい風に吹かれているような雰囲気を持つ上司だ。

「――まだ決めつけることはできません。少し、継続調査したいと考えています」

行旅死亡人。

いわゆる行き倒れのことを、法律用語ではそう呼んでいる。行き倒れとは言っても、街路で倒れてそのまま亡くなったというようなケースばかりではない。たとえば山中で事故に遭い、身元を明らかにする所持品を身につけていなかったために、行旅死亡人として扱われた人。身元不明の自殺者。自宅で身元不明のまま病死した人。

無縁社会などという言葉が聞かれるようになったが、高齢の単身者が全国で増加しており、身寄りのないまま亡くなって、身元が確認できないケースも増えている。全国で年間三万二千人の孤独死が発生し、東京都では毎日平均十件程度の孤独死が発生するのだという。うち、東京では昨年百三十人ほどが行旅死亡人として扱われている。警察も多忙を極めるため、なかなか彼らの身元を調べ上げるまでにはいたらない。

このまま放っておけば、瀬戸則雄も行旅死亡人として扱われることは間違いない。死亡診断書を警察で作成し、火葬して遺骨はお寺に預ける。遺品などは区役所に依頼して保管するものの、あとは官報に死亡した瀬戸の特徴などを掲載して、身元が判明するのを待つだけだ。遺族からの連絡がなければ、無縁仏としてお寺で供養される。

人間ひとりの最後を、そんなに簡単には扱いたくない。

「わかった。佐々とふたりで、気がすむまで調べてみるといい」

八坂がにやりと笑った。若い頃には二枚目の俳優に似ていると言われたらしい。端整な男だが、柔弱な感じはしない。梓たちはこれ以外にも事件を抱えている。八坂の下には、他にも四名の刑事がいるが、よほどの大事件でない限り、それぞれ別行動だ。事件のかけもちも、時にはしかたのないことだ。

「ありがとうございます」

捜査を続行しようと佐々を振り向くと、彼は既に上着を抱えていた。

†

瀬戸は一昨日の夜、酩酊するほど飲酒していた。

殺風景と言ってもいいほど、個性のないマンションの室内を思い返すと、瀬戸則雄と名乗っていた人物をわずかに特徴づけるのは、将棋への傾倒とベルギービールという、その二点だけだ。

「佐々さんは、将棋については、詳しいほうですか」

佐々に尋ねると、おぼつかなげな表情が返ってきた。

「――いいえ。駒の並べ方を知っている程度ですね。うちの親父(おやじ)は囲碁を少しやっていましたが、将棋はさっぱりです」

「私も将棋はまったく」

「亡くなった瀬戸さんですが、瀬戸則雄という名前が本名かどうか疑わしいですね。身元を偽って就職するなんて、ひょっとすると」

推測だけでものを言うことを控えたのか、佐々はその続きを飲みこんでしまったが、言いかけたことは想像がつく。瀬戸は、何かの理由で逃亡中だったのかもしれない。借金が返済できずに身元を偽る人もいる。罪を犯して逃げた可能性もある。部屋に残っていた名刺にもひとりずつ当たってみたが、彼らはほとんど仕事上のつきあいでしかなく、瀬戸の個人的な事情や過去などは知らなかった。

残った名刺は、あと一枚。

まだ午後四時半を少し過ぎたところだったが、彼らが向かったのは、ららぽーと豊洲のベルギービール専門店『ノエル』だった。フェア開催を知らせる葉書によれば、昼前から夜までずっと営業しているらしい。瀬戸が泥酔するほど飲むとすれば、気に入りの店で飲んでいたのではないか。

平日の日中なので、子ども連れの若い女性や、学生などでにぎわうららぽーとに入り、案内板を見て店の位置を確認した。中庭に面した、外のテラスでも飲める店らしい。テラス席に座れば、遊覧船乗り場の船着き場の向こうに、お台場あたりの灯が見える。

船が見える場所でもあるのだ。

「店長の今泉さんは、いらっしゃいますか」

レジ脇に立っている若い女性スタッフに尋ねてみる。カウンターの中にいる男性スタッフも、みんな黒いシャツとおそろいの前掛けを着用して、きびきびと動いていた。

「店長は、午後五時からの勤務なんですよ。もうすぐ出てくると思いますけど」

五時からの勤務なら、しばらくここで待つしかなさそうだ。

まだ早い時刻だが、カウンター席はほぼ埋まっている。客の前には、さまざまな色のビールがあった。遅めの昼食をとっているのか、小鍋のパエリアをつついている男性客もいる。

「瀬戸則雄さんという、男性のお客さんをご存じの方はいらっしゃいませんか。七十歳前後の、たぶんいつもグレーの背広を着ていた人です。こちらから、フェアの葉書を受け取っていたようなんですが」

警察バッジを見せて尋ねると、自分は知らないと首をかしげつつも、カウンターの中まで尋ねに行ってくれた。

「すいません。今いるのは全員、お昼のスタッフなんです。夜のスタッフなら、知っているかもしれませんので」

その方、どうかされたんですか、と尋ねる彼女の表情には、純粋な好奇心が浮かんでいる。迷ったが、簡単に答えることにした。

「――ええ。一昨日の夜、亡くなったんです」

目を丸くした彼女が、あ、と呟いて口も丸くした。背の高い四十前後の男性が、何事かと様子を窺（うかが）いながら、こちらに向かってくるところだった。店長の今泉だった。

「瀬戸さんですね。たしかに一昨日も来られてましたよ」

店の前で立ち話もなんなので、とオープンスペースのベンチに誘い、今泉は質問に答えてくれた。四十歳になったばかりくらいの年頃だろう。よく日焼けして快活そうで、フランクな人柄と見えた。他人に慣れているのは、客商売だからなのか、もともとの性格なのか。

瀬戸が亡くなったのは心筋梗塞が原因で、事件性があると考えているわけではないが、念のため一昨日の夜の様子を聞いてまわっていると言うと、快く質問に応じてくれた。

「瀬戸さんはおひとりでしたか」

佐々は熱心に手帳を開き、メモをとる態勢だ。

「ひとりで来られたんですが、常連のお客さんと話しこんでましたよ。いつものことなんです。うちに来られるお客さんは、おひとりで来られる方が多いんですが、気の合うお客さん同士が仲良くなって、一緒に飲むようになったりもするんです」

「瀬戸さんは、以前からこちらによく来られていたんですか」

今泉が考えこむような表情になる。

「よく、ってわけでもないんですが——月に二、三回程度ですね。だいたい、半年くらい前からじゃないでしょうか。ベルギービール、お好きだったそうですよ。こんな店ができたんだと、喜んでくれてましたから。お元気そうでしたが——まさか、急に亡くなったなんて」

「一緒に飲んでおられた方とは、よっぽど仲が良かったんでしょうね。かなり、飲んでおられたんでしょう」

「確かに、一昨日は珍しく瀬戸さんも少し酔ってましたね。話がはずんでたんですよ。いつもはだいたい二杯くらいで切り上げてお帰りになるんですけど、あの日は五、六杯はいったんじゃないかな」

「支払いはご自分でされましたか」

「いつもご自分でされてますよ」

「その時には、お財布を持ってましたよね」

「もちろん」

何を聞くのかと、今泉が呆(あき)れたような表情をする。

「帰りはおひとりでしたか」

「一緒に飲んでいたお客さんが、駅まで一緒に行こうと言って同行されました。瀬戸さんは駅の近くに住んでると聞いていたので」

「そのお客さん、お名前はわかりますか。念のために連絡を取りたいんですけど」

客の個人情報を明かしたくないと、最初は難色を示していた今泉も、人が亡くなっているからということで、名前と電話番号を教えてくれることになった。

西條善明(さいじょうよしあき)というその客も、店に名刺を残した常連客のようだ。勤務先は月島にある病院だった。勤務先の名刺に、わざわざ携帯電話の番号を手書きで添えてある。

「病院の事務をされているそうですよ」

「この方と瀬戸さんは、どんなお話をされていたんでしょうか」

梓の質問に、今泉が笑みを見せた。

「将棋の話ですよ」

「え――」

「おふたりとも、将棋が大好きでね。西條さんは、アマチュアの段位も取っています。そう言えば、瀬戸さんも強いのに、段位を取る気がないって西條さんが嘆いていたなあ」

今泉と別れ、車に戻る途中で携帯が鳴りはじめた。八坂からの連絡だった。

『豊洲駅前交番に行ってくれないか。瀬戸則雄の財布が見つかったらしい』

†

つい先ほど、コンビニの近くで拾ったと言って、若い女性が届けに来たそうだ。

近江が証言したように、茶色い革の古びた二つ折り財布だった。よく使いこまれて、革がくたびれている。小銭入れがついたタイプだ。

「キャッシュカードの瀬戸則雄という名前を見て、昨日見つかった遺体のことを思い出したんです。それで、八坂班長に電話しました」

交番勤務の巡査部長が教えてくれる。

「助かります」

八坂は深川署内で顔が広い。

「現金はこれだけですか」

小銭がたったの百六十円。

手袋をはめて、財布の中身を確認する。

財布の中には、銀行のキャッシュカードが一枚。それからレシートが数枚残っているだけだった。コンビニのものに混じり、一昨日付けの『ノエル』のレシートもある。パエリアとビールを六杯。けっこうな金額だ。つつましい暮らしぶりと比べて、ちぐはぐな印象も受ける。

（何か、いいことでもあったんだろうか）

コンビニのレシートを一枚ずつ見ていくと、中に一昨日の夜十時半という時刻のものがあった。財布が落ちていた場所のすぐ近くにある店舗だ。

「これ、瀬戸さんはノエルを出た後に買い物していますね」

「発泡酒とおつまみみたいですね。まだ飲む気だったのかなあ。だけど、あの部屋には買い物したような跡はありませんでしたよ」

佐々が首をひねっている。梓が思い返してみても、コンビニのレジ袋などはなかった。冷蔵庫も念のために開けてみたが、発泡酒の缶などなかった。

免許証もなし、住民基本台帳カードなどもなし。結局、瀬戸の身元を証明するようなものは、どこにもない。

交番勤務の制服警官が、拾得物件預り書の控えを見せてくれた。拾得者は立川博美（たちかわひろみ）、二十七歳。

預り書には、権利放棄の申告欄に、拾得者が報労金や所有権など一切の権利を放棄したことと、持ち主が現れたことを通知する、返還通知を希望していることが書かれている。財布の持ち主に拾得者の氏名や住所を教えることに同意する、とも書かれていた。

どう見ても男性の財布なのに、若い女性が平気で自分の住所を教えていいというのは、無防備過ぎないか。ささいなことではあるが、なぜか違和感を覚える。

「この、拾得者の立川さんですが、一昨日の夜コンビニの近くで、持ち主の男性と少し喋(しゃべ)ったらしいんですよ」

「瀬戸さんとですか」

「持ち主が見つかったら、お礼を言いたいそうです。それで、返還通知希望なんです。昨日のうちに交番に持ってくるつもりだったそうですが、体調を崩していて、遅くなったと言って心配していました」

瀬戸の死亡推定時刻は午後十一時から十一時半。ひょっとすると、立川博美は生きている瀬戸と話をした最後の人物かもしれない。

瀬戸がいくら酔っていたとは言え、自宅に戻って財布がないことに気づかず、テレビを見ていたりするだろうか。落としたのなら、すぐに心当たりを探しに行ったり、あるいは警察に届けたり——。

(警察に届けたくなかったんだ)

やっとそのことに気がついた。

瀬戸は偽りの身分で生活していた。警察には近づきたくなかったのかもしれない。現金はどれほども入っていないし、キャッシュカードは問題だが、通帳と印鑑があればなんとかなると考えたのかもしれない。

　財布は瀬戸の遺品として扱うことになり、梓たちが署に持ち帰ることになった。

「一度、拾得者の立川さんにも話を聞いたほうがいいかもしれませんね」

　事件性があるとは言えない。しかし、何かが少しずつ奇妙な印象を残している。それは、瀬戸という人物が自分の素姓を隠していたために起きているのだろうか。

「今日のところは、まず西條さんに話を聞きましょう。これぐらいの時刻なら、仕事も終わっているだろうし」

　時計を覗くと、七時半を回ったところだった。

「西條さんと立川さんに話を聞いて、それでも特に事件性がないと判断すれば、この調査はそれで終わるしかないのかしら」

　梓はまだ、瀬戸の素姓を調査することにこだわっていた。ひとりの人間が、無縁仏として葬られるか否かの瀬戸際だ。それとも、死んでしまった人間にとっては、たいした問題ではないのだろうか。

　——大騒ぎしているのは、生きている人間だけ。

「瀬戸則雄の素姓は確かに気になりますが、亡くなった時の様子から見て、事件性はないんじゃないでしょうか。生意気を言うようですが、この件にあまり時間をかけても——」

　佐々はどうやら、瀬戸の件をこれ以上調査しても、収穫はないと考えているようだった。

「もっと大事な、緊急性を要する事件に力を注ぐべきだと思います」

「――それはそうなんですが」

自分は、そんなに簡単に割り切ることができない。これは、性格だろうか。

西條の携帯に電話すると、落ち着いた男性の声が応答した。

『実はいま、ノエルに来ているんです。店長から、瀬戸さんが亡くなったらしいと聞いて、びっくりしましてね』

『ノエル』で落ち合う約束をして、車に乗り込む。今夜も帰宅は遅くなりそうだ。

†

「瀬戸さんの将棋は、僕よりずっと強かったですよ」

西條は、五十歳前後の、小柄だがおなかまわりに少しぜい肉のついた、恰幅(かっぷく)がいい男性だった。無類のビール好きらしく、今夜も瀬戸の急死を悼むと言いつつ、テーブルにはビールのグラスが載っている。

「なんで段位を取らないいんだろうと思って、何度か勧めたこともあるぐらいです。免状をもらうには、お金がかかるからって言ってましたけどね」

三段の免状をもらうのに、五万円以上かかったと西條から聞いて、こちらは目を丸くするばかりだ。

「でもね、ひょっとすると――瀬戸さんは、昔段位を認定されたことがあったんじゃないかという気がしたんですけどね」

「どういうことでしょうか」

「いや、なんとなくそう感じたんですが、段位の認定についてすごく詳しかったんですよ。昔、いいところまでいったんじゃないのかなと思いました。奨励会にいたことがあるのかもしれないですね」

「奨励会というのは――」

「プロ棋士になるための登竜門とでもいいますか。そのくらい、彼は強かったんです」

「このお店でお知り合いになったんですよね。将棋の勝負もこちらでされたんですか」

「たまにね」

「一昨日はずいぶん長い間、こちらでお話がはずんでいたそうですが、瀬戸さんに、何か変わった点はありませんでしたか」

西條はビールの泡をちらりと舐めて、じっと考えこんでいた。

「いや――別に、いつもと同じだったと思います。瀬戸さんのお酒は、楽しいお酒でね。乱れるほどには飲まないんだけど、飲むと気持ちが晴れるんだな。いつもにこにこしながら、お気に入りのシメイなんかを飲んでましたよ。一昨日は、女流棋士の話で盛り上がりましてね。瀬戸さんはお気に入りの女流がいて、彼女の活躍を楽しみにしていたんです」

「吉見涼香ですね」

そうです、と言いながら西條の口元がほころんでいる。

「瀬戸さんはひとり暮らしだったから、まるで自分の娘が活躍しているみたいに、嬉しそうに話してましたよ」

自分の娘のように。同じ言葉を、近江からも聞いた。——まさか。

「あの、吉見涼香という人が、瀬戸さんと知り合いだったり、血縁だったりする可能性はないですよね」

「まさか」

西條が驚いたように目を見開いた。

「それなら瀬戸さんもそう言いますよ。それに、吉見涼香の父親は、吉見九段という有名な関西のプロ棋士ですからね。娘のようにというのは、単なる比喩ですよ」

西條に、瀬戸の素姓について話すべきかどうか、迷った。彼なら、瀬戸から故郷の話など耳にしたことがあるかもしれない。

「瀬戸則雄というお名前は、偽名だったかもしれないんです」

意を決して切りだすと、西條が意味を取りかねたのかぽかんとしている。

「偽名——」

「はい。住民票に瀬戸則雄という方の登録がないんです。それで、遺骨の引き取り手すらまだ見つからなくて」

「それで、調べてくれているんですか」

「瀬戸さんから、昔の話を聞かれたことはありませんでしたか。奨励会にいたことがあったんじゃないかと言われましたけど、そういう過去について、住んでいた場所とか、昔の仕事とか、瀬戸さんが漏らすことはなかったでしょうか」

親しくつきあっていた人物が、実は自分に対しても偽名を使い、過去を偽っていた。西條が眉をひそめてうつむいているのは、その衝撃に耐えていたせいかもしれない。

「いや——そう言えば、瀬戸さんはそういうことを一切言わない人でしたから」

「ひとり暮らしだとは聞かれたんですよね。ご家族のことなどは、聞かれたことはなかったですか」

「ひとり暮らしだと聞くと、なんだか尋ねにくくてね。辛(つら)い過去があるのかもしれないし、この年になると、他人のことを根掘り葉掘り聞くのは遠慮してしまうんですよ。——ただ」

西條からぽろりと漏れた言葉に、梓は身を乗り出した。

「ただね。これは僕の勘ですけど、瀬戸という名前が偽名なら、彼は関西の港町の出身じゃないですか」

「どうしてですか」

近江も、瀬戸には関西の訛りがあったと証言していた。

「ほら、瀬戸内海の〈瀬戸〉でしょう。それに、海苔(のり)の〈則雄〉。意識してなかったのかもしれないけど、たぶんそういう連想から来た名前じゃないかな」

しばらく西條から話を聞いたが、目新しいことは特になかった。瀬戸はただ一昨日の夜、西條と吉見涼香の話で盛り上がり、いつもより酒を過ごして帰宅しただけなのだ。

「せっかくいい人と知り合えたと喜んでいたのに、寂しくなるなあ」

梓たちが話を聞き終えて立ち上がると、ぽつりと西條が呟いた。

「ここに来ると、知り合いがいて好きな将棋の話ができる。それが、僕もすごく嬉しかったんですけどね」

瀬戸もそう思っていたのだろうか。

あの寒々しい部屋で暮らしていた瀬戸にとって、この店は職場以外で他人と会話できる貴重な場所だったのかもしれない。厨房は忙しそうで、時おりオリーブオイルだろうか、いい香りが漂ってくる。美味しいものの匂いは、幸福感を呼びさます。

梓は、そっと『ノエル』の店内を見渡した。場所柄、カップルもいれば、会社の同僚風の四人連れもいる。ただ、それに混じってひとりで飲んでいる男女が、意外なほどいることに気がつく。

単身者の高齢化が話題になる昨今だ。独身者や、配偶者と離別したり、死別したりした単身者。子どもがいなければ、彼らの多くはひとり暮らしだ。仕事も辞めてしまえば、一日誰とも話す機会がないという高齢者も多い。月に二度ばかり『ノエル』に飲みに来たという瀬戸は、平素の暮らしと比べてぜいたくにも感じるビールを味わいながら、何を思っていたのだろう。

「――やっぱり、事件にはなりそうにないですね」

車の運転席に戻りながら、佐々が言った。

「瀬戸則雄は、きっと借金か何かから逃げていたんでしょう。これ以上は、何も出ないですよ」

「そうですね。でも、事件にはならなくても、娘さんがいるのなら、お父さんが亡くなったことを知らせてあげたいですね」

「――確かに」

梓に指摘されて、初めて気づいたように佐々が頷く。状況が許す限り、瀬戸の身元を調べてみたかった。人間ひとりが、自分の過去をきれいに捨てて、新しい生活を始めるということがどういうことなのか。想像しただけでも、重い気分になる。

もう、九時を過ぎていた。立川博美に話を聞くのは、明日にするしかない。

†

女子寮に戻り、楽な部屋着に着替えてほっとひと息ついていると、携帯電話が鳴り始めた。

『アズー、あたし。もう帰ったよね？　ちょっとそっちに行ってもいい？』

隣の部屋にいる山形明代だった。断る理由はない。熱いお茶を淹れて待っていると、チャイムが鳴った。

「あんた、またそんなもので夕食をすませるつもりだったの」

入ってくるなり、テーブルの上にあるコンビニ弁当を見て、母親のような小言を言う。梓の同期だが、既に交通課の主と言われている。梓より少し年上なのだが、見た目にはむしろ若く見える。明代に言わせると、近ごろの化粧品は凄い、らしい。メイクも上手なのだろう。

「ほら、かぼちゃの煮つけと、ホタテの辛子味噌あえを作っといたから。一緒に食べよう」

「美味しそう」

「コンビニ弁当のほうも分けるけどいい?」

台所から、勝手知ったる気安さで適当に茶碗や皿を出し、タッパーに入れたおかずやご飯を、かいがいしく盛り付けてくれる。味噌汁はさすがに、インスタントですませるつもりらしい。それでも、ないよりはずっとマシだ。

「八坂班長も人使い荒いよ。アズー、このところほとんど帰るの十一時過ぎてるじゃん」

「班長のせいってわけじゃないんだけど」

お互いに詳しく語ることはない。捜査の内容については、職務が異なればたとえ警察官どうしでも口をつぐんでいる。

「はい、どうぞ」

きれいに皿に並んだおかずを見て、ため息をつきながら梓は両手を合わせた。

「明代ちゃんて、ほんとにお料理上手」

「そうホメられると、また作ってこようと思うわけなのよ」

得意そうに明代が鼻をうごめかす。

まだ湯気のたつ、甘辛く煮付けたかぼちゃを味わいながら、梓が考えるのは瀬戸則雄のことだった。瀬戸はこまめに家計簿をつけていた。几帳面(きちょうめん)な文字で、出入りの記録をきちんと記帳していたのだ。月に数回、『ノエル』でちょっとしたぜいたくを味わう以外には、つつましやかな生活。毎日の食事は、ほとんど「弁当代」として記入されていた。近ごろは、コンビニやスーパーなどで手軽に弁当が買える。自分だって、明代が来てくれなければコンビニ弁当ですませていたのだから、似たようなものだ。

「なに考えこんでるの？」

明代が呆れたように尋ねた。

「ご飯食べてる間ぐらい、仕事のことは忘れなさいよね」

「ううん、厳密には仕事のことじゃないんだけど」

しかし確かに、せっかく来てくれた明代に失礼ではある。

「あたしは生安にいるアズーが羨ましいわよ。八坂さんも佐々くんもいい男じゃない。うちにはちっともいい男がいないのよ。いいなあ、あたしも生安に異動願いを出そうかなあ」

「交通課だって、白バイ隊の橋爪(はしづめ)くんとか、かっこいい人いるじゃない」

「でもあいつ、彼女いるんだって」

「そんなこと言うなら、八坂さんは結婚してるって」

明代がそれもそうかと言いながら、はじけるように笑っている。

深川署の管轄地域は、多くの運河と島で構成されている。百を超える橋があり、そのほとんどが中央を高く盛り上げた太鼓橋になっていて、見通しが良くない。交通事故が発生する原因にもなっていて、交通課は大忙しだ。そのわりには、彼女はいつも元気そうだった。

明代も自分も、まだ独身だ。気になるのでいろいろ本を読んでみたのだが、結婚しない人々は増えているらしく、二〇三〇年には生涯未婚率が男性二十九パーセント、女性二十三パーセントと予測されている。四人にひとりが、結婚しないというのだ。

もし自分が独身のまま仕事を続けるのなら、明代のような気の合う女性と、一緒にマンションでも借りて住むほうが、気楽でいいかもしれない。瀬戸則雄の最期を見た後では、そんなことをふと思った。

翌日は土曜日だった。

出勤したとたん、一一〇番通報と交番からの応援要請があった。門前仲町で学生が喧嘩しているという通報で、佐々と現場に駆け付けた。パトロール警官のおかげで喧嘩は収束に向かっていたものの、事情を聴取するのに午後までかかり、やっと時間が取れたのは午後三時になった頃だった。

「それじゃ、今から行くんですか。立川博美」

瀬戸と最後に会ったらしい立川博美から話を聞いて、それでなお事件性がなければ、残念だが瀬戸の件はそこで打ち切るしかない。

近江と西條から、瀬戸の身元を知る手掛かりとして、関西出身であるらしいことと、将棋が非常に強かったことなどを聞くことはできたものの、それだけでは本人の身元にたどりつくのは難しい。

「行ってみましょう。念のためですが」

「了解」

微妙に佐々の腰が重い。行ったところでどのみち無駄だと考えているからだろう。佐々の感覚が正しいのかもしれない。

立川博美の話を聞いたところで、瀬戸の身元が判明する可能性は低い。ただ、梓が引っかかっているのは、瀬戸の財布を交番に届け出た際に、彼女が口にした「お礼を言いたい」という言葉だった。瀬戸と彼女の間に、何があったのか。

出発前に、拾得物件預り書に書かれた固定電話に電話してみたが、誰も出なかった。木場の深川署から、彼女が住む豊洲四丁目のマンションまでは、車なら十分とかからない。

「無駄足を踏むかもしれませんが」

土曜日だから、出かけている可能性もある。

住所を頼りに朝凪橋を渡り、医院の角を曲がった。立川博美は瀬戸則雄と意外なほど近くに住んでいる。

「このマンションの三階です」

小さな建物が、こまごまと肩を寄せ合うような一帯を見まわし、このあたりもそのうち、再開発の波に飲み込まれていくのだろうかと思った。こぢんまりしたマンションだが、そろそろ老朽化が進んでいる。

階段を上がると、三階には扉が三つあった。真ん中の部屋の、立川と書かれたネームプレートを見てチャイムを鳴らす。懐かしいチャイムの音がする。——応答はない。

「出ませんね」

「——出かけているのかもしれないですね」

白い厚紙に、ボールペンで「立川」と書いた文字が、どこか弱々しい。

何かが鼻を刺激した。

「——佐々さん。ちょっと、ガス臭くないですか」

驚いたように佐々も鼻を鳴らした。

「本当だ。——管理人さんを探してきます」

一階に管理人室があった。そちらは佐々に任せ、梓は廊下に面した小窓から中の様子を窺う。レースのカーテンが邪魔をして、中は見えない。ガスの匂いははっきり漂っていた。

両隣の部屋のチャイムを鳴らすと、右側は誰も出なかったが、左側は若い女性の声が応答した。

「深川署の者ですが、お隣でガス漏れが発生している可能性があります。危険ですから、いったん屋外に退避願えませんか」

　室内着らしいスウェットスーツを着て、慌てて部屋を出てきた女性が、住んでいるのは自分ひとりで家族はいないと言った。とりあえず、彼女さえ避難させれば大丈夫だ。

　管理人と一緒に戻ってくるかと思ったら、佐々がひとりで戻ってきた。

「管理人さんは来るのが怖いと言うので、鍵を借りてきました」

　無理もない。ガス漏れは、下手をすると爆発するかもしれない。

　鍵を開け、立川博美を呼びながらドアを開けた。チェーンはかかっていなかった。むっとするような、腐った玉ねぎに似た匂いが鼻を刺す。

「窓を開けて、ガスの元栓を締めてください。立川さん、お留守ですか」

　玄関のドアを開け放し、指示を受けた佐々が、急いで部屋の窓を開ける。１ＤＫのマンションの、寝室を覗いて梓ははっとした。

「立川さん！」

　ベッドにうつぶせになって倒れている若い女性の身体を抱き起こし、とっさに脈を診た。

（大丈夫だ）

　意識はないらしい。自殺をはかったのだろうか。昔と違い、現在の都市ガスは一酸化炭素の含有量が低い。都市ガスで一酸化炭素中毒になって自殺するのは、今ではほとんど不可能だろう。ただし、ガスが充満して酸素欠乏症で死ぬ可能性はある。うっかり火をつければ、大爆発だ。

「彼女を外に運んで、救急車を呼びましょう」

「僕が運びます」

佐々が博美を両腕で抱え上げ、ひとまず廊下に運び出した。意識がない人間は重いものだが、さすがに軽々と抱えている。

台所のテーブルに、グラスと錠剤を見つけた。梓も急いで部屋を出ながら、錠剤の名前を目の隅に焼き付けた。医者が処方する、睡眠薬の一種だった。

†

幸い、発見が早かった。立川博美は命に別条なく、記憶障害などの後遺症が残ることもないだろうというのが、救急車で運びこまれた病院の医師の診断だった。意識も戻ったそうだ。

「そうですか。――良かった」

豊洲にはまだ、入院設備の整った病院が少ない。歯科や小児科はいっきに増えたが、人口の急増に、総合病院の建設が追い付いていない。博美が搬送されたのは、豊洲で唯一と言ってもいい救急指定の総合病院だった。病院なのだが、パッとみた印象では、古いマンションを思わせる建物だ。

室内に充満するガスを抜き、念のためガス会社にも連絡した。マンションの後始末には佐々が残り、梓は救急車に同乗して病院に向かった。看護師たちは最初、博美の姉かと勘違いしていたようだ。

瀬戸が亡くなる直前の様子を聞くために博美のマンションを訪問したのだが、思いがけないことになってしまった。

「立川さんに、少し話を聞いてもいいですか」

睡眠薬を飲み、ガスの元栓を開いての自殺未遂だということは、医師たちが博美と話して既に確認が取れている。

「大丈夫でしょう。僕も立ち会います。まだ精神状態が不安定なので、長時間は無理ですが」

服部（はっとり）と名乗った医師は、そろそろ四十路にさしかかろうかという、色白でぽっちゃりした体型の男性だった。

「立川さん。気分はどうですか」

博美が運びこまれた処置室に入り、かけた声も、男性にしてはこの上なく優しい。

ベッドの上に横たわり点滴を受けている博美の顔を、梓はまじまじと見つめた。マンションで救助した時には、こちらも余裕がなかったのだが。

——若い。

若いというより、幼いと言ったほうがいいような、細面に目の大きな顔立ちだ。二十七歳と聞いていたが、二十前後にも見える。いまはひどい顔色で、疲れきった表情をしているものの、ちゃんと化粧をすれば可愛いだろうなと思える。

「警察の方が、少しだけお話ししたいと言われているんだけど、大丈夫かな」

こちらにどうぞと、服部医師が梓を呼んでくれる。近づいていくと、博美がぼんやりとした視線を向けてきた。

「立川博美さんですね」

声もなく、小さく頷く。

「深川署の岩倉です」

「この人が偶然見つけてくれなきゃ、たいへんなことになっていたかもしれないよ」

服部医師がやんわりと横から口添えしてくれたが、博美はそちらにも伏し目がちに小さく頷き返しただけだった。

「瀬戸則雄さんという男性のことで、立川さんのお宅に伺ったところだったんです」

「せと――」

記憶を探るように、しばしまつげを震わせた後の、彼女の表情の変化を梓は見守った。

「やっぱり」

みるみるうちに、大きく見開いた目から涙があふれる。やっぱり、私が、と何度も呟き、嗚咽を漏らしている。博美がなぜ、瀬戸の名前を聞いたとたんに取り乱すのか、わからなかった。

「あの――立川さんは、瀬戸さんをご存じなんですか」

答えない。まるで、知らない街で親にはぐれた頑是ない子どものように、身も世もなく泣いている。博美の泣き方には、つい手を差し伸べたくなるようなところがあった。

わたしはひとり。

頼るものもなく、ひとり。

心の底からそう嘆いているような激しい泣き方だ。

毛布から出た博美の肩を、優しく撫でてやりながら、梓は頷いた。

「そんなに泣かないで。どうしてあなたが泣くんですか」

涙をこらえようと、博美がしゃくりあげた。

「だって――あの人、死んだんでしょう」

やっとまともに口をきいた。そう感じて、博美を見守る。何かを決意したように、彼女は点滴の針を刺していないほうの手の甲で、目を拭った。

「私、あの人を突き飛ばしたんです」

†

一時はあっけにとられたが、博美の言葉を辛抱強く引き出すうちに、やっと全体がつかめてきた。その頃になって、マンションの後始末を終えた佐々が追いついてきた。

「つまり、あの夜、立川博美が泣きながらコンビニの近くの道を歩いていたら、知らない男性が声をかけてきたそうです」

神経が高ぶっているようだから、と服部医師が適当に事情聴取を切り上げさせたので、梓は佐々と病院の廊下で立ち話だ。

「それが瀬戸則雄ですか」

「——そうです。お酒の匂いをぷんぷんさせている男性がしばらく後をついてきて、肩に手をかけようとしたので、怖くなって突き飛ばした。酔っぱらっていたのか、男性はひどく転んだ。立川博美はびっくりして逃げようとしたけど、男性は平気な顔で立ち上がって、これあげると言って発泡酒とおつまみの入ったコンビニの袋を渡した。たまにはいいこともあるから、元気出せって、それだけ言って袋を押しつけて立ち去ったそうです」

「それがあの、瀬戸則雄の最後の買い物ですか」

瀬戸の財布には、レシートだけが残されていた。それだけなら、若い女性の悲傷を慰めようとした男性のちょっとした善行、で終わっていたはずなのだ。

「転んだ拍子に男性が財布を落としたらしく、彼女はそれを拾って交番に届けたそうです。体調が悪かったのと、いろいろ迷うことがあって一日遅れたけれど、ぜひお礼を言いたいと思って、警察官にもそう伝えた。ところが——」

「くだんの男性が、自分と会った直後に亡くなっていたことがわかった」

梓は大きく頷いてみせた。

交番から、財布の落とし主は見つかったが、亡くなっていたという電話があったのだった。

「それじゃ彼女は、自分が突き飛ばしたせいで瀬戸則雄が死んだと思ったんですか」

「タイミングが悪すぎたんですね」

瀬戸の心筋梗塞と、転んだこととは直接の因果関係はないと思われる。司法解剖を行った医師も、そう死体検案書に書いていた。

「ですが、まさかそれだけの勘違いで、自殺を図るなんて」

佐々が絶句している。

「それだけが理由というわけでも、ないみたいなんですが」

博美はしばらく前から精神状態が不安定になり、眠れない夜が続いていた。自宅近くの医院でうつ病との診断を受け、抗うつ薬と睡眠薬の処方を受けていたそうだ。

服部医師が、博美の主治医と連絡をとってくれた。自殺の恐れがあるということで、このまま彼女を入院させることになっている。自殺しようとした理由だけは、どんなに尋ねても博美は答えようとしなかった。

「ちゃんとした理由が、あるのかどうかもわかりませんね」

若い女性が、自分の人生を投げ出してしまいたくなる理由。

本当は、死ぬのに理由など必要ないのかもしれない。ただ心が疲れた。もういいかと思ってしまった。――その程度のことで、魔がさすこともあるのかもしれない。生き延びて、後から考えれば、なぜそんなことで死のうなどと考えたのか、自分で不思議に思うようなことでも、人は死ぬのかもしれない。

人を命の根っこにつなぎとめる力が、近ごろ弱くなっているような気がする。

「それじゃ――瀬戸則雄の件は、完全に事件性はないという結論になりますね」

失くした財布のことも、買ったはずなのに部屋にはなかった買い物のことも、事情がわかれば何ということもない。――瀬戸則雄の素姓以外は。しかし、それは警察の関知するところではない。自分たちにできることは、すべてやった。

亡くなる少し前、瀬戸は泣いている博美に優しい言葉をかけ、慰めようとした。素姓を隠し、つましい暮らしをし、将棋とビールが唯一の楽しみだった男は、博美の姿に何を重ねたのだろう。

（そう言えば、立川博美も二十七歳だった）

幼く見えるが、拾得物件預り書に書かれた年齢は、瀬戸が熱心に応援していたという、女流棋士の吉見涼香と同じ年頃だったのだ。やはり、瀬戸の娘は彼女たちと同年代なのだろうか。

署に戻り、八坂に報告すると、それで瀬戸則雄の一件は落着だった。

梓の報告を受け、八坂が苦笑混じりに漏らした。

「我々の仕事も、多彩になってきたな」

事件性有無の判断に時間をかけすぎると指摘したかったのかもしれない。確かに、ひとつひとつの事件にこんなに時間をかけていれば、東京の警察官は寝る暇もない。自分の丁寧さが、班の他のメンバーに負担をかけている。それでも、わりきることは難しい。

瀬戸の遺体は解剖の後、事件性なしとして火葬場に送られ、荼毘に付される。後は、江東区役所に連絡し、遺骨の引き取り手を探してもらうほかない。

「関西風のアクセントやイントネーションを感じる話しかたで、将棋が強く、奨励会の内情などにも詳しかったそうです。これは私の推測も混じっていますが、ひょっとすると、自分が奨励会に在籍したことがあったか、あるいは娘さんが奨励会にいたのかもしれません」

帰宅間際に引き留めた区役所の担当者に、電話で調査結果を伝えていく。近江や西條から聞きだした情報を、少しでも多く伝えておきたかった。瀬戸則雄の人生に、自分はこれ以上関わることができない。それでも、もし瀬戸に家族と呼ぶべき人たちがいたのなら、彼らに瀬戸の生と死を伝えてやりたい。

（こんなことを考えるのは、結局のところ私が無責任な赤の他人だからだろうか）

どこか面倒くさそうに聞いている、電話の相手の声を耳にして、そんなことを考える。遺骨の引き取り手を探すのは、たとえ素姓が判明しても骨の折れる作業であるらしい。家族や親族でも、十年、二十年と会わなかった人間の遺骨を引き取る気になれないことも理解できる。昔、金銭的な迷惑をこうむった親族もいるだろう。遺骨の引き取りを拒否されるのは、いまや珍しくもないことだ。

生前の顔写真を含めて、遺骨と遺品は明日にでもそちらに届ける。担当者にそう約束して通話を切った。

瀬戸則雄の一件は、これで完全に終了した。

(——ごめんね)

生前、顔も見たことがない瀬戸に、梓はそう心で詫びた。

†

『岡山の義姉さんから、梨をたくさん送ってもらったんよ。うちでは食べきれへんから、あんたにもおすそ分けするからね』

「もうそんな季節だっけ」

岡山の治子伯母は、父の兄の連れ合いだ。観光農園をやっていて、秋になると柿やら梨やらぶどうやらを、たんまり箱に詰めて送ってくれる。産地から直接届く新鮮な果物類は、スーパーで売られているものとは味が違う。

子どものころ、送ってもらった梨にまるごとかぶりついて、その汁気の多い果肉を味わったことを思い出すと、思わず喉が鳴る。

『あんたも忙しすぎるんよ。次はいつ帰ってくるのよ。お正月には帰ってくるんでしょ』

「さあ——どうかな。お正月休みは取れないと思う」

世間で盆正月などと呼ばれる季節には、警察官は休んでいる場合じゃない。他人が働く時に働き、他人が休む時にも働くのが警察官だ。そう、警察学校の教官たちは言っていた。

『仕事が好きなのもいいけど、たまには家に顔ぐらい見せなさい。お父ちゃんもお兄ちゃんたちも待っとるんよ』

「兄ちゃんの工場、どうなん」

『どうもこうも。こないだ中国ともめたやろ。あれからしばらく、材料の皮革が手に入らへん時期が続いて、そりゃ大変やったよ』

母にかかれば、中国との領土問題も、ご近所とのいざこざと同じレベルだ。そう考えて、口元が緩む。

『あんたの靴はまだ大丈夫なん。新年用に、見繕って送ったげよか』

「またあ。もう十分もろてるよ」

靴の工場を持っている実家からは、季節が変わるたびに、新しい靴が送られてくる。官給の靴よりもずっと足に馴染むので、梓の足元を守るのは、たいてい実家の製品だ。

しばらくたわいのないやりとりをして、受話器を置いた。それからまた、瀬戸則雄のことを考えて、もし自分が実家とこの会話をすることがなければ、どんな生活だっただろうかと想像し、ちょっと背中が寒くなった。

†

「ボトルの中身が何かなんて、私たちにはわかりませんよ。だけど、病院でもらう薬も、そのへんで手に入る薬も効かないからなんてひどい嘘を教えこむんですよ。判断力が弱った年寄りに、セットで二十万円もするようなサプリメントを売りつけるなんて」

口から唾を飛ばして怒っているのは、五十代の娘のほうだった。八十歳になるという母親のほうは、警察署にまで来てこんな恥をかくのが悔しいとばかりに、椅子に腰かけたまうつむいて、目を赤くしている。時おりハンカチで涙を拭っている様子があんまり気の毒で、梓は母親のほうに穏やかに頷いた。

よくある話と言えば、よくある話だ。

連れ合いを亡くした後、家庭を持つ子どもたちの世話にならず、ひとり暮らしを続ける高齢者のもとに、高額商品を売り付ける訪問販売員が押しかける。最初は警戒している高齢者たちも、販売員が上手な営業トークを繰り広げるうちに警戒心を緩め、つい家の中に上げてしまう。健康不安を抱えている人も多く、そもそも話し相手に飢えている人も多いから、販売員に気を許し、高額な商品でもうっかり購入してしまう。そんな金はないと断っても、年金でローンを組んで支払うことができると、彼らは勧める。

子どもたちが知ったら怒るに決まっているので、高額商品を買ってしまったことなど、話すことすらできずに黙っている。そうこうするうちに、クーリングオフの期間を過ぎてしまうのだ。羽毛布団に健康器具、浄水器などなど、あらゆる分野でこの手のトラブルは跡を絶たない。

今回は、看護師をしている娘がたまたま母親の様子を見に行って、とんでもない買い物に気づいたということらしい。

「すぐに業者の連絡先に電話をしてみたんですよ。そしたら、クーリングオフの期間を過ぎているから、こちらでは何の対応もできないの一点張りなんです」

娘のほうは、長年看護師をしているだけあって、しっかり者だ。

「消費者センターにも連絡しましたが、やはりクーリングオフの期間を過ぎてしまうと難しいと言われました。でも、こんなのは詐欺じゃないんですか。警察がこんな悪徳業者を取り締まるべきでしょう」

話しているうちにどんどん感情がエスカレートしてきたようで、今度は矛先が警察に向きそうだ。

「お気持ちはよくわかります」

親子を生活安全課の片隅にある応接セットに招き、班長の八坂とともに話を聞いた梓は、軽く眉根を寄せていた。八坂は黙って彼らの話を聞いているばかりだ。梓の手に負えないと判断すれば、口を出す。そうでなければ、こちらに任せてくれる。

「業者のパンフレットなどはお持ちですか」

たとえば、購入すれば間違いなく幸運が訪れるなどと、霊感商法まがいの宣伝文句が書かれていたり、科学的な根拠のない医学的メリットをうたっていたりすれば、違法行為として摘発できるかもしれない。

「紙に書かれたものはないんです。ただ、そのサプリメントを飲むとどういう効果があるかを販売員が話して、それに騙されたんです」

娘は、憤懣（ふんまん）やるかたないといった表情だ。いくら一般常識的に、この商品には二十万円の価値はないと誰もが思うような品物だったとしても、相手の行為に違法性を見出すことができなければ、取り締まることは難しい。実際にはクーリングオフ可能な商品をクーリングオフの対象外であると偽るなど、業者の側に明らかな落ち度があれば、話は別だが。

「安達さんは、なぜそのサプリメントを購入しようと思ったんですか。その販売員が、おうちに長時間居座って帰ろうとしなかったり、乱暴なふるまいをしたり、何かそういう困ったことがあって、しかたなく購入契約を結ばれたんですか」

母親のほうに穏やかに尋ねると、彼女はしきりに涙を拭いながら首を横に振った。

「いいえ。とんでもない。そんな子じゃありませんでしたよ」

「販売員は、若い人だったんですか」

まるで孫の不始末でも恥じるかのように、母親は黙って頷いた。

「お母さん、何言ってるの。そいつは、お母さんを騙して、わずかな年金からとんでもない金額のローンを支払わせてるのよ。悪魔みたいな女じゃないの」

がみがみと叱り散らす娘に抗弁するように、母親が大きく頭を振る。

「違うのよ。ほんとうに、毎日話をしに来てくれる、優しいいい子だったんだから」

それだけどうにか口にすると、ハンカチを顔に当てて嗚咽を漏らし始めた母親に、娘がなすすべもなく呆然としているのを梓は見つめた。

八坂がソファの背に深く沈む気配がした。

「――つまり安達さんが買ったのは、サプリメントだけじゃなかったんだ」

八坂の低い声を聞いたのは、梓だけだったようだ。

†

安達喜和子にサプリメントを販売したのは、スターベクトルという会社だった。本社所在地は、江東区清澄となっている。

これはまた、と梓は首をかしげた。清澄と言えば、近頃でこそ超高層マンションなども建ち始めて再開発が盛んだが、紀伊國屋文左衛門の屋敷跡を岩崎弥太郎が購入したという、八万平米を超える広さの清澄庭園に代表される、閑静な住宅街だ。いわば豊洲とは対極の、歴史を持つ街だ。

「署の目と鼻の先ですね」

呆れたように言いながら、佐々がハンドルを握っている。やっと、スターベクトルの社長と販売員一名の逮捕令状が、裁判所から出たのだった。

安達喜和子の自宅に訪問していた女性販売員は、森田静と名乗っていた。調査すると、喜和子が住むマンションの他の住人も、何人か同様の被害に遭っていたことがわかったのだ。当初、彼らは一様に、被害に遭ったこと自体を隠そうとしていた。梓たちの説得に応じて、被害届を出すことに同意した三人も、なかなか本当のことを話そうとしなかった。

──自分たちが騙されたと思いたくない。

彼らは皆、森田静を気に入っており、中には同じマンションの住人に紹介したというものさえいた。パンフレットをもらった客もいて、契約書とともに内容を子細にチェックしたが、クーリングオフに関する説明などもきちんと書かれており、書類そのものに違法性を見出すことは難しかった。

（まるで、顧客が解約を言いたてることはないと信じているみたいね）

販売員は客の住居に上がりこみ、一緒に菓子を食べながらお茶を飲むなど長居はしているものの、どちらかと言えば客のほうが彼女の来訪を待っていたようなふしがある。それも、喜和子のケースと同じだった。無理に購入を強いた、とは言い切れない。

ただし、スターベクトル社の周辺を調べるうちに、ひとつだけ気づいたことがあった。

――森田静という販売員の名前は、偽名だったのだ。

本名は米田亜美（よねだあみ）、二十六歳。スターベクトル社の営業を行う時だけ、森田と名乗っていた。契約書には森田静と彼女自身の筆跡で書かれている。通信販売や訪問販売などに関わる商取引を取り締まる、「特定商取引法」に違反し、虚偽の書面を交付したという理由で、逮捕令状を取得したのだった。

「彼女が本名で契約していたら、けっこう危ないところでしたね」

信号を待ちながら、佐々が言う。

「そうですね。でも、悪いことをしていればどこかで無理が出るので、いつかは捕まったんじゃないでしょうか」

彼女がなぜ本名を名乗らなかったのか。そのことのほうが、梓は興味深かった。また、森田静という名前が偽名だったと知った時、騙されたと知っても「静ちゃん」と呼んで目を細めていた喜和子たちは、何を思うのか。

「あそこですね」

思ったよりも新しく綺麗な、七階建てのオフィスビルだった。看板は出ていない。

社長が、今朝出勤してそのまま会社にいることは、自宅から張り込みと尾行を続けた別の刑事たちが確認している。逮捕は、梓たちではなく、別の警部補が行うことになっていた。

問題の森田静こと米田亜美は、自宅を出たところで逮捕する予定だ。

少し離れた場所に車を停め、別働隊と無線で連絡を取り合いながらタイミングを見計らう。八坂班の近藤と依藤、美作と和田のチームも出動している。スターベクトル社の家宅捜索も予定しているため、地域課の応援も頼んでいた。

『米田亜美を逮捕した』

九時五分、近藤のチームから連絡が入った。

『美作了解。それではこれより社長の確保に移る』

「了解。私たちも出ます」

オフィスは三階。エレベーターはあるが、使わずに監視を残して階段で駆け上がる。意外な印象を受けるほど、小さいが整然としたオフィスだった。二十畳前後の部屋に、事務机やファイルキャビネットが並んでいる。

「警視庁深川署です」

美作が警察バッジを見せながら、入り口をくぐると、奥の執務机から厳しい目をした男が立ち上がった。眉間に深い皺を寄せている。

「スターベクトル社長の、溝渕さんですね」

「私が溝渕です」

「あなたに逮捕状が出ています」

こんな商売をするだけあって、肝は据わっているようだ。美作が逮捕状と家宅捜索の令状を見せ、内容を説明してやっている間も、表情ひとつ変えずに黙って聞いている。

「書類やパソコンなど何も手を触れず、ゆっくり立ち上がってください。そのまま静かに部屋の外に出て」

デスクで凍りついたようになっている女性社員が三人いた。証拠を隠滅されないよう、彼女たちをオフィスの外に出す。

彼らの業務内容を詳しく調査し、余罪を追及することはもちろんだが、当面梓が探しているのは、米田亜美の人事資料だった。溝渕社長が、彼女が偽名で営業し、契約書を取り交わしていると認識していたという証拠。販売員だけを検挙して終わらせるつもりは、まったくない。

キャビネットの鍵を開け、ファイルの背表紙をざっと見て行く。気になる資料はどんどん広げて確認した。

「岩倉さん」

どうやら、佐々のほうが早く見つけたようだ。彼が両手で開いたファイルを覗きこむ。

「履歴書と、人事評定です」

履歴書には、本名が記載されている。

「押収しましょう」

念のため、人事関連のファイルをぱらぱらとめくってみた。何かが自分の神経に触れた気がして、もう一度気になるあたりをゆっくり見直してみる。

履歴書に貼付された写真の顔に見覚えがある。目の大きな、子どものような顔立ち。

「立川さん――」

梓の呟きに、佐々も驚いて履歴書の氏名を確かめた。立川博美の履歴書に間違いない。

彼女の人事評価シートの最後には、今年の春に退職と書かれていた。

†

立川博美は、まだ入院している。

そう服部医師に教えられ、梓は非番の日にひとりで立川博美の病室に向かった。実家から、産地直送の梨が届いたばかりだ。自分ひとりでは食べきれないほどの量で、隣の山形明代に差し入れたり、署に持ち込んで八坂班のデスクに置いてまわったりしたものの、それでもまだかごに山盛り一杯残っている。

形のきれいなものを三つ、袋に包んで、手土産がわりに病室に持参した。

「実家のご両親に、見舞いに来てほしくないって断ったんですって？」

ナースステーションで果物ナイフを借り、皮を剝いた梨を勧めても、暗い表情でうつむくばかりだ。しかたなく、ラップでくるんで後で食べられるようにと冷蔵庫に入れておく。

博美の実家は北海道なのだという。両親は、実家の近くにある病院に転院させたいそうだが、博美がそれを嫌がっている。服部医師は、そう言って困惑していた。無理に転院させて、病状を悪化させたくないのだろう。

なぜ自殺しようとしたのか。その理由を、彼女は服部医師にも語ろうとしないそうだ。

「あのね、立川さん。スターベクトルの溝渕社長が、先週逮捕されたの」

こんなことを話すのは、博美の病状にとって決して良いことではないかもしれない。しかし、この話を避けて通っていては、彼女はいつまでたっても回復することはない。そんな決意を秘めて、ここに来た。

案の定、博美の目は大きく見開かれ、真剣なまなざしで振り向く。

「新聞とかテレビのニュース、見てなかった？」

「――知らなかった」

乾燥した唇を嚙んでいる。

「他に、誰か捕まったの」

「米田亜美さん。お仕事の間は、森田静さんと名乗っていたかもしれないけど」

「その人知ってる」

「——あなたも、スターベクトルの販売員だったのね」

穏やかに尋ねたつもりだったが、博美は勘違いしたのか、青ざめてうつむいてしまった。

「あなたを逮捕しに来たわけじゃないから、心配しないでね」

米田亜美は被疑事実を認めたが、偽名を使ったのは溝渕社長の指示であると証言した。彼女は不起訴処分となり、溝渕社長の公判では証言台に立つ予定だ。

そんなわけで、米田亜美以外の販売員や元販売員たちについては、必要があれば事情聴取は行うものの、おとがめなしという判断になったのだ。でなければ、梓もここにひとりで来ることは避けただろう。

「あなた、その仕事が嫌だったんでしょう」

黙っているが、博美の表情が何もかも物語っている。

「嫌でたまらないから辞めたんでしょう。——でも、どうしてあの会社に勤めることになったの」

「——仕事がなくて」

北海道の高校を卒業し、東京の専門学校で二年間、パティシエの勉強をした。ところが就職先が見つからず、アルバイトで食いつなぐ毎日が続く。水商売のアルバイトにも手を出すうちに溝渕社長と知り合って、スターベクトルで働かないかと誘われたのだという。

「入社するまで詳しいことは知らなかったけど、いろんな研修を受けて、実際に訪問販売の仕事をしてみて――」

博美の人事評価は、他の販売員と比べてもずいぶん良かった。

「営業成績が良くなって、商品が売れれば売れるほど、自分が嫌になっていった」

高齢者の独居世帯を調べてリスト化し、販売員はその世帯にのみ営業活動を行う。決してしつこくしないし、通報されたり、後で問題になったりするような行動はしない。何度も訪問するうちに、少しずつ親しい友人のような意識を持たせて、向こうから長話をし始めるまで待つ。そんな方法論を、ことこまかに書いた販売員用のマニュアルが、スターベクトルに残されていた。

「今年に入って、サプリメントを買ってくれたお客さんの息子が会社に押しかけてきて、さんざん罵られた」

「それで退職しようと思ったのね」

博美のような女性なら、誰にでも気に入られたのだろう。高校生ぐらいに見えなくもないから、孫を相手に喋っているような気分になる人もいたかもしれない。

「一セット売れるごとに、あたしたちにも歩合給が入るの。だから、月によっては何セットも売って、びっくりするようなお給料をもらったこともあった。だけど、あのお客さんたち、ほとんどみんな年金暮らしで、アパートで細々と暮らしてるのに、ローンを組んでまで買ってくれるの。買わせてる私って、なんでこんなひどいことをしてるんだろうと思うと」

気持ちが沈むのも無理はない。

退職した後も、仕事はなかなか見つからなかったのだと博美は話した。やっと、話をする気分になってくれた。それが嬉しくて、梓は冷蔵庫から剝いた梨を取り出し、フォークを添えて出してみた。

「美味しいのよ。頂きものなんだけど」

梓には、兄がふたりいるが、妹はいない。年の離れた妹ができたような気分がした。とまどうようにおずおずと八つに切った梨を齧ると、「甘い」と驚いた顔で博美が呟く。美味しいものを美味しいと感じられるなら、この子はまだ大丈夫。そう思い、梓は微笑んだ。

スターベクトルの溝渕社長は、取り調べの席でも全く反省の色が見えなかった。

（高齢者は寂しいんですよ。いや、高齢者だけじゃない。この現代社会ってやつは、みんなが自分の殻に閉じこもってひとりで生きているもんだから、みんな寂しいんです。うちの会社はね、その寂しさをケアするお手伝いをしただけなんだよ。孤独を癒やすのが商売になる時代が来たんですよ。それのどこが悪いと言うんですか、刑事さん）

ふてぶてしい態度でそううそぶく溝渕に、八坂班長はのどかで善良そうな微笑を見せた。

（訪問一回につき二十万円ですか。高いケア料金だな。ぼったくりバーと変わりませんね）

鼻白んだように黙った溝渕を見て、記録を取っていた梓は内心で快哉を叫んだ。

「仕事も見つからなくて貯金はどんどん少なくなっていくし、人を傷つけるような仕事をしなければ自分が食べていくこともできないなんて、なんで私、こんなことになったんだろうって」

「あの夜もそんなことを考えて泣いてたの？」

瀬戸則雄と彼女が遭遇した夜だ。泣いていた彼女に、瀬戸が声をかけたくなった気持ちがよくわかった。癒やしが必要だったのは、彼女のほうだったのかもしれない。高額なサプリメントを購入した高齢者たちは、彼女に自分たちと同じ孤独の匂いを嗅いだのかもしれない。

「お礼、言いたかった」

潤んだ目をして、博美は呟いた。

「あのおじさんが、私と会ったすぐ後で亡くなったって聞いて、私のせいだとしか思えなかった」

「立川さんのせいじゃないよ」

しかし、博美は自分が彼を殺したようなものだと思いこんで、命を断とうとしたのか。不安定な気持ちを抱え込んだまま。

「瀬戸さんは、心筋梗塞の発作を起こして亡くなったの。あの日は、いつもよりずっとたくさんお酒を飲んでいたんですって。それが原因だったんじゃないかな。あなたと会ったことは関係ない。むしろ、瀬戸さんは最後にあなたに会って、自分はいいことをしたと思いながら亡くなったんだと思う」

瀬戸の死に顔は監察医が撮影した写真でしか知らないが、安らかそうな、穏やかな表情をしていた。

「瀬戸さんの遺族とはまだ連絡が取れてないんだけど、彼にはあなたくらいの娘さんがいたかもしれないの。だからきっと、立川さんのことも、自分の娘みたいに思って声をかけたんだと思うよ」

人を慰める言葉は、どうしてこんなに難しいんだろうか。慰めるつもりでかけた言葉が、鋭利な刃物のように相手の心をえぐる可能性もある。

博美がスターベクトル社でやっていた仕事は、たとえ嫌々だったとしても、決して誉められたものではない。しかし、彼女だけが悪いわけじゃない。

（安達さんが買ったのは、サプリメントだけじゃなかったんだ）

八坂の言葉が耳に残っている。

どうか届きますように。

社会に巣立ったばかりで、自分の存在価値を信じることができなくなったこの子に、自分の思いが少しでも届きますように。

――結局、自分には祈ることしかできないのか。

声も上げずに、ベッドの上で涙をこぼしている博美の背中に手を当てながら、ふと窓の外を見れば、病院の中庭には大きなイチョウの木が立ち、黄色い葉っぱをうんと遠くまで伸ばそうとしていた。

†

花房(はなぶさ)という親子連れが、面会したいと署に来ている。そんな連絡を受けたのは、十一月も終わりに近づいた金曜の午後だった。

「江東区役所からの紹介だそうですが」

受付に降りていくと、着物姿の年配の女性と、細い縁の眼鏡をかけて紺色のワンピースを着た若い女性が、待合の長椅子に腰かけている。

「――お待たせいたしました。生活安全課の岩倉と申しますが、本日はどういったご用件でしょうか」

近くで見ると、ふたりの女性は目元がよく似ている。おっとりした、品の良い雰囲気も似通っていた。

「わたくし、花房浩二(こうじ)の前妻でございます。こちらでは、瀬戸則雄と名乗っておりましたようで」

区役所からの紹介と聞き、ひょっとすると、と考えないでもなかった。ふたりは、大阪からわざわざ出てきたという話だった。

「瀬戸則雄さんの奥様と、お嬢さんですか」

「本当に、このたびはいろいろとお世話になりありがとうございました」

頭を下げる婦人を慌てて押しとどめ、それから気づいて梓は携帯電話を取り出した。

「申し訳ありませんが、電話を一本かけさせてください。ぜひこの場に立ち会わせたい人間がいますので」

佐々に電話をかけながら、別室に案内する。素姓が明らかになるとは予想外だったのか、佐々も驚いて生活安全課の刑事部屋から飛んできた。

「花房とはもう十年も前に別れておりまして。再婚しましたので、私たちの現在の名前は、篠原(しのはら)と申します」

すっきりとアップにした髪に、白いものがちらほらと混じっている。

「よく、瀬戸さんが花房さんだとおわかりになりましたね」

「区役所の方が、関西奨励会に花房の写真を送ってくださったそうなんです。知っている人はいないか、ということで――。実は、舞(まい)――この子が昔、奨励会におりまして」

「それじゃ、舞さんも将棋をなさるんですか」

「結局、プロになるのは諦めましたが」

娘のほうが、はにかむように頭を下げた。生真面目そうな女性だった。

「今の倉敷藤花、吉見さんとは同期でした。私はいま、小学校の教師をしておりまして、学校の将棋クラブで教えているんです」

それで、と梓はようやく、瀬戸が吉見涼香をひいきにしていた理由が飲みこめた。

「お父さん――瀬戸さんも、こちらで将棋を趣味になさっていたそうですよ。お友達と将棋を指すこともあったそうです。吉見涼香さんを応援していたんですって」

そう教えると、舞が夢見がちな少女のような表情で笑った。

「花房は本当に、将棋が大好きな人だったんです。この子が奨励会にいた頃は、花房も娘の対局を観戦したりして、奨励会の関係者とも顔見知りになっていました。写真を見て、花房だと気づいた方から、この子のほうに連絡があったんです」

それでは、区役所の担当者も力を尽くしてくれたのだ。奨励会にいた可能性があるという西條の言葉を伝えておいたことも、無駄にはならなかったのだ。

——良かった。

たったひとりで亡くなった、瀬戸則雄という男性の、根っこがようやく見つかった。

「私たち、もとは垂水(たるみ)という、神戸の港町で小さな雑貨屋を営んでおりまして。商売のほうは順調でしたし、花房は娘を将棋指しにするんだと張り切って、教え込んでいたんです。ところが、私も知らない間にお友達の借金の連帯保証人になっていたらしくて、ある日突然、五千万円の借金返済を迫られまして」

彼女が語ってくれたのは、警察官などしていると、さして珍しくもない一家離散の物語だった。花房浩二は金策に行き詰まり、妻子に迷惑をかけないように離婚手続きをとって実家に帰し、自宅と雑貨屋の店を処分して、借金の一部を返済した。そのまま行方をくらましてしまったのだという。

——それが十年ほど昔のことだ。

「自己破産とか、そういう手もあったのかもしれませんが、元来が少し見栄っ張りなところもある人でしたから、破産などということを嫌ったのかもしれません」

東京に出て瀬戸則雄と名前を変え、仕事を探して、ひとりでどうにか生活していた。

「私は実家に戻りましたが、兄夫婦も同居していて、なかなか居づらいものなんですよね。花房のことは気にかかっておりましたが、縁談を勧めてくれる方もいて、結局何年か前に再婚を」

「――そうでしたか」

前の夫の死が判明すると東京まで送り出してくれるのだから、ずいぶん寛容な男性と再婚したのかもしれない。そんな難しい過去があるわりには、彼女の様子は鷹揚(おうよう)で、落ち着いていた。

「それじゃ、遺骨はどうなさるんですか」

遺骨は、親族でなければ引き取ることができない。既に離婚した彼女は、引き取り手にはなれないのだ。

「花房の両親はもう亡くなりましたが、幸いお兄さんが健在なんです。高齢でこちらには来られなかったんですが、遺骨を引き取ると言ってくれましたので、持ち帰ってお渡しするつもりです」

それなら、本当に一件落着だ。梓もようやく愁眉(しゅうび)を開いた。

「区役所の担当の方から、こちらの刑事さんが詳しく調べてくださったので、関西奨励会に連絡したのだというお話を伺いまして、ぜひ刑事さんたちにお目にかかって直接お礼をと思いまして」

親子が頭を下げるのを、梓は慌てて押しとどめた。

「そんな。本当に、見つかって良かったです」

ふと、ひらめいた。

「おふたりは、いつまで東京にいらっしゃるんですか」

「明日帰るつもりです」

豊洲に来てからの、瀬戸則雄の様子を知るひとびとに、会ってみたらどうだろうか。近江や西條の話を聞いたり、『ノエル』の様子を見てみれば、彼の晩年が、つつましやかではあったけれども、意外と満ち足りたものだったと知って、ほっとするのではないだろうか。美味しそうにシメイビールを飲みながら、将棋を指した瀬戸のことを、西條なら喜んで話してくれるだろう。清掃会社の近江にも会えるかもしれない。関西弁のイントネーションがかすかに残っていたという瀬戸の話し方や、吉見涼香をどんな風に応援していたか、懐かしく話してくれるに違いない。

それに――もし可能なら、死の直前に瀬戸が慰めた、立川博美にも会うことができれば。

「差し出がましいかもしれませんが、この土地で瀬戸さん――いえ、花房さんと親しくされていた方々にお会いになりませんか。最近のご様子が、少しはわかるかもしれません」

親子の顔が、ぱっと明るく輝いた。

「本当ですか。それはぜひ」

「父さんが住んでいたマンションも、見てみたいのですが」

舞の言葉に、梓は大きく頷いた。

「それじゃ、私から電話を入れてみますね」

梓が立ち上がると、それまで黙って聞いていた佐々もついてきた。

「僕も、連絡を手伝いますよ」

「ありがとうございます」

「こんなこともあるんですね」

太くて凛々しい眉を下げ、佐々が笑う。

「岩倉さん、ありがとうございました。警察官になって、こんな仕事ができるとは思いませんでした」

僕らは、人間のいちばん汚いところばかり見るのが仕事だと思っていました。

そう呟いて階段を駆け上がっていく佐々を、梓も追いかけることにした。

†

たまには、早く仕事を終えよう。隣室の山形明代のように、美味しい料理でもこしらえて、こちらから差し入れでもしてみよう。

そう決意して、書き終えた捜査報告書をデスクの引き出しにしまいこむ。八坂も今日は早じまいで、机の上はきれいに片付いていた。捜査報告書は明日の朝、いちばんに出せばいい。

「お疲れさまです」

まだ頑張るつもりらしい佐々と挨拶をかわして、署を出た。

帰宅する前に、木場公園の緑に惹かれた。

そろそろ、紅葉した木々も葉を散らし始めている。これから本格的な冬が訪れるだろう。

そう思うと、公園の中を抜けて帰る気になった。昔からなぜか、夏より冬に惹かれる。ぎゅっとかじかむ手を握り、首をすくめて冷たい風に向かって歩くのが、何より好きな子どもだった。

「あれ、岩倉君」

都市緑化植物園の中を、街灯に照らされた珍しい植物や防風林に使われる木々などぼんやり眺めながら散策していると、呼びとめられた。

「班長」

「いま帰りかい」

珍しく早く帰ったと思えば、八坂はスポーツウェアに着替えてランニングしていたらしい。首に巻いたタオルで汗を拭いながら、息を弾ませている。

「時々、公園の中を走るんだ。署に引きこもっていると、運動不足になるから」

課長職ほどではないが、八坂も班長になって書類仕事が増えたようだ。

「瀬戸さん――いや、花房さんか。家族が見つかって良かったな」

このひと月ほど、梓の心のどこかには、ずっと瀬戸則雄のことが引っかかっていた。まるで、それを見抜いていたかのように、八坂が温和な様子で微笑む。

「――はい」

おや、と八坂が梓の足元に視線を落とす。

「新しい靴だね」

「――あ」

母親が梨と一緒に送ってくれた、実家の製品だ。いつも、仕事中は黒い靴を履くようにしているが、今回は光を受けるとわかる程度の、ワインレッドの光沢を帯びた、深い色の革だった。

「うん。いい色だ」

何か照れくさくなって、梓は公園の木々を見上げた。

「――班長。班長は、常緑樹と落葉樹のどちらがお好きですか」

一度、聞いてみたいと思っていた。

捜査一課でエース級の仕事をしていた八坂が、深川署の生安に来て数年になる。神経を病んだという噂があるし、錠剤を飲んでいるところを、うっかり見てしまったこともある。穏やかだが、心の弱い男だと思ったことはない。気持ちが深い男だとは思う。八坂のような男には、この木場公園の風景は、どんなふうに映るのだろう。

「常緑樹と落葉樹？」

八坂は、梓の真似をするように、頭上の木々を見上げる。そうだな、と呟いて微笑した。

「常緑樹のような佐々も必要だし、落葉樹のような岩倉も私には必要だ。どちらが好きかと言われても、決めかねるな」

「落葉樹のような――と言いますと」

誉められているのだか、けなされているのだかよくわからなくて憮然とした。振り向いた八坂の表情が、悪戯っ子のように生き生きしている。

「私も落葉樹だ」

「――はあ」

そんなことを言われても、どう受け止めればいいのだろう。

「人間は、落葉樹にも常緑樹にも、なれるからね。――豊洲署ができれば、この公園とも別れることになるかもしれないな」

戸惑いながら見上げた空に、細くて頼りなげな三日月が浮かんでいた。

今ごろ、篠原親子は西條たちから瀬戸の話を聞いているだろうか。

第三話

ハーメルンの母たち

2011年3月

「だから言ったじゃないの。あそこのスイミングスクールは、いつでも一年くらいキャンセル待ちなのよ。せめて一年半は前から、予約しておかないと」

「そうよねえ。うっかりしてたのよ。慌てて予約したけど、やっぱり一年待ちですって。それまでうちの子、区民プールで練習させようかしら。私もあんまり泳げないんだけど」

「ねえ、新しくできたあの英語教育重視の幼稚園。下の子はあちらに通わせようかと思うんだけど、どう思う？」

「一昨年(おととし)できていたら、私も迷ったかも」

　さわさわと、母親たちのとりとめもない会話が満ちている。

　マンションにしては高い天井に、窓は床から天井まで全面ガラス張りの、明るく広々とした空間。無垢(むく)材のテーブルに、白いソファ。真っ白な壁と天井――開放的で垢(あか)ぬけた印象の室内だ。居心地の良さよりも、女性誌の読者モデル特集でカメラが入った時に、写真写りが良いことを念頭に置いてインテリアを買い求めたような感じだった。ひとことで言えば、まるでモデルルームのようなのだ。

　周囲には、ほのかに甘い香りがたちこめている。ケーキのクリームの香りか、あるいは目の前にいる女性たちの香水だろうか。

——どうして、こんなことになっちゃったんだろう……。

岩倉梓は、女性たちを前にして、ソファの隅でコーヒーカップを持ち上げながら、困惑していた。カップの中身はとっくに空っぽになっている。コーヒーを飲んでいるふりでもしていないと、間がもたないのだ。

窓の向こうに広がるのは、高層マンションの二十八階から見る豊洲の景色だ。ぽつりぽつりと同じ高さまで届く高層建築はあるものの、ほとんどの建物ははるか下に見下ろしている。まるきり展望台の見晴らしだった。夜景はさぞかし見応えがあるだろう。

——この部屋なら、八千万円以上はするでしょうね。

下世話ではあるが、職業柄、ものの値段を知らなくては仕事にならない。再開発された豊洲一丁目に新築されたタワーマンションの価格も、ざっと頭に入っている。エントランスホールも、コンシェルジュが二十四時間待機しているデスクも、シックな焦げ茶のソファが並ぶロビーも、エレベーターホールさえも、豪華な一流ホテルと見まがうばかりだった。住宅ローンの支払いを考えただけで、梓には頭が痛くなるような金額だ。

窓の向こうを吹き抜ける風は強いが、今日は天気がいい。仕事でなければ、景色を楽しめたかもしれないのに。洒落(しゃれ)たカップに注(つ)いでもらったコーヒーだって、遠慮せずにおかわりを頼んだだろうに。

「幼稚園児から英語教育を重視して、バイリンガルを育てるという発想は、きらら幼稚園と同じで面白いわね。人前に出て発表をするとか、英語検定を受験するとか、結果が見えやすい教育だと思うわ。だけど、私なら少し様子を見るかしら」

「そうですね。欧米人と同じように、自分の言いたいことを発言できる子どもを育てるというのが趣旨らしくて、それはわかるんですけど、外国人みたいに言いたいことをずばずば言う子どもに育てちゃうと、学校に上がった時に苛(いじ)められないかと、心配で」

あるある、と何人かが賛同の声を上げる。

梓には話の内容がわかるようでわからなかったが、彼女たちの話を聞いているうちに、今時の幼稚園児がどんなに忙しい一日を送っているかが、少し理解できた。

朝は九時に登園し、朝会の後、さっそくリズム体操とリトミックと呼ばれる音楽を通じた情操教育の時間がある。それがすんだら、語学の学習に散歩に知能レッスン、昼食にお昼寝タイム、おやつがすんだらまたリトミック、絵本の読み聞かせ——と、厳格にスケジュールが決まっているらしい。

ともかく、こうしてはいられない。態勢を立て直さなくては。

「——あの、皆さん。お話がはずんでおられるところ、申し訳ありませんが」

軽く咳払(せきばら)いをして、梓が向き直ると、さすがに彼女たちはおしゃべりを中断してこちらに視線を集めた。梓はあまり衣装にお金をかけない——公務員の薄給ではかけられない——ほうだが、他人の服装を見れば、どのレベルのものかは判断がつく。目の前にずらりと並んでいる二十代後半から四十代前半の女性たちは、どう見ても梓のとはゼロの数がふたつくらい異なる高級品を身につけているようだ。薄手のセーターはカシミアだし、白無地のシャツはシルクで輝きが違う。レフ板効果で顔まわりを明るく見せるのだ。鮮やかなレモン色のジャケットは、発色の良さから見てどこかのブランドものだろう。

ひとつひとつチェックしていると、きりがない。プロの美容師が巻いたのかと思うくらい、ふんわりとした巻き髪。いま風に目元を強調してはいるが、けっして渋谷あたりの若い女性のようにはならない、上品な若奥様風のメイク。子育て中のママなのに、この優雅さはどうだ。

幼稚園に子どもを送り迎えするためのフラットシューズが、ジミーチュウだと気づいた時にはめまいがした。

（世界が違う……）

梓はあやうくため息をつきそうになった。

豊洲に来るたび、自分が生まれ育った世界とは、どこか微妙に違うようだという違和感を覚えてはいた。しかし、今日はまた格別だ。豊洲のなかでも、とびきりアッパークラスのママたちが、ここに集っているのだ。

「ごめんなさい、刑事さん。つい、いつもの調子で話しこんでしまって」

相沢益美（あいざわますみ）が、濃いローズ色の唇をすぼめて詫（わ）びた。彼女は、ここに集まった五人のママたちをとりしきる女ボスのような存在だ。ホテルのスイートルームみたいなこの部屋の持ち主でもある。四十代半ばでもっとも年上だし、社交的で話題が多い。専業主婦だそうだが、夫は外資系の証券会社に勤めていて、仕事上のつきあいで外国人の同僚を招いてホームパーティを開催することもあるそうだ。お茶にお花に、料理教室に、テーブルセッティングの教室。もちろん、外国語も堪能で、英語だけでなくドイツ語、フランス語、スペイン語も日常会話程度ならこなすとか。アロマ関係の資格を持っていて、時々は自宅を開放し「サロン」と呼ぶアロマの教室も開催しているらしい。益美の話を聞いていると、毎日どれだけ忙しいだろうと呆れてしまう。そのうえ、小学三年生と幼稚園児の男の子を抱えている。

——という大量の情報が、ここ一時間の会話を聞くだけで、梓に流れ込んできた。

「いいえ。ただ、皆さんにお尋ねしたいんです。例の——手紙の件ですけれども。何かお心当たりはありませんか」

梓が尋ねると、心当たりと言ってもねえ、と呟きながら、益美が仲間を見まわす。概してナチュラルメイクな彼女たちの中で、バブル世代だからなのか、益美ひとりがややくっきりした化粧をしている。外国人との交際が多いからか、あるいはもともとの顔立ちが、はっきりしているせいかもしれない。梓は心中ひそかに、「カルメン益美」と彼女にあだ名をつけた。

「刑事さん。正直、私たちには心当たりなんて何もありませんし、事件については園長先生からうかがって、ただびっくりしています。まさか——刑事さんは、私たちの中の誰かを疑っているわけではありませんよね？」

カルメン益美が正面切ってそう尋ねると、他のママたちがショックを受けたように、ある者は軽くのけぞり、ある者は口元に手を当てて遺憾の意を表明する。まあ、と言いながら顔を見合わせている者もいる。その様子が、どことなく演技のようだ。うがった見方かもしれないが、本物の警察官を相手にそんな会話を交わすことを、楽しんでいる様子も窺(うかが)える。

刑事ドラマみたい――とでも、浮かれているのではあるまいな。

梓はこめかみを小さく引きつらせた。

「いえ――そういうことではありません。あの幼稚園にお子さんを通わせておられるお母さんがた全員に、お話を伺っているところなんです」

なるべく、世慣れた刑事だと思われるように、梓は低めのトーンで声を出し、落ちついた笑みを浮かべた。

――ふう、疲れる。

まったく、どうしてこんなことになってしまったのだろう。本当なら、今ごろは佐々と一緒に、別の事件を追いかけているはずだったのに。

コーヒーカップに添えられた金のスプーンに、柔らかい光が反射して揺れている。それを見るともなく見やりながら、梓はぼんやりとこれまでの経緯を思い返した。

†

年明け早々に、豊洲二丁目の旧東京消防庁豊洲寮跡地に、豊洲署が新設された。ららぽーと豊洲の目の前だ。生活安全課は、予想通り八坂班長以下の七名が、そのまま新しい課長のもと豊洲署に異動を命じられた。

自分たちも〈ゾーン〉に飛び込んだ。梓はそう感じた。

心機一転した豊洲署の生活安全課に、学校法人大町学園きらら幼稚園の園長を名乗る人物から電話があったのは、月曜日——四日前の午後二時頃だ。

『脅迫状のようなものが届いたんです』

園長の坂口義男は、電話を取った梓に相談を持ちかけた。声から考えて、五十代から六十代前半くらいの男性だった。

困惑した口ぶりではあったが、落ちついていたし、脅迫状を受け取ったわりには怯えている様子でもない。最初は近所の交番に相談したのだが、交番勤務の「おまわりさん」から、生活安全課に相談してはどうかと勧められたのだという。

きらら幼稚園と言えば、去年の春に豊洲に新しくできた私立幼稚園だ。いわゆる「お受験幼稚園」。世田谷区に世田谷本園を持つほか、都内と横浜に合計七か所の幼稚園を持っている。入園に、かなり厳しい倍率の受験を要するそうだ。系列の小中高を持つ付属幼稚園ではなく、園児のほぼ百パーセントが、私立小学校を受験する。その後はもちろん、エスカレーター式に有名私立大学まで駆け上ることを、親たちは期待しているのだ。

豊洲の人口は増え続け、子どもの数もうなぎのぼりに増加している。江東区には既に、一学年につき四十人程度のクラスが七つあって、送迎バスが出るようなマンモス幼稚園や、スポーツの早期教育に熱心な幼稚園など、さまざまな園が存在していたのだが、現在まさに大勢の幼児を抱えている豊洲地域には、大きな園が無かったのだ。いま、幼稚園と保育所が雨後の筍のように作られつつあるが、なかなか追いつかない。

梓も噂で聞いただけだが、二年前にきらら幼稚園の開園が決まった時には、受験申込が殺到したらしい。なんでも、三年先の春の分まで、問い合わせが来るそうだ。

小学校の受験対策のみならず、音感や運動能力を鍛え、情操教育を充実させるとともに、幼稚園児から英語に慣れ親しませるきらら幼稚園の指導方針に、豊洲地域内からママたちが殺到したのだと聞いた。豊洲には高学歴で収入も多く、教育熱心な親が多い。

噂では、保育料とは別に、ひと口十万円の寄付金を、最低でも三口は要求されるのだぞうだ。豊かな家庭でなければ、とても子どもを通わせることはできないだろう。

「幼稚園宛てに、脅迫状が届いたということですか。内容は――」

そばで聞いている班長の八坂にも内容がわかるように、鸚鵡返しにする。

『来週開催するイベントを、中止しろと言ってきたんです』

坂口園長の話はこうだ。

きらら幼稚園には、園児の母親を対象にしたマザーズサークルがある。二年保育と三年保育の組を合わせて、二百名近い園児を抱える幼稚園だ。母親の数もほぼ同数。「ママ友」とうまくつきあっていくのが難しいなど、悩みを抱えた母親たちの助けに少しでもなればと思い、料理やスポーツなど、趣味のサークルをいくつか立ち上げ、なるべくどれかのサークルに所属するよう勧めているのだという。

　そのサークルと、園のPTAが主催するイベントが来週の日曜に予定されている。

『イベントと言っても、料理サークルの参加者が軽食を用意したり、PTA有志が音楽の演奏をしたり、持ち寄った品でバザーを開いたりという、ささやかなものです。昨年四月にオープンしたばかりですから、今年が初めての開催です。誰がこんな手紙を送りつけてきたのかわかりませんが、園児たちも、PTAも開催を楽しみにしているんですよ』

　どうも、要領を得ない。

　だいたい、幼稚園のイベントを中止に追い込むために脅迫状を送りつけるなんて、聞いたこともない。

「どうしましょう」

　生活安全課で引き受けるような案件だろうか。それとなく、そういうニュアンスを込めて八坂に尋ねると、彼は思案気に二、三度目を瞬き、頷いた。

「脅迫と言われれば、無視するわけにもいかないな。岩倉君、話を聞いてきてくれないか。――悪いが、様子がわかるまで、ひとりで動いてほしい。何なら、交番勤務の誰かに同行してもらうようにするから」

　八坂班は、近ごろ江東区で多発している組織的なオートバイ盗を、深川署と協力して追っているところだ。深川署時代からの案件だった。外国人を含む十数名の組織が、駐輪されているオートバイの鍵を壊したりして盗み、海外に密売しているらしい。その動きを摑もうと、やっきになっているところだ。人手が足りない。

「承知しました。当面、ひとりで大丈夫です」

なぜ自分が、とへそを曲げたくもなるが、偶然電話を受けてしまったのだからしかたがない。

(交番で話を聞いてくれればいいのに)

およその事情はわかっている。交番勤務の警察官が、きらら幼稚園からの相談を受けて、梓のことを思い出したのに違いない。

岩倉梓にぴったりの事件じゃないか——。

彼らの脳裏をよぎったに違いない言葉が読めた気がして、梓は軽く憂鬱になった。どうせ自分は、事件とも呼べないような事件に、とことんこだわる人間だ。あいつはトロくさい、と近ごろ先輩の刑事たちに後ろ指をさされていることも、うすうす気づいている。

「おう、幼稚園に脅迫状が来たんだって？　また岩倉らしい事件だな」

どこから聞きつけたのか、同じ八坂班の美作刑事が嬉しそうに声をかけてきたのも癪に障る。いかにも体格のいい男で、犯人と取っ組みあっても、平気でねじふせてしまいそうなこわもてだ。ベテランの美作から見れば、自分の仕事ぶりなどおままごとのようで歯がゆいのかもしれないと思うこともある。

「まあ、頑張りな」

本気で言っているのかどうか、そんな声援に送られて署を出た。そういうわけで、内心はいやいやながら、梓は徒歩で幼稚園を訪問した。きらら幼稚園は、豊洲三丁目の、巨大マンションの一階部分を占めている。署から歩いて行ける距離だ。

――私が通った幼稚園とは、えらい違いね。

白っぽいマンションの建物を見上げながら、嘆息する。

梓が二年間通った神戸の幼稚園は、一学年に園児が三十人あまりの小さなカソリック系幼稚園だった。教会に付属していて、日曜日には自由参加のミサがあった。シスターが紙芝居を見せながら、聖書のエピソードを話してくれたものだ。

低い柵にかこまれた庭があり、砂場と三輪車があった。昼休みには、悪ガキどもに混じって三輪車の取り合いをした。この子は男の子よりも気性が激しい、とシスターにたしなめられるような性格だったのだ。近頃は少し、その強い気性もしぼみかけているが。

「わざわざお越しいただきまして。園長の坂口です」

予想通りの五十代前半。浅黒い肌をして、なんとなく疑り深そうに見える表情の男性が現れて、園長室に通された。

坂口園長が取り出した脅迫状を見て、梓のうんざりした気分は倍加した。

「トウカサイヲ　チュウシ　セヨ」

真っ白なA４判のコピー用紙に、赤インクのマジックで大きく書かれている。カタカナで書いたのは、筆跡鑑定を困難にするためだろう。定規をあてて線を引いたような、角ばった文字だった。中止しろというが、中止しなければどうなるとは書かれていない。

「正直、こんなものが届いて、途方に暮れているというか——非常に迷惑しております」

坂口園長の投げやりな言葉に、梓は当惑した。あまりにも緊迫感のなさすぎる態度ではないか。

「警察に通報するほどのことでもないんじゃないかと、私自身は考えたのですが、これを見た園の先生方や、事務の職員が気持ち悪がりましてね」

それはそうだろう。

「子どもさんたちを預かっておられるのですから、園児の安全を守る上でも、通報されたのは正しい判断だったと思いますよ」

梓が宥めて持ち上げると、しぶしぶ頷く。

事務の女性が、お茶を淹れて運んでくれる。色白で福々しい丸顔の、中年の女性だった。

「あ、沢井さん。僕、コーヒーくれないかな。こちらにも」

「はい、わかりました。すぐお持ちします」

沢井さんも、心配そうに脅迫状を見つめたが、差し出がましいことは何も言わずに園長室を立ち去った。

「『トウカサイ』というのが、イベントのタイトルですか」

「そうです。桃花祭と書くんです」

坂口園長は、用意していたパンフレットをこちらに寄こした。当日のステージでの演目と、バザーなどの会場の略図、タイムスケジュールが印刷されたものだ。

「年長組の園児たちは、この三月で卒園します。保護者の方たちが、最後に別れを惜しむ機会を持つ意味で、こういうお祭りを開催することにしたんですよ。子どもたちは大喜びです」

脅迫状は、郵便物として送られてきた。どこでも販売されているような定型の茶封筒に入っている。宛名は印刷物から幼稚園の住所を切り抜いて貼り付けたようだった。

「園のパンフレットから切り取ったようです。ほら、同じものですよね」

園長が新しいパンフレットを見せながら説明する。封筒の裏を返してみても、差出人の名前は書かれていない。

パンフレットに印刷されている「学校法人」の文字を見て、梓には園長の妙に他人事（ひとごと）のような態度が少し理解できたような気がした。学校法人として運営されているのなら、幼稚園の経営には理事長をはじめとする五名以上の理事が携わっているはずだ。園長は理事のひとりに過ぎないのかもしれない。いわば、サラリーマン園長とでもいうのだろうか。

「念のため、封筒とコピー用紙の指紋を検出しますが、手掛かりにはならないと思います」

梓は手袋をはめた手で、持参した証拠保管用のビニール袋に封筒をおさめた。まず無駄骨だろう。指紋が警察庁のデータベースに保存されているような犯罪者が、幼稚園のバザーを目の敵にして脅迫するとは思えない。

「何か、お心当たりはありませんか。ＰＴＡのトラブルや、近隣住民とのトラブルはありませんでしたか」

「いやあ、まさか」

坂口が、とんでもないことを聞かれたと言わんばかりに首を横に振る。

「うちは昨年できたばかりで、刑事さんが気に入ってくれそうな、そんなトラブルはありませんよ」

どういう嫌みだ。坂口園長は、脅迫状を警察に届けてみたものの、そんなものが届いただけでも幼稚園の評判を落とすかもしれないと、今さらながらに気づいたのだろうか。

「たとえば、園児のお遊戯に使う音楽がうるさいと苦情を言う住民がいたり、子どものケンカに親が苦情を言ったり――」

「とんでもない。マンションの一階部分にありますから、当初から防音に関しては厳格に設計しています。周囲の住民から苦情を聞いたこともありませんし、そもそも廊下に出たら、お遊戯の音なんてほとんど聞こえませんよ。ＰＴＡだって、仲のいい親御さんたちですから」

もちろん、園長はそう言うだろう。

梓はわざと黙りこみ、応接のテーブルに広げた脅迫文に視線をあてた。何もトラブルがないのなら、脅迫状が届く理由もないはずだ。沈黙と視線の意味に気づいたらしく、園長も一瞬ひるんだのか黙りこんだ。

「とにかく、こんなものが届いたので市民の義務として通報しましたが、心当たりはいっさいありません。誰かのいたずらでしょう。ひょっとすると、同業者の嫌がらせかもしれませんし」

「嫌がらせを受けるような理由があるんですか」

「いや——そういうわけではないですが」

園長が仏頂面をして黙った。何か言えば言うほど、罠にはまったように詰問される。遅ればせながら、そのことに気づいたのだろう。

「わかりました。この脅迫状は念のため持ち帰って調べますが、今後もし何かあれば、また知らせてください」

「ええ、そうします」

ほっとした様子で園長が答えるのを見ながら、この人は本当に次回も知らせてくれるだろうか——と、漠然とした不安を覚えた。立ち去りがたい気持ちだったが、どうしようもない。封筒を署に持ち帰り、鑑識にまわす手続きをとった。それが、四日前のことだ。

『きらら幼稚園の坂口です』

またしても電話がかかってきたのは、一昨日の朝だった。幼稚園の件は、これ以上の進展がありそうにもない。そう考えて、オートバイ盗の件に参加しようと、八坂に相談しようとしていた矢先の電話だった。

八坂班のメンバーが、何事かと聞き耳を立てている。オートバイ盗に駆り出されている佐々も、様子を窺っているようだ。もし何かあれば、自分も幼稚園の事件に参加しなければばならないのだろうか。そう心配しているのかもしれない。オートバイ盗のほうが、やりがいはあるだろう。

「どうなさいました」

一昨日は、あれほど追い返したがっていたくせに。そんな皮肉のひとつも言いたい気分だったが、妙に緊迫した声を聞いてやめた。

『すぐ、来ていただけませんか。また妙なものが送られてきまして』

「園長先生、具体的に聞かせていただけないでしょうか」

『――猫の死骸が』

――どきり。

園長が慌てたように口にした穏やかならぬ言葉に、心臓が跳ねあがる。

『正確には、猫の死骸の写真です。腐乱してハエがたかる猫の写真が、封筒で送られてきたんです』

†

目の前にいるカルメン益美たちは、詳しい事情を聞かされていないはずだ。

坂口園長はきらら幼稚園の評判に傷がつくことを、何より恐れている。園児の安全を守ることは、幼稚園の基本中の基本。脅迫状が届いたり、猫の死骸の写真が送られてきたりと、気持ちの悪い事件が相次いで起きて何も手を打たずにいたのでは、万が一園児の身に何か起きた時、責任を追及されるのは間違いない。

今さら犯人の思惑どおりに、イベントを中止するのが得策かどうかもよくわからない。ひょっとすると愉快犯で、脅迫に応じてきたら幼稚園がイベントを中止すれば、それに味をしめて、よそでも似たような事件を繰り返すかもしれない。しかも中止となると、父母にその理由を正確に伝えなければ、納得してもらえないだろう。

（今日からしばらくの間、警備会社に頼んで警備員を増やすことにしました）

苦渋の選択、と言いたげな表情で園長は告げたものだ。

（保護者が不審に思うかもしれませんし、園児の安全にさらなる注意を払ってもらわなければいけませんから、園に嫌がらせの手紙や写真が届いたことは、簡単に伝えるつもりです）

——そう、写真の猫が、まるで車に轢きつぶされたみたいに、血まみれでぺしゃんこになっていたなどと、細部まで伝える必要はもちろんない。おまけに、写真と一緒にご丁寧にも、「トウカサイヲ　チュウシ　セヨ」と朱書きした便箋が入っていた。

朝の七時に出勤した事務の沢井さんが見つけて、あまりのことに憤激して園長に電話をかけたというエピソードなど、保護者に話す必要はまったくない。

「皆さんは、桃花祭で飲食店を担当されることになっているんですね」

気を取り直し、梓は五人の女性たちを見まわした。

「ええ、そうです。私たち、五人でばら寿司の屋台を出店することになっています」

カルメン益美がみんなを代表して答える。

「益美さんのばら寿司、とっても美味しいんですよ。だから、イベントでもぜひお願いしますって、おねだりしたんです」

桜色のニットを身に着けた、五人の中で一番若い女性が、小首をかしげて微笑んだ。益美に対するほのかな媚がにじんで、思わず梓はたじろぐ。彼女は氷川愛弓。名前に〈愛〉という文字が入っているためか、周囲にラブちゃんと呼ばれている。パステルカラーの甘やかな服装といい、いかにも彼女にふさわしい愛称ではある。

――ニガテだ。

心の中でひそかに呟いた。子どもの頃から、女子の集まりがどうにも苦手なのだ。小学生にもなれば、多くの女子は友達と連れ立ってトイレに行く。ひとりでは行動しない。三人、四人と仲良しグループをつくり、彼女たちの中でだけ通じる会話をしている。

カルメン益美を中心に据えた彼女たちは、小学生の頃の仲良し五人組と、同じようなグループに見えた。

「お料理サークルに参加されている方は、三十人ほどいらっしゃると伺いましたが、他の皆さんはどうなさるんでしょうか」

「あら。もちろん、参加は強制ではありませんが、皆さんいくつかのグループに分かれて、それぞれ飲食の出店をされることになっていますよ。私が聞いたところでは、クッキーなどのお菓子類と、カレーと、喫茶と――それから何だったかしら」

カルメン益美が助けを求めるように女性たちを見つめると、ひとりがなぜか、口元に妙な笑みを浮かべた。

「――『おでん』」

「あらそうだわ。おでんだったわね」

忍び笑いが、女性たちの唇から洩れた。

「そんな顔、しないでよ」

たしなめるふりをしながら、カルメン益美の唇にも嘲笑に近い笑みが張り付いている。

「――どうかなさったんですか。おでんだと、何か不都合でも？」

不思議に感じて、つい尋ねてしまった。

益美に答えた女性の顔をまっすぐ見ると、彼女は苦笑して首を横に振った。永瀬陽子。やや寂しげな、もっとはっきり言えば、陰気な印象さえ受ける女性だ。ただし、とびきりの美人だった。「おでん」と口に出した時、陽子はその陰気な顔に、あからさまに侮蔑の表情を浮かべていた。

「たいしたことじゃないんですよ。お料理のサークルに参加されている方の中にも、お料理が苦手な方たちがいらっしゃるんです。その人たちが集まって、イベントでおでんの屋台を出すことになって」

カルメン益美が、とりすました表情をつくって説明する。梓は、彼女たちがなぜそんなに微妙な顔をしているのか理解できず、あいまいに頷いた。

「冴子さんたち、ちゃんとできるのかしら」

「あらやだ。いくらなんでも、おでんぐらいは大丈夫でしょ」

「大量に作らなきゃいけないんですもの、まごまごしてたら、生煮えの大根を食べさせられそうだわね」

「味のしみてないおでんほど、美味しくないものもないし」

「小耳にはさんだんだけど、業務用に売られてる、できあいのおでんの具を買ってこようかって、相談してたらしいわよ」

「嘘、ほんとに？　信じらんなーい」

ラブちゃんと陽子が、他のふたりと顔をつきあわせて、ひそひそと囁きあっている。ラブちゃんは、どこかヒステリックな感じのする、くすくす笑いで肩を震わせている。

「そこまで自信がないんだったら、益美さんに教えてもらったらいいのにね」

「そうよねぇ。益美さんなら、きっと美味しい作り方を教えてくれるのに」

陽子の言葉に、ラブちゃんが大きく頷く。なんだか、あんまり益美にすり寄っていて、はたから見ると痛々しいぐらいだが、本人は何とも感じていないのだろう。

――なるほど。

およその状況が飲みこめてきた。つまり、カルメン益美を中心とする「ばら寿司チーム」は、料理の腕にそれなりの自信を持っていて、冴子さんと呼ばれている女性たちの「おでんチーム」を見下しているわけか。

おでんとばら寿司、カレーにクッキーと彼女たちは並べたけれども、どれもこれも、たいして料理の腕前を必要とするほどのものではない。しかも、ただ料理の上手・下手だけで、ここまで彼女たちが相手を見くびるような発言をするのも、なんだか妙だ。何か、それ以上の深い理由があるのではないか。

彼女たちから、さらなる反応を引き出すために、どう言えばいいか梓は知っていた。

（いくらなんでも、おでんを作れない女性なんていますかねえ）

くらいのことを言って、馬鹿にした顔でにやにやして見せればイチコロだ。彼女たちはそれこそ鼻息も荒く、「おでんチーム」の女性たちが、どれだけ料理が下手で、工夫をしないか、おそらくは家事全般に対して意欲がない証拠になるエピソードを、これでもかというほど教えてくれることだろう。その会話の中で、相手に対する反感もたっぷり聞くことができるだろうし、なぜそこまで反りが合わないのかも知ることができるだろう。

――しかし、そのやりかたはあまりに品がない。

相手の品性の下劣な部分を刺激して、わざとそれを増幅させるようなやりかただ。

（なんか、嫌だこういうの）

女性どうしの、陰湿なライバル心には、どうにも馴染（なじ）むことができない。おかげで、小学生の頃には気の合う女友達がなかなかできず、ほとんど男の子たちと遊んでいたものだ。

（私、小学生の頃から成長してないのかな）

軽い自己嫌悪に陥りながら、梓はふと佐々のことを考えた。もしこの場に佐々がいれば、どうしただろう。後輩ながら、自分よりしっかりしているのではないかと、しばしば考えさせられる男だ。佐々なら、カルメン益美を手玉にとって、軽々と彼女たちの反感の原因について、聞き出すことができたのではないだろうか。それとも、いくらなんでもそれは買いかぶりというものだろうか。

「それはともかく、私たちは園に届いた手紙にはまったく関係もありませんし、心当たりもないんです」

カルメン益美が、一連の会話を結論づけるようにきっぱりと言った。

「ねえ。ひょっとして冴子さんたちが、おでんの屋台に自信がなくて、イベントを中止させようと――」

「ラブちゃん！」

余計な告げ口をしようとしたラブちゃんが、益美にじろりと睨まれて、しょげかえる。

「――わかりました」

そう答えるしかなく、梓はしぶしぶ彼女たちに礼を述べ、カルメン益美邸を立ち去ることにした。玄関でスリッパを脱いで初めて、バーバリーのマークが小さく入っていることに気がついた。今度こそため息が出た。

†

「せっかく来てくださった刑事さんには申し訳ありませんが、脅迫状に関して、私たちはほとんど何も知らされていないんです」

黛冴子は、典型的なキャリアウーマンだ。顎のラインに沿ってカットした黒髪に、チャコールグレイのパンツスーツ。A４判の書類が収まるサイズのショルダーバッグは、グッチのものだ。靴は歩きやすそうなローヒールの革靴。その黒いパンプスを見て、梓はやや好感を抱いた。仕事に愛着がなければ、こんな靴は履かない。

坂口園長から父母の連絡先を聞き、梓はひとりずつ地道にアポイントメントをとっている。益美たちの会話から、冴子には特に話を聞いてみたいと感じていた。

携帯電話にかけると、夕方なら桃花祭の打合せをするので、おでん屋台の仲間が揃うと言われ、その場に混ぜてもらうことになったのだった。午後七時、豊洲駅前にあるスターバックスに集まってきたのは、みんなそれぞれひと癖ありそうな、スーツ姿のバリキャリ——バリバリ仕事をするキャリアウーマン——たちだった。こちらもやはり、冴子を含めて五人。

「——女性部長さんですか」

冴子が渡した名刺には、有名物産会社の総務部長という肩書が印刷されている。梓が何気なく発した言葉に、冴子は眉を跳ね上げた。

「『女性部長』という言葉はいただけませんね、刑事さん。あなたも『女性刑事』などとわざわざ言われたくないでしょう」

う、と言葉に詰まって冴子部長の顔を見直す。おそらく四十代前半の彼女は、ナチュラルメイクに見えるように、しっかりと化粧している。カバー力は強いが薄化粧に見えるファンデーション——とやらを塗っているのに違いない。昼間会ったカルメン益美たちの一派とは傾向が違うものの、冴子たちの服装や持ち物も、梓から見れば高嶺の花と呼びたい高級品だった。

冴子部長の喉元に輝いている、小粒のダイヤモンドのネックレスを一瞬見つめ、きっとこのダイヤだけで自分のスーツが十着は買えると暗算する。

——卑しいことを考えている場合ではない。

梓はわざとらしく咳払いをした。

「さっそくですが、幼稚園のイベントに対して脅迫状を送りつけるというのは、いたずらにしても度が過ぎています。何か理由があるのではないかと、保護者の皆さんに念のためお話を伺っているのですが」

冴子部長が、まっすぐにこちらを見つめた。無遠慮な視線で、まるで他人の内心を見透かすかのようだ。

ふ、と冴子の唇が薄く笑った。

「刑事さん。相沢さんたちには、もうお会いになったのでしょうね」

相沢——カルメン益美だ。

——見透かされている。

どう答えたものかと言葉につまった梓に、彼女は涼しい顔で頷いた。

「ええ、いいんですよ。だいたいのことは見当がつきます。どうせ、あることないこと、私たちの悪口を刑事さんに吹きこんだんじゃないかしら」

「いえ、そんなことは――」

たしかに料理が下手だとはけなしていたが、それほどの悪口を吹きこまれたわけではない。

「あいつらほんとに、信じられないなあ」

冴子の隣に座っている、赤っぽいセルフレームのメガネをかけた細面の女性が、いかにも腹立たしげに吐き捨てる。藤川恵（ふじかわめぐみ）という彼女は、広告会社に勤めているコピーライターだそうだ。声が低く、しゃがれているので、乱暴な言葉づかいといい、まるで男性のような喋り方だった。

「刑事さん。あんな連中の与太話、真に受けちゃだめだよ。あいつら、冴子さんに妬（や）いてるんだから」

「妬いてる？」

思わず身を乗り出す。

「――恵さん」

冴子部長が、たしなめるように目を細めてメガネの恵を見つめた。不承不承、恵が口を閉じる。しかし、ここで黙られては話が進まない。たとえ女性同士のいざこざが嫌いだろうが何だろうが、これは仕事だ。

「失礼ですが、どうして相沢さんたちと皆さんは、そんなに仲が悪いんですか」

梓の素朴でストレートな質問に、冴子部長は一瞬目を見張り、それから苦笑いした。

「あなたも、何というか——飾らない人ね」

何と言われようが、譲れないものはしかたがない。梓がむっとしたことに気づいたのか、冴子部長は微笑した。

「ねえ刑事さん。私たちと、相沢さんたちを較べてくださいよ。少しでも、仲良くなれそうですか。そもそも、彼女たちと私たちに、何かひとつでも共通点があると思いますか。女性であり母であるという以外に」

——そう言われてみれば、ぐうの音も出ない。

かたや、家庭の運営と家事育児に人生を懸けて取り組み、料理が自慢の専業主婦。かたや、男性に伍してバリバリと仕事に取り組み、部長にまで昇進するキャリアウーマン。共通点などそう簡単に見出せそうにないではないか。唯一の接点が、きらら幼稚園だ。

「刑事さんもお仕事をされているから、よくおわかりでしょう。仕事をしながら家庭を持ち、育児や家事と両立させるのが、どれだけ大変なことか——。口はばったいですが、私たちみんな、それなりに会社の中でも評価を得ています。かと言って、男性社員のようにワーカホリックな働き方をするわけにもいかない。幼稚園に通う子どもを抱えて、毎日日付が変わるまで仕事をするわけにもいきませんからね。子育てをおろそかにするわけにもいかず、手を抜けるのは家事——炊事や掃除、洗濯といったところですよ。だから、私なんて平日はほとんど毎日、デパ地下でお惣菜を買って帰ります。それが、相沢さんたちには手抜きだと見えるわけ」

「私なんて、平日どころか休日もお惣菜か、外食よ」

「うちもそう。夫のほうが早く帰宅する日もあるし、作ってくれればいいんだけど」

冴子部長の言葉に、恵や他の女性たちが口々に追随する。

「ええと、家庭は持っておりませんし、子どももおりませんが、私も平日はコンビニ弁当ばかりです」

梓がおずおずと白状すると、冴子が同病相憐れむという表情で頷いた。

「ひとり暮らしで仕事をしていれば、当然のことよ」

「『女の敵は、女』」

恵がメガネを指先で押し上げ、何かをそらんじるように低く呟いた。

「相沢さんたちは、私たちの足を引っ張りたくて、しかたがないんですよ。彼女たちは、配偶者の地位や給与に乗っかっているだけなんだということを、認めたくないんだ。高給取りの亭主をつかまえ、自分は専業主婦という地位に安住し、家事や子育て、習い事に熱中して自分を磨いているのだというけれど、本心では、自分の実力で社会の中で男性と対等に戦える、冴子さんのような女性が、うらやましくてしかたがない。だから、足を引っ張るんですよ。うちの夫の母親なんかもそう。子どもを延長保育に預けると、くだらない仕事なんか辞めて子どもの面倒を見たらどうかって、がみがみうるさく言いますからね。やれ子どもが寂しがってるだの、旦那のために毎日食事も作らないなんて主婦として失格だの、言いたい放題。こっちは適当に聞き流してますがね」

梓は目を丸くして、恵の長広舌を聞いていた。会話の中で、「配偶者」なんて言葉を真面目に使う人がいるとは思わなかった。恵は照れてそんな言い方をしたわけでもなさそうだ。おそらく、日々の鬱憤が溜まっているのだろう。おかげで、きらら幼稚園の内部にある対立の構図が見えてきた。

カルメン益美を中心とする専業主婦たちと、冴子部長を中心とするバリキャリたち。

きらら幼稚園に子どもを通わせるだけあって、どちらも裕福な家庭の主婦であることは間違いない。考え方が正反対なのだ。

「桃花祭だって、言いだしっぺは相沢さんたち。私たちは、はっきり言って、貴重な時間をくだらないイベントに割かなきゃならなくて迷惑なんだけど、子どもの体面を思うと参加しないわけにもいかないしね。今日この時間帯にみんなで集まるだけでもひと苦労したんですからね。旦那を無理やり早く帰宅させたり、ベビーシッターを頼んだり、たった一日、二時間ほど集まるためだけにね」

恵の言葉は、悪意の棘に満ちている。

「お料理サークルになんて入るのじゃなかったと、今なら思いますけどね。当初は必ず何かのサークルに入らなきゃいけないような圧力も感じたし。まあ、幼稚園のママたちとも、情報交換は必要だし、ある程度のつきあいはしかたがないと考えなければね。――もちろん、このメンバーは別だけど。本当に信じられるのはこの仲間だけだから」

自分の言葉が、仲間たち自身にも突き刺さる可能性があると気付いたのか、慌てて恵が言い添えた。

「相沢さんたちが何を言ったか知りませんが、私たちは脅迫状の件にはまったく関わりがありませんし、心当たりもありません。――そうよね、皆さん」

冴子部長が仲間を見渡すと、全員がしっかりと頷いた。いかにも頼もしい感じだった。

そうすると、桃花祭の中止を求める脅迫状は、いったい誰が書いたのだろう。

†

よろめくように歩いて豊洲署に戻る。

今日は、いつもよりずっと疲れたような気がする。女性の集団を相手にすると、エネルギーを向こうに吸い取られるようだ。

「ただいま戻りました」

生活安全課に戻っても、八坂班のデスクはどれも空っぽだった。がらん、とした刑事部屋に、梓だけがぽつねんと立っていた。

みんな、オートバイ盗の事件に出かけているのだろう。班長の八坂まで姿が見えず、梓はよけいにがっかりして、むっつりと自分の席に座りこんだ。

なんだか、ひとりだけ取り残された気分だ。生活安全課の仕事内容は、雑多だった。風紀関係から、少年犯罪まで、殺人と窃盗、交通犯罪以外は全部、と自嘲気味に言われるぐらい、多様な仕事が与えられる。そんな中で、組織的なオートバイ盗などという、派手な犯罪を担当できるのは、ある意味チャンスだ。

刑事だって、手柄を立てたい。

出世欲とか、そういうことではない。自分はいい仕事をしている、と考えたいのだ。よくやった、と認めてもらいたい。

――幼稚園に届いた、いたずらとしか思えない脅迫状の担当、などではなく。

（ちがう。――そうじゃない）

梓は、捜査報告書の用紙をデスクに広げた。

これだって立派な仕事だ。

万が一、自分が判断ミスをすれば、園児たちに危害が及ぶかもしれない。きちんと捜査しなければいけない。少なくとも、脅迫状が送られてきた背景を突き止めなければならない。派手な仕事でなくてもいい。誰にも認められなくてもかまわない。自分は自分の仕事をきっちりとこなしている。いつもの自分なら、そう信じることができるはずだった。

それが、今日に限っては心が乱れる。

――オートバイ盗の担当を割り当てられたのが、自分ではなく佐々だったからだ。

それを認めるのは辛いことだ。自分よりも、後輩の佐々のほうが捜査員としてすぐれている。そう、八坂も認めたのだ。

ふと、冴子部長の自信に満ちた顔が浮かんだ。「女の敵は女」と呟いた、恵の表情も。

梓はため息をついた。

堂々と他人と渡り合える冴子部長のような女性が、正直まぶしく感じる。カルメン益美たちと、どちらに心を惹かれるかと聞かれれば、冴子たちだと答えるだろう。

――きらら幼稚園に届いた稚拙な脅迫状は、誰が送りつけたのだろう。

二百人あまりいる園児たちの家庭を、梓は一軒ずつ訪ねて歩いた。中にはカルメン益美や冴子部長たちのように、まとめて何人か一緒に話を聞いたケースもある。それだけの人数に心当たりがないかと聞いてまわっても、確執らしいものといえば、益美たちと冴子たちの件くらいしか、見当たらなかった。他のママたちは、子どもと一緒に桃花祭に参加できることを、純粋に楽しみにしているようだった。

（子どもの成長の一ページですから）

そんな言葉をたびたび耳にした。

脅迫状は、桃花祭の中止を要求していた。

カルメン益美たちにとっては、桃花祭は自分たちの腕前を見せつける良い機会だ。ホームパーティを開くのが好きで、料理やテーブルセッティングを習っているという益美のような女性が、幼稚園のお祭りごときに臆するはずがない。

それでは、冴子部長の一派が犯人か。休日の貴重な時間を、幼稚園のイベントなどに割きたくない、という気持ちがありありと表れていた恵の言葉を思えば、中止を要求するなら彼女たちではないかと考えられる。

（でも、それはありえないわ）

冴子たちは、幼稚園の外に自分たちの本当の世界があると考えている。きらら幼稚園の中では、子どものために無理をしてつきあっているのだと、クールに割り切っているのだ。目的は情報収集。おそらく、冴子たち五人の関係も、内心ではかなりドライなものなのではないか。

彼女たちなら、本気でイベントに参加したくないと思えば、「自分は参加しない」とひとこと告げるだけで、すませてしまうだろう。何も、仰々しい脅迫状や気味の悪い写真を送りつける必要はない。

あれは、ただのいたずらなんだろうか。それとも自分は、何かを見過ごしてきたのだろうか。カルメン益美や冴子部長たちの諍いに気をとられて、肝心の犯人を見失ったのだろうか。

——そう言えば、脅迫状の指紋について、まだ鑑識の結果を聞いていなかった。

梓が電話の受話器を上げ、鑑識の番号をプッシュした時、外から騒がしい話し声が聞こえてきた。美作たちのどら声を聞き分け、八坂班が戻ってきたのだと気がつく。

そのまま、知らん顔をして受話器を耳に当てていた。

『ああ、梓ちゃんか』

鑑識課の小山内が、電話の向こうで気安く呼んだ。八坂班のメンバーはともかくとして、他の課にいる警察官たちは、ときおり小山内のように梓を「ちゃん」づけで呼ぶことがある。冴子部長なら一喝しそうな呼び方だが、そもそも彼女に向かって「冴子ちゃん」などと呼びかける人間もいないだろう。自分はまだまだ、甘く見られているということだ。

「例の、幼稚園に来た脅迫状の指紋、どうなりましたか」

なるべく事務的に聞こえるよう尋ねた。小山内は、理系の大学を卒業した後、警察学校に入学し、長い期間勉強を重ねて鑑識課員になった。いつも白衣を着用し、警察官というよりは研究者のようだ。

『封筒の指紋は、ふたり分。比較のためにもらった、園長先生と事務員の指紋に一致した。コピー用紙はひどいもんだったよ。あれ、園長が幼稚園の先生にも見せたんだろう。みんな、証拠だって意識はなかったのかね。六人分の指紋がついてたぞ』

「全部、幼稚園の先生方のだったんですか」

勢い込んで尋ねる梓の耳に、小山内が鼻から太い息を吐くのが聞こえた。

『そうだ。全部、園長と幼稚園の職員のものだったよ』

ポストに投函されていた封筒を、事務員が取り出して園長に渡した。中身を見た園長が、他の先生たちにも見せたので、指紋がついた。何もおかしなところはない。犯人は指紋を残すようなドジではなかったらしい。

「猫の写真はどうです？」

『あれは、車に轢かれたね』

「それはわかりますけど、もっと何か」

『特に何も言えることはないよ。あの写真はパソコンで印刷されていた。インターネットでグロテスクな画像を拾ってきて印刷したのかもしれないし、自分で轢き殺した猫の写真を撮影したのかもしれない。そいつは犯人に聞いてみなけりゃ』

「そうですよね」

『明日あたり報告書を提出するよ』

「はい。ありがとうございました」

受話器を置きながら、目の隅で八坂と佐々の姿をとらえていた。

ふたりが、何か言い争っている。

――いや。佐々が、八坂に何か懇願しているのだ。八坂はそれを珍しく難しい顔で聞いているのだった。ようやく戻った美作たちは、ふたりを見ないふりをして席につき、何か言い合いながら報告書の作成を始めたようだ。

「私は大丈夫です。やらせてください！」

佐々がそんなことを言って、八坂に頭を下げた。何が起きたのだろう。

「岩倉君！」

八坂がこちらを見たと思えば、突然呼ばれてびっくりした。こっちに来てくれ、と言いたげに、八坂が手を振っている。その表情が、いつになくぶっきらぼうで冷ややかに見えた。八坂はこういう無情な顔つきもするのか。

「――はい」

慌てて席を立ち、近づいた梓に八坂が顎を引いた。

「幼稚園の件はどうだ。片付いたか」

「――いえ。保護者から事情を聞きましたが、犯人を示唆するような証言はありませんでした。指紋などの物証も見つかっていません。ただの悪質ないたずらかもしれません」

「それを決めるのは早計だ。そういうことだな」

梓は八坂の言葉に頷く。何か事件が起きてからでは遅い。事件が起きる前に、食い止める努力はしたい。たとえ無駄になっても。

「佐々はオートバイの件から外す。そっちに投入するから、ふたりでよろしく頼む」

えっ、と口の中で呟き、さっさとその場を離れた八坂を目で追いかけた。

「班長！」

佐々が悲痛な声で彼を呼んでいる。

何がなんだかわからず、梓はただ呆然と八坂を見送っていた。

†

「それでは、桃花祭は予定どおり次の日曜日に開催するということですか」

梓は、坂口園長の浅黒い顔を見つめた。

「そのつもりです」

坂口が頷く。

きらら幼稚園に、捜査結果を伝えるために出向いたところだ。結論から言えば、園児の母たちに話を聞いても、犯人に結びつくような情報は得られなかったこと。遺留品から園長と職員以外の指紋は見つからないこと。近隣の住民にも話を聞いてみたが、幼稚園に対して悪感情を抱いていたり、桃花祭をやめさせたいと考えているような人間がいたりするとは、考えにくいこと。

園長室の応接セットに、梓と並んで佐々が神妙な表情で座っている。何があったのか知らないが、彼は署を出てからも沈みこんでいて、積極的に会話をする気分ではないらしかった。

「なにしろ――我々も当日のためにすっかり準備を整えていますし、園児やPTAも初めての桃花祭を成功させるために、貴重な時間を割いてくれています。この期に及んで、中止とは言えません。届いた脅迫状にしても、まるで子どもが作成したような、稚拙な脅迫状じゃありませんか。いたずらですよ、きっと」

坂口園長の鼻息は荒い。

――いたずら、だろうか。

梓はすぐに答えかねて黙った。ここで、彼女がいたずらだと断定しては、桃花祭の開催を警察が問題なしと判断したように聞こえてしまう。坂口のような男は、当日に何か問題が発生すれば、それを警察の判断ミスのせいにしかねない。

「園長先生、正直なところ、いたずらだとは断定できておりません。危険性は低いと考えておりますが、万が一のことを考えて自衛策をとったほうがいいんじゃないでしょうか。子どもさんの安全を第一に考えるべきですよね」

「当日は、警備会社の警備を頼んでいます。それだけで充分じゃないですか」

ノックの音とともに、事務職員が入ってきて、日本茶を出してくれた。前回の訪問時にもいた、ふっくらした中年女性だ。彼女がお茶を供する間、園長も梓も黙っていた。

「――どうぞ」

ちらりと梓の横顔に視線を走らせ、事務の女性が立ち去る。

「ありがとうございます」

かすかな会釈を残して、彼女は園長室を出ていった。黙っている間、梓は当日の警備体制について検討していた。警備会社の警備員で充分だろうか。嫌がらせにしても悪質だ。厳密に言えば、犯人の行為は威力業務妨害罪に相当するだろう。とはいえ、この程度のことで、警察が表だって動くのもおかしいかもしれない。幼稚園のイベントに制服の警察官がうろうろしていたのでは、園児や父母に威圧感を与えて、せっかくのイベントを台無しにしてしまう恐れもある。

ふと、思いついたことがあった。

「園長先生。もしよろしければ、桃花祭当日には、私たちも私服で参加して良いでしょうか。警察官としてではなく、どなたかの知人という形で――」

「桃花祭は、セキュリティ上の観点から、園児とその家族、祖父母までに参加者を限っておりますが、刑事さんなら問題ありませんよ。どのみち、今回のことでPTAの皆さんと会話されたでしょう。警備のために来られているのだと思えば、皆さん安心されるかもしれません」

隣に座った佐々が、何かもの言いたげにこちらを見つめている。たぶん、梓の大胆な発言に驚いているのだ。班長の八坂にも相談せずに、そんなことを勝手に決めてしまってもいいのか、と言いたいのだろう。

「もちろん上司の許可を取らねばなりませんが、可能ならもうひとり、女性警察官に参加してもらうことも考えています」

ひとつ、考えていることがある。

「それは、ぜひうちからもお願いします」

坂口園長が、真面目な顔になって頭を下げた。

†

車に戻っても、佐々はすぐには何も言おうとしなかった。佐々がいる時は、運転を任せることができるので、歩ける距離でも警察車を借りだすことが多い。

もう夜の七時をまわっているが、梓は豊洲署に戻るつもりだった。日曜日の件について、八坂に相談しておきたい。

「戻りましょうか。これ以上、事情を聞くべき人もいないですし」

園児の父母、近隣の住民、園長をはじめとする幼稚園の職員。話を聞くべき人間からは、ひと通り事情を聞いた。

「──何も聞かないんですね」

佐々がふいに尋ねた。梓はわずかに狼狽したが、それを表には出さなかった。とまどいながら、どう答えようかと迷った。

「──聞いてほしいんですか？」

佐々の沈黙は、混雑し始めた道路を見て、運転に集中したためかもしれない。ひょっとして、きつい言葉に聞こえたのだろうか。何があったのかは知らないが、オートバイ盗の件から自分がはずされ、佐々が選ばれた時に感じた疎外感から、思いがけず彼に八つ当たりしてしまったのだろうか。

「今日、張り込み中に怪しい男を発見しました」

信号待ちに引っかかった車列の半ばで、佐々が小さな声で語り始めた。

「例のオートバイ盗──都内二十三区の駐車場から、鍵を壊したりする荒っぽい手口でオートバイを盗み、修理して海外に中古車として売り飛ばす外国人のグループだと思ったんです。コンビニの駐車場でオートバイを物色して、鍵を見ている男を見つけたので、職務質問をするために声をかけたら、いきなり逃げ出したんです」

目に浮かぶようだった。大柄な佐々が、警察バッジを見せて職務質問を始めると、オートバイを盗もうとしていた外国人が、慌てて逃げ出す。信号が青になり、前の車が動き出したというのに、佐々はまだ動こうとしていない。

後ろからクラクションを浴びせられた。

「佐々さん」

佐々がはっとして、車が動きだす。

「すいません」

「その犯人に、逃げられたんですか？」

それでこんなに萎（しお）れているのだろうか。いつも自信に満ちた態度で、自分より五つも若いのに、堂々としているはずの佐々が、なんだか今だけ年相応に見える。

「僕は男を追いかけて走りました。美作さんや班長が止めるのも聞かず――声は聞こえてはいたんですが、ここで犯人を逃がしてどうするんだって思って。そしたら」

ごくり、と佐々の喉が鳴った。

「そいつ、乗用車の前に飛び出して、撥（は）ねられたんです」

梓も言葉を失った。佐々は犯人を捕まえようと焦るあまり、視野狭窄（きょうさく）に陥っていたのか。車が近づいていることに気づいて、八坂班長たちが制止しようとしたのに、それでも無理な追跡を続けたということだ。ひとつ間違えば、車に撥ねられたのは佐々のほうだったかもしれない。

「それで、犯人――いえ、被疑者は？」

「幸い、かすり傷程度ですみました。ですが、そこまでして追ったのに、彼は窃盗グループの一味ではなくて――自供を信用するなら、窃盗グループの噂を聞いて、オートバイの鍵はそんなに簡単に壊れるものだろうかと興味が湧いて、駐車場に行くたびにいろんなオートバイの鍵を見ていただけだというんです」

「でも、警察官に呼びとめられて逃げたんでしょう」

「好奇心で見ていただけだと説明しても、信じてもらえないんじゃないかと思って、怖くなって逃げたというんです」

「その供述のウラは取ったの？」

「いま、調べているはずです」

佐々の説明によれば、被疑者は中国人留学生。窃盗グループが使うような、鍵を壊すためのドライバーやバールなどは持っていなかった。周囲には仲間と思われる人間の姿もなく、任意で被疑者の自宅アパートを捜査したが、窃盗グループとの関係を示すようなものは見つからなかった。つまり、留学生はシロの公算が高いということだ。

警察官に呼びとめられて慌てて逃げ出すなんてまぎらわしい行動をした留学生にも、まったく責任がないとは言えないが、警察官が無理をして追跡したために車に撥ねられたとなれば、警察も責任を問われるかもしれない。軽傷だったらしいのが、不幸中の幸いではあるが――。佐々が珍しく青い顔をして、ふさぎこんでいるのも無理はない。

「それで、班長は何と？」

八坂は佐々を自分に預けた。オートバイ盗事件から外したのは、佐々が何らかの処分を受ける可能性があるからだろうか。

「今は冷静に事件を追いかけることができないだろうから、しばらく岩倉さんの下で頭を冷やせと言われました」

どことなく、無念の滲む口ぶりだった。気持ちはわかる。この自分でさえ、幼稚園の脅迫状よりも、オートバイ窃盗団を追いかけたいのだから、佐々ならもっとその気持ちが強いだろう。ふだん、表面に出すことはないが、彼は上昇志向の強い若手だ。

「班長がそう指示されたのなら、しばらくは諦めて、そうするしかないでしょうね」

梓の言葉に、佐々が無言で頷く。

嫉妬のあまり、自分は佐々に辛く当たっているのだろうか。梓は助手席に座り、前方を走る車に注意を向けるふりをしながら、考えていた。――そんなことはない。たぶん。

†

「それって、日曜は私も手伝えってこと？　もう明後日じゃないの」

午後十時、タッパーに夕食のおかずを詰めて訪ねてきた交通課の山形明代が、目を丸くした。明代も梓とともに、豊洲署に異動になったのだ。新しい女子寮の手配は間に合わず、木場公園近くの寮にまだ住んでいる。通勤用に、梓は自転車を買った。

「手伝えっていうか、ぜひお願いしたいなと」

「もしもし？　それ同じことでは？」

「このとおり」

両手を合わせて拝み倒すと、明代が白い皿におかずを盛りつけながら苦笑した。今夜のおかずは、さわらの西京漬けに、野菜炒めらしい。相変わらず、仕事も忙しいはずなのに、食に関しては手を抜く気がないようだ。

きらら幼稚園の脅迫状について明代に話し、日曜日の桃花祭に同行してもらえないかと頼んだところだった。

「お料理サークルの中に、専業主婦とバリキャリの派閥があるの。キャリア組は当日、おでんの屋台を出店するそうなんだけど、普段ほとんどお料理なんてしない人たちだし、めんどうだから、業務用のおでん種と出汁を買ってきて、間に合わせようかって話をしてるんだって。その噂を聞いた専業主婦組が、キャリア組を馬鹿にしちゃって、もうお互いにすごく険悪なの」

「いいじゃん、そんなの放っておけば。関係ないことにどんどん嘴を突っ込んじゃって、あんたもお人よしねえ」

「そうだけど、脅迫状もいたずらっぽいとはいえ気になるし、警備のついでに、おでんの味を見てあげてくれないかなあと思って。私は全然お料理に自信ないけど、明代ちゃんならお料理の先生みたいに上手だし」

「おだてたってその気にならないわよ」

「──佐々さんも来るわよ」

梓が投げたエサに、明代がじろりとこちらを睨んだ。明代は佐々より七つ年上だが、佐々は今どきの男子には珍しいくらい落ちついている。体育会系で体格も良く、容貌も見栄えがする。しかも、貴重な独身で、同期のなかの出世頭だ。

豊洲署の女性陣が、もしも署内イケメン投票をしたなら、トップの座に輝く可能性が高い男だ。少なくともベスト3には入るだろう。

「──そういうことなら、手を打ってもいいわね」

「言うと思った。ありがとう」

もう一度、梓が両手を合わせた時、明代の携帯電話がポケットの中で鳴り始めた。

「あら珍しい。課長からだ」

呟いて携帯を耳に当てている。梓は、弁当屋で買ってきたふたり分のご飯をレンジで温め、明代と自分の茶碗(ちゃわん)によそった。近ごろは、ご飯と汁物、漬物などが梓の担当で、主菜が明代の担当と分担が決まりつつある。さすがにそれでは費用的なバランスが悪いので、食後のデザートも梓の担当だ。

いったん部屋の外に出て、交通課の課長と何やら電話で喋っていた明代が、通話を終えて戻ってきた。

「アズー、あんたもなかなか、やるようになったわね」

「いやいや、どういたしまして。課長、何だって？」

「日曜日、セイアンを手伝えってさ」

八坂に事情を話し、桃花祭に業務として参加して、私服警備にあたる了解を得た際、山形明代にも参加を要請したいと指名してみたのだ。制服警官がうろうろすると、不必要に緊張した雰囲気になるし、幼稚園のイベントなので男性よりも女性のほうが適任だ。そう説明した梓に、やれやれという顔をしながらも、八坂は交通課の浜田課長に連絡を取ってくれた。

「手伝うのはいいけど、園児のママたちのバトルになんか、関わりたくないわね。そもそも、どうしてそんなことを考えついたの？」

冷めないうちにと、食卓につきながら梓は首をかしげた。

「どうしてって——なんとなく。せっかくのイベントで、おでんが美味しくなかったりしたら、子どもが可哀そうだし」

さわらの西京漬けをひときれ口に入れると、味噌とみりんの絶妙なハーモニーがふうわりと鼻腔に広がった。

「美味しい！　明代ちゃん、これすごい美味しいよ」

「さわらは、関東じゃ脂が乗った冬場に食べるんだけど、関西じゃ春の魚なんですってね。食材の旬って、含まれる成分がいちばん身体に良くて美味しい季節のことなんだから、旬の食材をどんどん食べなきゃ」

明代が鼻をうごめかす。彼女は栃木の出身だが、関西出身の梓の好みまで考慮して、おかずを用意してくれるのだ。

「私、ひょっとしたら冴子さんたちに肩入れしたいのかもしれない。冴子さんって、キャリア組の女ボスみたいなママなんだけど」

「自分も仕事してるからってこと?」

「それもあるけど——」

冴子部長の、自信に満ちた態度を思いだす。年齢は向こうが十歳は年上だが、それにしてもあの落ちつきはどうだろう。十年後に、自分はあんなふうになれるだろうか。

味噌汁をすすりながら、明代が首をかしげる。

「何もかも完璧にこなす必要なんか、ないんじゃないの。無理せず業務用のおでんでお茶を濁してしまおうって、そのママさんたちなかなか賢いわよ。いまどき、業務用って言っても美味しくできてるかもしれないし、まだ外が寒い季節って、温かいものを食べるだけでも美味しいって思うものよね。そういう要領のいいやり方に反発する人もいるかもしれないけど、放っておけばいいじゃない。本人たちは気にしてないわけでしょ」

「そうなんだけど——」

なんだろうか、このもやもやとした感覚は。

漠然とした、嫌な気分を振り払いたくて、梓は実家の母が送ってくれた、たくあんを口に放り込み、音を立てて勢いよく嚙んだ。

三月初めだというのに、初夏のような陽気だ。朝の天気予報は、最高気温が二十三度という予想を伝えていた。

†

きらら幼稚園の門前では、職員が門をくぐろうとする家族をチェックしている。あからさまにチェックしていると思われるのはマイナスの印象になるので、きらら幼稚園に通っている園児がその中にいるかどうかを確認しているのだ。先生方はずらりと並び、これがチェックだと気取られないように、にこやかに父母と挨拶している。

あらかじめ伝えておいたので、午前十時前に梓たち三人が到着すると、坂口園長が迎えに来てくれた。

「あれからは、特に脅迫めいたことは何もありません。やっぱり、いたずらだったんじゃないでしょうかね」

坂口はあまり心配していないような顔つきだ。参加者の入場が始まったのは午前十時だったが、ミニコンサートを開いたり、軽食の屋台を出したりする予定の主催者側は、その二時間前から来て、準備をしているそうだ。冴子部長やカルメン益美たちも、とうに軽食の用意にとりかかっているはずだった。

「警備会社の警備員を、三名お願いしました。周囲と園内の巡回警邏（けいら）を頼んでいます。こういう場なので皆さん私服のスーツ姿ですが、イヤフォンをつけているので、それとわかると思いますよ」

梓はそれとなく、冴子たちを探した。きらら幼稚園は、マンションの一階に教室をかまえ、中庭の隅を少し広めに柵で囲い、専用の運動場を設けて遊具を置いている。その運動場と、教室とが今回のイベントの会場になっている。運動場に張られたテントの下には、ミニコンサートの会場が設営されていた。

「会場の図面をお渡ししておいたほうがいいですね」

坂口園長が気をきかせ、参加者に配るパンフレットを渡してくれた。「桃花祭」と明るいピンク色で印刷されたパンフレットだ。軽食の屋台は、教室の中に設置されているようだった。

「何もないとは思いますが、どうぞよろしくお願いします」

「それじゃ、僕らは分散して様子を見ますか」

坂口は、父母と挨拶するために立ち去った。

「——そうね。私も、まず何もないとは思うけど——念には念を入れて」

「了解」

佐々が離れると、梓は明代の袖を引っ張った。彼女がため息をついて、呆れたように目をぐるりと回してみせた。

「——ねえ、明代ちゃん」

「ダメ。そんな顔したって知らない。他人の料理に口を出すなんて、そんなおせっかいは勘弁してよ」

「そんなあ」

「私も適当に巡回してるわ。何かあったら無線で連絡よろしく」

手を振りながら、明代がすたすたと去っていく。そんなあ、と梓は口の中でもう一度呟いた。

――〈事件〉は、お昼前に勃発した。

†

「ほらごらんなさい。日頃から、デパ地下のお惣菜に頼ってばかりいるから、こんなことになるのよ！」

「うるさいわねえ、これだって充分食べられるわよ！　余計な口出ししないでよ！」

「何が余計な口出しよ！　現に、子どもがあんたのおでんなんか食べられないって言ってるじゃないの。子どもの舌は正直よねえ」

「食べられないなんて言ってないわよ！　いいかげんなこと言わないで」

佐々からの〈通報〉を受け、梓が教室に飛び込んだ時には、屋台の周囲には人だかりができ、歯に衣着せぬ応酬が繰り広げられていた。さっさと止めてやればいいものを、あまりの剣幕に怖れをなしたのか、周囲の人たちは遠巻きに見ているだけだ。

「岩倉さん！」

梓の姿を見つけて、佐々が飛んでくる。佐々もこの手の〈事件〉には弱いらしく、どうしていいのかわからないという苦り切った表情になっていた。

「何があったの」

「おでんの屋台の奥さんが、娘さんに食べさせようとしたら、美味しくないって食べなかったんです。隣の屋台の女性の冗談めかして言った軽口が、だんだんエスカレートしちゃって」

軽食コーナーに割り当てられた教室の中には、おでん、ばら寿司、カレーの屋台が並んでいる。また間の悪いことに、おでんとばら寿司の屋台が隣合わせだった。

（誰か、隣じゃ嫌だってはっきり言えばいいのに）

梓はため息をついた。冴子部長とカルメン益美の姿を探したが、折悪（おりあ）しくふたりの女ボスは教室にいない。おそらく、彼女たちがいないのでこんな騒ぎにまで発展したのだろう。どちらかがいれば、あの貫禄で騒ぎになる前に鎮静化させたはずだ。言い争っているふたり以外は、遠巻きに彼女たちを見守るだけだ。様子を見ているのか、ひそひそとささやき合っている。

「ね、食べないなんて言ってないよね。美亜（みあ）ちゃん、ママのおでん食べるよね」

紙の皿に乗せた、大根とがんもどきを手に、幼い娘をかきくどくように、必死になって話しかけているのは、コピーライターの藤川恵だ。今日も赤いメガネをかけて、無理やり笑みを浮かべながら娘の肩をゆすっている。明らかに困惑の表情を浮かべた娘は、目の前に突き出されたおでんを見つめ、母親にゆさぶられるままになっていた。

「よしなさいよ、みっともない。子どもが嫌がってるじゃないの。あんたの子どもが！」

侮蔑の表情もあらわに吐き捨てたのは、陰気な美女の永瀬陽子だ。

「嫌がってないわよ！　ね、美亜ちゃん。ママのおでん食べるでしょ。ね、食べて。美味しいよ。食べてみて！　ほら、食べやすいように、ママが割ってあげるよ。熱いから、ふうふうして冷まそうね。ほら大丈夫。お大根、とろとろで美味しいよう」

「いやだ、よしなさいって」

「あんたに関係ないでしょ！」

恵が陽子を一喝し、鬼気迫る表情で大根を八つに割って娘の口元に差し出すと、困り切った顔つきだった娘が、おずおずと唇を開きかけ、突然小さな顔をくしゃくしゃにして泣き出した。

「ほら、泣いた。何やってるんだか」

陽子が暗く勝ち誇ったように呟く。

「どうして泣くのよ！　馬鹿！」

娘の肩をゆすり、自分も顔をゆがめた恵が、おでんの紙皿を放り出した。半分煮くずれた大根とがんもどきが、フローリングの床にぺたりと張り付く惨めな音が聞こえた。

「日頃、旦那と子どもを放り出して、仕事に夢中になってるからじゃないの！　疲れて帰ってくる旦那に夕食も作らずにさ。どうせ、仕事とか会社の宴会と称しては他の男と飲み歩いて、旦那と子どもにはデパ地下のお惣菜をあてがっておけば、文句は出ないんでしょ。少なくとも、自分が作るよりは美味しいものを食べさせられるもんね！」

「ちょっと、何言ってんのよ！　黙って聞いてれば、聞き捨てならないね」

突如始まった〈戦争〉に驚愕して、呆然と立ち尽くしていた「おでんチーム」のママが、陽子の言葉を聞くと、憤然とマスクをかなぐり捨てた。今まで、おでんにつばが飛んだりしないように、マスクをかけていたらしい。脅迫状の件で事情を聞いて回った時に教えてもらった名前によれば、確か堂上由香という女性だ。いかにも気の強そうな、りりしい眉をしている。

「いいかげんにしてよ！　あんたたちは、自分の家庭を守っているだけのことじゃないの。働いてる私たちのことをとやかく言われたくないわね。何かと言えば、子どものためにできる限りのことをしましょうとか、押しつけがましいったらないわよ。こっちは仕事をこなして、その上に幼稚園のイベントまで参加しなきゃいけないのよ。旦那の給料に頼って生活しているあんたたちなんか、旦那に離婚されたらそれでおしまいじゃないの」

「冗談じゃないわよ！　離婚なんてされるわけないでしょ」

由香がりりしい眉を跳ね上げた。

「あたし知ってるわよ。あんたの旦那さま、近ごろ自宅に帰ってないんですってね。部下の女性と不倫の関係になっちゃって、ずうっとそっちの家に泊まり込んでるんでしょ」

ぎょっとひるんだために、陽子は由香の言葉を認めたようなものだった。

「自分の生活がどうなるかわかんないからって、そっちこそ他人に八つ当たりするのはやめたらどうよ」

「あなたまさか、私のブログを読んでるの？　気持ち悪い！」

「何が気持ち悪いのよ。ブログなんかに書くほうがどうかと思うわ」

「待ちなさいよ！」

今度は、ばら寿司の屋台に隠れるように縮こまっていた氷川愛弓――ラブちゃんが、陽子をかばうため血相を変えて飛び出してきた。

梓が事情を聞くために会った、カルメン益美の仲間たちも、何か言いたそうにしてはいるものの、わざわざ加勢するほどではないらしく、遠巻きにしている。

「他人の家庭のプライバシーにそこまで口出しするなんて、いくらなんでも許せません！」

「あんただって似たようなものじゃない。必死で益美さんに気に入られようとしているみたいだけど、アロマの講習会がめんどうくさいとか、さんざんブログで愚痴をこぼしているくせに。不正直もいいところよ」

ラブちゃんが真っ赤になり、次いで真っ青になった。

周囲を取り巻く観衆をかきわけ、なんとか前に出ようと苦戦していた梓が、やっと最前列にたどりついた。泣きやまない娘をもてあまし、恵もハンカチを目に当てている。娘をぶたなかっただけでも、誉めてやりたい状況だった。

「いいかげんにしてください！」

梓は恵の娘に駆け寄った。

「子どもが怖がるじゃないですか！」

軽食コーナーには、恵の娘だけではなく、昼食がわりに何かを食べようと、親に連れられてやってきた園児たちが大勢いた。みんな、何が起きているのかと驚いてこちらを見ている。騒ぎを見せないように、親が急いで連れ出した子どももいる。

「刑事さん、結婚してもいなければ、子どももいない人は、他人事だと思って気楽でいいわね！」

陽子がまなじりを吊り上げる。反論する言葉に迷い、梓はその場に立ち尽くした。

「もういいでしょう、陽子さん。そのへんでおよしなさい」

低くて穏やかだが、決然とした声を耳にして、梓はそちらを振りかえった。

――カルメン益美が、冴子部長と並んで立っていた。

†

「――恵さん。大丈夫？」

冴子部長がしゃがみこみ、娘の肩に顔を埋めて泣いている恵に優しく声をかける。彼女がしゃがんだのは、恵やその娘と目の高さを揃えるためだった。その動きがとても自然だ。ふだんから、子どもの目線を大切にしているのだろう。

カルメン益美は、そちらを見ようともせずにつかつかとおでんの屋台に近づくと、勝手に紙の皿を一枚手に取り、大根を乗せた。割り箸を使ってひとくち食べ、軽く頷く。

「これでも充分美味しく食べられるけど、少し味が薄いかもしれない。藤川さんのお子さんは、味付けの濃いおでんを食べ慣れてるんじゃないかしら。市販のものは、業者や地域によっても味付けが変わるのよ。おせっかいかもしれないけど、ちょっと貸してみて」

ばら寿司の屋台から、醬油（しょうゆ）などの調味料を持ちだすと、慣れた様子で足し始めた。由香たちはそれを制止したものかどうか、迷うような表情を見せたものの、結局黙って眺めている。

「ほんとはもう少し時間をかけて、味をなじませてからのほうがいいんだけど」

そう言いながら、カルメン益美が大根とちくわに濃い出汁をかけ、恵に差し出す。

「どうかしら」

とまどっている恵の代わりに、冴子部長が皿を受け取った。左手で割り箸を握ると、器用な手つきで大根を割り、ひと口食べる。その表情が、おや、と変わる。

「美味しくなったわね」

「そう？　良かったわ」

冴子部長に促され、恵が娘に大根を差し出すと、おずおずと口を開いた。

「美味しい？」

まだ不安げな表情で、子どもが小さく頷く。思いがけず自分が諍いの原因になったことに、子どもながらに気づいているのだろう。

ラブちゃんや陽子、由香たちは、彼女らのボスふたりが、なぜか突然タッグを組んだかのように振る舞い始めたことに、とまどい呆然としているようだった。確かに——なんだか妙だ。以前、彼女たちに事情を聞いた時には、お互いに侮蔑の感情を隠そうともしなかったのに。しかし、彼女たちはこれで本当に落ち着くのだろうか。あれだけ、お互いに切りつけるような勢いで傷つけあい、罵りあった後で、心から相手を許すことができるのだろうか。

「——悪かったわ」

まだ目を赤くした恵が立ち上がり、陽子に向き直った。謝られた陽子のほうが、ひるむのがわかった。

「いつも姑に言われるようなことを言われて、ついかっとなっちゃった。言わなくてもいいことまで、言っちゃったかもしれない。ごめんなさいね」

こういう場合は、大人の態度で謝ることができるほうが勝ちなのだと、恵は長年の会社員生活で知っているのだろう。堂々と頭を下げる彼女の謝罪に、陽子は唇を震わせた。

「いえ——私こそ——」

「私も、横からよけいな口出しをしたわ」

「そうね、私も」

ラブちゃんや由香が、口々に言って頭を下げた。どうやら、休戦することにしたようだ。罵りあいが落ち着いたと見たのか、少しずつお客さんが戻ってくる。ばら寿司もおでんもカレーも、それなりにお客さんが並んでいて、担当のママたちは急いで屋台の持ち場に戻っていった。先ほどの罵声はどこへやら、あくまで上品な笑みを浮かべて、子どもたちに軽食を渡している。周囲のママたちにとっては、思いがけない見世物のひとつにすぎなかったのだろうか。

「刑事さん。さっきは止めてくださってありがとう」

冴子部長が立ち上がり、微笑んだ。先日は仕事帰りのスーツ姿だったが、今日はモヘアのセーターにクロップドパンツというカジュアルな服装だった。ファッション雑誌から抜け出たような、洒落た雰囲気をまとっている。

「いいえ。私なんか――何もお役に立てませんでした」

自分は何も考えずに、夢中で飛び込んだだけだ。おまけに、陽子に言い返されると、言葉を失って立ち尽くすという醜態を演じてしまった。――情けない。

大人になりたい。あういう時に、誰にも負けずに理路整然と反駁（はんばく）できるような、しっかりした警察官になりたい。それとも、三十代にもなって、大人になりたいなどとぐずぐず考えていることが既に、負けているのだろうか。こんなだから、八坂も自分を見限って、佐々を選んだのだろうか。どうせ、自分なんか――。

冴子部長の表情に、何かがちらりと浮かんだが、彼女はそれを素早く消してしまった。わずかに不快そうな。あるいは、不機嫌そうなと言ってもいい表情だった。

「黛さんと相沢さんこそ、よくあんなにみごとに皆さんを鎮静化されましたね」

冴子部長は、カルメン益美を振りかえった。彼女はもうフリルのついたエプロンをかけ、てきぱきとばら寿司を皿に盛り付けて、お客に手渡している。その様子をわざわざ振り向いて見たのは、カルメン益美と手を携えたのは、本意ではなかった――と言いたいのだろうか。

ふう、と彼女がため息をついた。

「刑事さんたちには、見ていただいたほうがいいかもしれないわね。ちょっと、こちらにいらしてください」

先に立って歩き出す冴子部長に、梓はとまどいながらも後に続いた。佐々も、困惑の色を滲ませながら、ついてくるのがわかった。

†

見せられたのは、二枚のクレヨン画だった。園児の絵だ。

教室のひとつに、園児の工作や、絵画が展示されている。壁の一番目立つど真ん中。ふたりの子どもが、仲良く手を握って並んでいる絵。それが、二枚並べて貼られていた。一枚だと見逃すかもしれないが、二枚並ぶと妙に目立つ。構図もそっくりなら、色合いなどもそっくりだ。示し合わせて描いたのだろう。

「これは――」

梓は口の中で呟いた。

絵のタイトルは、「なかよし」。作者の名前を見ると、「まゆずみ　けんた」「あいざわりょうすけ」。つまり——冴子部長とカルメン益美の息子たちらしい。よく見れば、絵の中の子どもたちは、それぞれ胸のあたりに小さく「けんた」「りょうすけ」と名前が書かれている。

「こんなの、見ちゃったらねえ」

冴子部長が、すっかり母親の顔つきで、またため息をつく。お互いの子どもたちが、園内でも屈指の仲良しだと、母親たちは今の今まで知らなかったのだという話だった。

「この幼稚園、去年の四月にできたばかりでしょう。私たちは去年の二月にこちらに引っ越してきて、息子は年長組で、四月からきらら幼稚園に転園させることにしたの。近ごろ、りょうくんっていう仲のいいお友達ができたことは知っていたけど、まさか益美さんの息子だったとはね——。お母さんにも挨拶しなきゃとは思っていたんだけど」

カルメン益美もさぞかしびっくりしたことだろう。ふたりはこの絵を見て驚いて、休戦することにした——そういうことか。佐々が、じっと二枚の絵を見つめている。

「——そう言えば、けんたくんはどちらに？」

冴子と一緒にいてもおかしくないのに、一度も見かけていない。そう思ったら、冴子部長が苦笑いした。

「りょうくんと遊んでるのよ、砂場で。私たちが罵りあってるのも露知らず——まったく、母親同士が何も知らずに馬鹿なことをしたものだわ」

いまは三月で、彼女らの息子たちは年長組。ということは、今月いっぱいで子どもたちは別れる可能性があるということだ。ふたりのほほえましい絵からは、仲の良さが伝わってきて、なんだか別れさせるのが可哀そうな気分になるくらいだった。

「四月から通う小学校は、別のところなの。私たちがいがみ合うのも今月限り――せめて卒園するまで、子どもに心配かけないように仲良くやりましょうって、この絵を見ながら益美さんと相談したの」

冴子部長が、眩しそうな目で教室内の子どもたちの絵を見まわした。

「なんだか懐かしいわね。自分にもこんな絵を描いていた時代があったはずだけど、今となってはもう思い出せないわ」

「――私もです」

梓はちょっぴり嘘をついた。実は今でもよく覚えている、なんて言いにくかった。こんなに大人っぽい女性の前では、特にだ。

「脅迫状の件は、結局いたずらだったのね。何も起きなくて良かったわ。――そうだ、刑事さん。さっき私たちを助けてくれたお礼に、あなたにひとつだけ、個人的におせっかいなことを言ってもいいかしら」

「え――」

ちらりと、佐々がこちらを見る。聞いてはいけないと思ったのか、後ろを向いて少し離れた。彼の意図を、冴子部長も的確にくみ取ったようだ。梓にだけ聞こえるように、声を低めた。

「さっきあなたは『私なんか』って言ったけど、あんな言葉を使わないほうがいいと思う。謙譲は日本人の美徳かもしれないけど、自分で自分を縮めるような言葉を使っても、いいことなんかひとつもないわ」

えっ、と口の中で呟いて、梓は身体をこわばらせた。自分の心の中を、読まれたような気がした。

「――気付いたかもしれないけど、私は子どもの頃から左利きなの。世の中は右利きの人が多いけど、左利きの何が悪いのって、思ってたの。世の中にはいろんな人間がいたほうがいいのよ。〝ダイバーシティー〟なんて気取った言い方もするけど、早い話が生き物と同じ。生き物は〝多様性〟がないと何千年もの長い時間を生き残ることができないの。たったひとつの種類しかいなければ、何かのアクシデントで簡単に滅びてしまうのよ。専業主婦と、キャリアをめざす女性、両方いてもいいのと同じこと。あなたの言う『私なんか』の後ろには、私が知らない事情があるのかもしれないけど、ひょっとするとそれはあなた自身の貴重な個性かもしれない。ちっとも卑下する必要なんかないのよ。たった数回会っただけの私が言うこと、すごく偉そうに聞こえるとは思うけど、もっと自分に自信を持って、刑事さん。私はさっき、あなたが恵さんの子どもをかばうために飛び出してくれた時、とても嬉しかった。あれは決して、誰にでもできることではないのよ」

冴子部長に励まされながら、梓はひそかにうろたえていた。こんな時、どう反応すればいいというのだ。ほとんど初対面にも等しい赤の他人。世慣れた人間なら、こんな時にどう応じるのだろう。いや、世慣れた人間なら、そもそもこんなことを他人に言われたりしないのだろうか。

戸惑い、おろおろとし、だんだん顔が赤くなってくる。――なんて自分はみっともない。冴子部長はきっと、職場で部下を叱咤激励し、力強い言葉で明日の仕事に立ち向かわせるのが上手なんだろう。梓の理性はそう言っている。伊達に十年近くも仕事をしているわけじゃない。たぶん彼女は、上司の言葉が、百パーセント真実を語るわけでもないことだって、知っている。

どうしようもなくて、梓はようやく子どものように素直に頭を下げた。自分の迷いや、卑屈になった心境を、「私なんか」というたったひとつの言葉で見抜いてしまったのだろう。

「ありがとうございます。その――私こそ嬉しいです。おせっかいだなんて全然思いません」

「年をとると、自分より若い人に、ついよけいなことを言ってしまうようになるのね。許してね」

冴子部長が、微笑んだ。

「お互いにまだまだだってことね」

そう言って、彼女は教室を立ち去った。

ふう、と梓は微妙に力んでいた肩を下ろす。すごい人だが、やはり自分は少々かまえて応対していたようだ。ああいう相手と、気楽に話せるようになったら、自分も少しは成長したと思えるようになるだろうか。

気がつくと、佐々はまだこちらに背を向けたまま、壁に貼られた園児の絵を、丹念に観察していた。

「――岩倉さん」

こちらを気遣って、絵を見ているふりをしているのだと思いこんでいた梓は、佐々がなぜかこちらに手を振っているのを見て驚いた。

「どうしたんですか」

「中央にある、さっきの二枚の絵、誰かが貼り直して場所を変えたみたいです」

「え？」

「押しピンの跡が他にもあるんです。おそらく、この絵とその絵。ここにあったものを、移動して中央に並べたのだと思います」

佐々が指差したのは、隅のほうにある一枚と、まったく別の場所にある一枚だった。つまり、最初に貼られた時には、カルメン益美と冴子部長の子どもたちの絵は、あんなふうに目立つ位置には並んでいなかったということになる。

「どういうこと――」

梓は首をかしげた。

「あら、教室の絵を貼り直してる人、午前中に見かけたわよ」

†

山形明代がけろりとした表情で、ばら寿司をぱくついている。午後三時半、あと三十分で桃花祭も終了だ。最後に運動場で、園長とPTAの会長が挨拶するというので、ぞろぞろとみんな運動場に向かっているのだった。

これまでのところ発生した事件らしいことと言えば、〈おでん事件〉ぐらいで、このまま無事に四時を迎えそうな気配だ。梓たちは骨折り損のくたびれもうけだが、子どもたちに危害が及ぶこともなく、良い思い出を作ることができたのなら、骨を折った甲斐があったというものだ。

明代は軽食コーナーで、カレー、おでん、ばら寿司とひと通り試してみたらしく、中でもばら寿司は「超絶美味しい」のだそうだ。さすがはカルメン益美、と梓は内心唸った。

「おでんも悪くなかったわよ。アズーが言うほど、心配することなかったじゃない」

のんきそうに言うのでがっくり肩を落としたが、真相を教えるのはやめておいた。

「子どもの絵を貼り直してたの？　誰だった？　今もその人いる？」

梓の質問に応じて、明代は運動場に三々五々集まってくるママたちや園児、幼稚園の職員たちを見まわしている。いつの間にか、ばら寿司を食べ終えたらしい。

「あら、あの人よ」

指差す方向を見つめ、梓はようやく、脅迫状に始まる一連の不可解なできごとが、誰のしわざだったのか理解した。

その人は、もうじき始まる閉会式のためにスタンドマイクを用意して脇に下がると、どことなく満足げな表情で運動場に集合した園児たちを見つめている。

梓は、さりげなくそちらに近づいた。

「――沢井さん」

きらら幼稚園の、事務職員の沢井さん。色白で福々しい彼女の顔がこちらを振り向き、穏やかに微笑んだ。その表情が、ゆっくりとこわばっていくのを梓はじっと見守った。

「後で少しだけ、お時間頂けますね？」

沢井さんが、こくりと小さく頷いた。

†

「子どもたちのためだったんですね」

桃花祭は無事に終わり、ＰＴＡや幼稚園の先生方は後片付けに追われている。猫の死骸の写真を発見した時のことを、もう一度詳しく尋ねたいからという理由で、坂口園長に頼んで沢井さんと話す許可を取った。

もう危険はないだろうと、山形明代は帰っていった。

「アズー、今夜はばら寿司を作って持っていくから待ってなさい」

なぜか、カルメン益美のばら寿司に、猛烈な対抗意識を燃やしたらしい。

きれいに片付けが終わった教室のひとつで、沢井さんは丸っこい身体を小さく縮めている。園児用の机のこちら側に、梓が窮屈に足を縮めて座り、佐々は少し離れて話を聞いている。

「あなたは、お料理サークルの中に派閥があって、互いに反目しあっていることを知っていたんですね。片方は桃花祭を提案したぐらい積極的に参加しようとしていて、もう片方は消極的。だけどどちらも負けず嫌いな上に、互いの主張を容れないものだから、イベントの最中に、とんでもない騒動が起きるのではないかと危惧していた。しかもそれが、想像以上に荒んだ結果を招いて、子どもたちが傷つき怯えることになるんじゃないか――そんなイベントなら最初からなければいいのに――そう考えていた。もし、間違ったことを言った時には、教えてくださいね。沢井さん」

子ども用の椅子に腰かけ、沢井さんが黙って頷く。ということは、これまでの梓の推理は当たっているということだ。

「だからあなたは、桃花祭を中止させようと考えたんです。脅迫状を書いてみたけど、園長は本気にしなかった。このままでは桃花祭は開催され、ふたつのママたちのグループがぶつかりあう。それで――猫の死骸の写真を送ってみた。あの写真、どうされたんですか」

「インターネットで見つけたんです。桃花祭を中止するのに、使えると思いました」

「脅迫状にはあなたの指紋もついていましたが、状況から見て当然のことだと考えてしまいました。猫の写真を最初に見つけたのも、あなたでしたよね。他の人に発見されたり、うっかり園児が見てしまったりしないように、自分が第一発見者になったんです。つまり、何もかも自作自演だったわけですね。絵を貼り直したことも」

猫の写真を送っても、園長は桃花祭を中止しようとは言わなかった。逆に警備員を増やし、イベント当日には私服警官まで配置することになり、なんだか妙にぎすぎすした雰囲気になってきた。冴子部長とカルメン益美たちが、こんな祭りで仲たがいしないようにと知恵を絞って、彼女はふたりの子どもが描いた絵を貼り直したのだ。

「あれは、より目立つようにしたんですね」

「はい。最初は隅のほうにあって、二枚が別の場所に貼られていましたから、これでは気づかないかもしれないと思いました。位置を変えてみたら、他のお母さんが絵に気づいて、けんたくんのママに教えてくれたんです」

神妙に沢井さんは頷いたが、梓は思わず口に出していた。

「だけど、何もそんな手間をかけなくても、冴子さんと益美さんに、子どもさんたちが仲良しだと教えてあげればいいのに――」

「刑事さん、あの人たちが、それほど素直に他人の――それも、幼稚園の事務職員なんかの忠告を受け容れるタイプだと思いますか」

沢井さんの口ぶりがくたびれている。この人は、毎日園児の送り迎えに現れる、自分とは別世界に生きているかのようなママたちをつぶさに観察しているのだろう。

「偶然自分たちで気がついたという状況を作らなければ、あの人たちは受け容れてくれないと思ったんですよ」

カルメン益美はともかく、冴子部長はそこまで偏狭ではないのでは——。そう考えたけれど、彼女の勝気な性格からして、他人に〈教わる〉ことは、意外と腹立たしいのかもしれない。他人に〈教える〉ことが好きな人間は、そんな反面も持っているものだ。沢井さんはそれを嘆きあてていたのかもしれない。

「それじゃ、幼稚園の脅迫事件というのは、すべて彼女のお芝居だったんですか」

黙っていた佐々が、ついにたまりかねたように呟いた。

「そうよ。沢井さんが、園児たちの気持ちを守るために、あえてついた大ウソだったの」

呆然とした佐々に、沢井さんが小さな机に額をこすりつけるように頭を下げた。

「——すいませんでした。ただ、桃花祭を中止できればと思ったんです」

「誰かに相談すれば良かったのに」

梓はつい、気軽にそう言った。沢井さんの目が熱い怒りをはらんだ。

「誰かって、誰が相談に乗ってくれると思いますか。園長先生はいま、新規オープンしたこの幼稚園の経営を軌道に乗せようとしていて、それ以外のことには事なかれ主義だし、他の先生方には何も決定権がないんです。いったい、誰に相談すれば良かったんですか」

しまった、と思ったものの、もう引き返せない。ここで引き下がれば、沢井さんの言葉を認めることになってしまう。梓は小さな机の下で、両手のこぶしをぐっと握った。

「だけど、脅迫状だなんて性質が悪いです。よけいに園児を傷つけ幼稚園の評判を落とすことにならないか、心配しなかったんですか」

よけいに園児を傷つける、と言われると、はっとしたように沢井さんが俯く。彼女は園児のことだけを考えて、こんなマネをしでかしたのだ。おずおずと顔を上げると、梓の表情を窺うように見つめた。

「脅迫状のことで刑事さんがお見えになった時、お茶を持って入ったら、声が聞こえました。園児を守るために通報したのは正しかったと園長を励ますように言っておられて――私、あの時、よっぽど刑事さんに相談しようかと思いました。この人ならきっと、相談に乗ってくれる。うやむやにしたり、いいかげんに扱ったりせずに、いい方法を一緒になって考えてくれる。そう思ったんです。だけど、脅迫状なんて書いてしまっていたから、それもできなくて――あなたは警察の方だから」

一瞬、びっくりした。そんなことを言われたのは初めてだ。

トロくさいと言われる刑事だけど。それでも、こんな自分のやり方を、頭から否定しない人たちもいる。自分は自分でいいのだと言ってくれる。

「それじゃ、イベントも無事に終わったことだし、私たちはそろそろ帰りましょう」

佐々を促して立ち上がると、沢井さんが驚いたように座ったまま見上げた。

「あの――」

「上司には、きらら幼稚園で何があったのか報告しておきます。だけど、今回のことは事件にはしませんから、ご心配なく」

八坂班長なら、苦笑いとともに、それでいいと言ってくれるはずだ。幼稚園児の繊細な魂を守るためのお芝居に、いちいち関わっていられるほど警察も暇じゃないと、皮肉のひとつも呟いて。

沢井さんは、しばらく呆然と座っていたが、やがてはっと顔を起こし、後片付けを手伝わなくちゃと呟くと、そそくさと教室を飛び出していった。

——また結局、事件にはならなかった。

ふう、と梓は長い息を吐いた。

数日べったり幼稚園に張り付いて、日曜日を無駄にして、佐々や明代まで駆り出したというのに——骨折り損のくたびれもうけ。いつものことだ。

しかし、これで良かったのだ。事件にならなかったということは、誰も傷つかなかったということだ。——喜べ、梓。そう、自分を慰める。佐々が車のドアを開けて、待ってくれていた。

「女子寮まで送りますよ」

「いいえ、いいですよ。寮まで歩いてもすぐだし」

梓は慌てて断った。日曜日に、佐々が車で女子寮まで送ってきたなどと、同じ寮の住人に目撃でもされたら、どんな誤解を受けるやら。この男は何を考えているのか、そういうことをけろりと言う。

「それじゃ、木場公園のあたりまで送ります」

有無を言わさず佐々が車に乗り込んだ。他人の好意を無下にするのも気が引けて、梓はしぶしぶ助手席に座った。

「正直に言うと、僕はオートバイ盗の件から外されたのがショックだったんです」

佐々がハンドルを握る。こちらの反応を求められているような気はしなかった。黙って頷くにとどめた。同情がプライドに傷をつける。そんな場合もある。

「ですが、班長がなぜ僕をこちらの件に割り当てたのか、今日やっとわかったような気がします」

豊洲を出るため、朝凪橋を渡る。ぐんと上り坂でいったん空を見つめて、それから跳ねるように向こう側に落ちて行く。

異界からふだんの世界に戻る。そんな感覚。

「焦るなと言われたような、気がして」

オートバイ盗をどうしても逃がしたくないと焦るあまり、他の何も見えなくなっていた。

佐々はそう言いたいのだろう。

「岩倉さんの仕事ぶりを見て、おまえももっと勉強しろと、班長に言われました」

え、と危うく梓は聞き返すところだった。佐々が何を言ったのか、理解できなかった。

ひょっとして自分の耳は、他人の言葉を自分に都合のいいように捻じ曲げて聞くのだろうか。——落ち着け、自分。

それでは班長は、八坂班のみそっかすの末娘で、よその部門からは「梓ちゃん」などと甘ったるく呼ばれ、刑事にしてはトロくさいと評判の自分のことを、曲がりなりにも認めてくれているとでも言うのだろうか。

佐々が、きりりと精悍な太い眉を上げる。

「僕も少しずつ、岩倉さんに追いつけるように頑張ります」

呆然とする。

なんだか冗談のような決意表明だ。佐々が真面目な顔でひとをからかっている。

「ええと」

なんとか言おうと思ったものの、頭の中が真っ白で言葉にならず困惑していると、ポケットの中で携帯電話が鳴り始めた。八坂班長からだった。報告を忘れていた。

『どうだった』

「幼稚園の件は、片付きました。詳しいご報告は、月曜日に」

『わかった。佐々は運転中か』

八坂はまるで千里眼でこちらの様子を見ているようだ。

『伝えてやってくれ。佐々が無理に追いかけて、怪我をさせた外国人だが、間違いなくオートバイ盗の一味だった。携帯電話の通話履歴と、銀行口座を徹底的に洗って、仲間を割り出した。佐々のお手柄だ』

思わず、小さく歓声を上げた。何事かと佐々がハンドルを切りながらこちらに視線を流す。八坂の声が苦笑した。

『明日から、ふたりともこちらを手伝うように』

「はい！」

すぐさま佐々に教えてやろうとして、梓は一瞬口をつぐんだ。

そう言えば、明代が今夜はばら寿司を作って待つと言っていた。

――やっぱり、佐々を寮に誘ってみようか。部屋に入れるのはどうかと思うが、お寿司のおすそわけならかまわないだろう。ばら寿司をあげて、八坂の言葉を伝えてあげようか。

車の列は混んでいる。この分なら、木場公園まで時間がかかるだろう。ゆっくりじっくり、迷う時間がありそうだ。

鏡の中の
ラプンツェル

2011年4月

もうすぐ桜も終わる。

以前は、仕事の合間にひと息入れたくなると、梓は深川署の窓から木場公園を見下ろしていた。四季折々の緑や花々が疲れた目を休ませてくれ、季節の感覚を失わずにすむような気がした。しかし、今年は違う。

生活安全課執務室の匂いもまだ新しい、豊洲署。窓から見えるのは、幅の広い道路と行きかう車輛（しゃりょう）群、巨大なオフィスビル、タワーマンション、ららぽーと豊洲。機能的で清潔な街だ。

この街で四月の訪れを高らかに告げるものは、むしろ街にあふれる〈新人〉の集団かもしれない。特に、まっさらのランドセルを揺らして歩いていく小学一年生や、幼稚園児たち。

それから、リクルートスーツの延長線みたいな、おおむね濃紺のビジネススーツで手堅くまとめた、新人会社員。同じ紺色のスーツ姿でも、一年目とそれ以外の社員とがひと目で区別できるのはどうしてなのだろう。新入社員たちはまるでスーツに着られているようだが、一年経（た）つとみごとにスーツを着こなしている。

自分も警視庁に入った頃には、あんなに初々しい雰囲気だったのだろうか。職場は違っても、街で新入社員を見かけるたびに梓はそんなことを考え、くすぐったい気分になった。

「なんだ、岩倉君。新人時代でも思い出してるのか」

後ろに誰か来たなと思えば、八坂がペットボトルのお茶を飲みながら立っていた。

「班長、どうしてそんなことまでわかるんですか」

まったく、班長の八坂は、気持ちが悪いくらい勘のいい男だ。彼の茫洋とした視線も、豊洲署前の街路に向けられている。

新人の警察官は、採用されると多摩にある警視庁警察学校に入校する。梓のように、大学を卒業して入校すると、初任科教養というコースを半年間受講するのだ。いわば、新人研修期間。この間に、警察官としての心構えから、法律や警察実務など必要な知識を詰め込む。柔道、剣道、合気道、拳銃の訓練、逮捕術の実習など、体力の限界まで極めて心身ともに鍛えるのが目的だから、一日が終わればぐったりだ。

――訓練で泣き、本番で笑え。

そう警察学校で口を酸っぱくして言われた。同時に在籍しているのは二千名ほどだが、期の中では三十名前後でひとつの教場を構成し、代表教官を始めとする教官たちのもと、全てにおいて張り合い、競争しながら警察官としての基礎を叩きこまれる。敬礼ひとつ、最初は満足にできないのだ。教場ごとに旗を作り、旗のもとに集った同期の結束は固い。

山形明代も、同じ教場だった。

渦中にいた頃には、早く卒業して交番勤務に就きたかったが、いざ半年間があっという間に過ぎて実務に入ると、警察学校時代も懐かしく思い出される。警察人生の原点だ。

「花見でもしたのかい」

ペットボトルの蓋を閉めて、八坂がちらりと梓の足元に視線を落としたような気がした。靴を見たようなのだが、何も言わない。

――何だろうか。梓も気になって自分の靴を見つめた。例によって今日の靴も、実家の製品だ。ほとんど毎月のように、母親が実家の工場で作ったものを送ってくる。刑事はよく歩くから、すぐに履きつぶしてしまうことを知っているのだ。今日の靴は、普通の黒い革靴だった。

「――いえ、特には。今年は自粛しろと言われていますし、そんな気分でもないですし。でも女子寮の前に、桜の木があるんです。毎日それを見て満足してました」

三月十一日に発生した大震災の後、この国の風景はすっかり変わってしまったような気がする。関東も無傷ではない。浄水場から放射性物質が検出され、一歳未満の赤ん坊のためにペットボトルの水が配布され、関西などに一時的に避難する家庭も出てきた。全国の警察から、被災地に応援の警察官が送りこまれている。一か月が経過した今も、まったく落ち着かない気分で、正直花見どころではない。阪神・淡路大震災を経験したこともあり、自分も東北の応援に行きたかったくらいだ。とても、他人事（ひとごと）だとは思えない。

「なるほどね」

意味ありげに言った八坂は、自席で鳴っている電話の音に気づいて、ペットボトルを握ったまま悠然と歩き去った。何だったのだろう。梓も仕事に戻ろうと歩きだした時、つま先から白いものが落ちた。

「あら」

かがんでよく見ると、ごくごく淡い色の桜の花びらだ。自分には見えない靴の先に、張り付いていたらしい。女子寮を出る時にくっついて、それからずっと落ちずにいたのだろう。八坂はこれを見ていたのか。

梓は花びらを指先でつまみ、ハンカチの間にそっと包んだ。なんとなく惜しくて、捨てる気にはなれなかった。

「岩倉君、ちょっと」

席で八坂が呼んでいる。また新しい事件が発生したのかもしれない。

†

「ストーカーなんです」

穂積美優(ほづみみゆう)がテーブルの上でハンカチを握りしめた。

二十四歳。ショーウインドウに飾りたくなるぐらい、人形のように可愛(かわい)らしい女性だ。彼女が豊洲署に訪ねてきて、八坂の指示で自分が応対することになった時、梓はまじまじとその長いまつげを見つめてしまった。

栗(くり)色の髪に緩くパーマを当てて、いったいどうすればこんな形になるのかと首をひねりたくなるような、派手なアップにしている。色白な肌に、大きな目。アイライナーでしっかり縁を描いているから、よけいに大きく見える上に、濃く長いまつげだ。まつげを長く見せるマスカラで伸ばしているか、つけまつげなのは間違いない。眉は髪と同じ栗色だから、眉も染めているのだろう。

警察に来るので少しはおとなしい服装を選んだと自分で言うのだが、まだ朝夕は肌寒いこの季節に、ノースリーブのワンピースだ。色はモノトーンだが、太ももの中間までもないミニだった。

いつの間にか、小姑のようにチェックしている自分に気づいて、梓は慌てた。

――確かに、愛らしい。そのあたりを歩いただけで、人の目を引くだろう。アイドルなど顔負けだ。男性刑事が担当になっていたら、見とれてしまったのではないか。女性の梓ですら、ふとした彼女の動作に目を奪われる。容姿が美しいだけでなく、しぐさが女性らしく洗練されているのだ。

「どういうことがあったのか、なるべく詳しく教えていただけますか。穂積さんが気づいたことを、できるだけ最初から」

梓は用箋とペンをかまえ、美優を促した。彼女は昼過ぎに深川署に電話をかけてきて、ストーカーに狙われているので、話を聞いてほしいと訴えた。生活安全課に電話は回されたが、現在深川署の生安に女性警察官はひとりもいない。ストーカー被害は女性でなければ担当できないというわけでもないが、深川署の生安課長が梓を思い出した。管轄は違うが、わずか三か月前までは同じ署だった豊洲署に協力依頼があり、八坂の承諾を得て梓が担当となったわけだ。自宅まで行こうかと申し出たが、美優は豊洲署まで来ると言った。部屋の中があまり片付いていないらしい。自宅を出るのも怖いという状況なら大変だと思ったが、毎日職場にも通っているようだ。

「最初は無言電話がかかってきたの。ケータイに」

「それはいつごろですか」

「クリスマスのころかな。クリスマスをちょっと過ぎたくらい」

今は四月中旬だから、三か月半ほど前だ。

美優の話によれば、その日のうちに三回ほど続いた無言電話は、番号非通知だった。三回めにようやく彼女は、番号を通知しなければ着信を拒否するように携帯電話の設定を変更した。

「そうしたら、去年はそれ以上かかってこなかったんです」

美優は江東区清澄一丁目のアパートでひとり暮らしをしているそうだ。実家は新潟と聞いて、透明感のある肌の理由がわかった。東京の短大を卒業した後、派遣会社に登録して仕事をしていることや、週二回だけ渋谷のガールズバーでアルバイトをしていることなど、梓が尋ねるままに答える。性格はとても素直で、正直そうだ。ガールズバーのアルバイトというのは友人に誘われたのだそうで、派遣先の企業にばれると困るので、そろそろ辞めようと考えているとのことだった。もともと週二回だし、それほど身を入れて仕事をしていたわけでもないらしい。

「携帯への無言電話がやんで、それから？　ちなみに、自宅には固定電話はありますか」

「いいえ。ケータイがあれば充分だから。年が明けてから、またケータイに無言電話がかかってくるようになったの。今度は公衆電話から」

美優が利用している携帯キャリアは、番号非通知を拒否する設定にしても、公衆電話や海外からで番号を通知することができない場合は、着信するのだ。

「それから毎日、一日に十回くらいかかってくるようになって。見たら公衆電話からだってわかるから、わかったら出ないようにしていたんです。でもだんだんイライラしてきて。カレシに無言電話のことを相談したら、ケータイの番号を変えたらどうかって」

彼女の話を聞いて、意外と冷静でしっかりしているんだなと考えた。外見からは、感覚的でナイーブな感性の持ち主を連想するが、印象よりもずっと気丈なようだ。

「番号を変えたんですね」

「はい。番号だけじゃなく、いっそケータイの会社も変えたほうがいいって、カレシにアドバイスされて、一月の終わりには、カレシと同じ会社に変えました。お互いに通話料金が安くなるし、一挙両得だねって言われて」

妙なところでさりげなく挟まれたのろけ話に、梓は一瞬苦笑しそうになる。しかし、彼氏とやらもきちんと相談に乗ってくれているようだし、彼女の気を紛らわせる冗談も上手そうだ。お似合いのカップルなのだろう。

「もう、怖いから電話番号をあまり他人に教えるのはよそうと思って。実家の家族と、カレシと、派遣の担当者と、あと勤務先の上司と、仲のいい女友達くらいにしか教えないようにしたんです。そしたら、しばらくかかってこなくなったんですけど」

美優は、丹念にアイライナーで描いた目を大きく見開いた。

「――またかかってきた？」

助け舟を出すように、言ってみる。

「いいえ。二月の終わり頃に、今度は自宅の郵便受けに写真が入っていたんです」

「郵便ですか？　それとも、誰かが直接郵便受けに投函（とうかん）したのかな」

「直接入れたんです。住所も書いてなかったし、切手も貼ってませんでした」

いたずら電話よりずっと、物騒な話になってきた。梓はそう感じたことなどおくびにも出さず、美優の様子を見守った。

電話がかかってくるだけなら、まだいい。直接投函されたということは、相手は彼女の住まいを知っているということになる。

「どんな写真でしたか。今、持ってるかしら」

「ええ、これ」

美優は準備が良く、小さなハンドバッグの中から封筒を取り出した。

「それが郵便受けに入っていた封筒ですか」

「そうです」

何の変哲もない事務封筒に納められていたのは、L判の写真だった。指紋をつけないように、梓はテーブルに置いたまま写真を観察した。DPEショップで現像されたものではない。おそらく、パソコンのプリンタで印刷したものだ。写っているのは、今よりもっと派手な髪型をして、露出度の高い服装で歩いている美優の横顔だった。妙に暗い画面で、色調も奇妙だ。

「これ、場所がどこかわかりますか」

「自宅です。アパートの前に帰ってきたところだと思います。ガールズバーから家に帰るのが、だいたい十二時くらいだから、その時に撮ったんでしょう。全然気づかなかったけど」

フラッシュを焚いた形跡はない。深夜、アパート近くの街灯をたよりに、シャッターを切ったのだろう。パソコンを使えば、明るさの調整など簡単だ。

「これもカレシに見せて、相談したんです。写真を見て、危ないから自分の家に来たらどうかって言われて。私も怖くなったんで、次の日からカレシのマンションにしばらく泊めてもらうことにしたんですね。そうしたら、三月になって、今度はまたケータイに電話がかかってくるようになって」

「公衆電話から？」

美優が頷いた。さすがに彼女の表情は暗い。いろいろ相談に乗ってくれ、自宅に泊めてまでくれる恋人がいるので、なんとか精神的にもっているのだろう。そうでなければ、とっくに警察に駆け込んでいたはずだ。

「また電話がかかってくるようになってから、ひと月もよく辛抱しましたね」

「実は、ケータイをもう一度変えたんです。前のケータイ、せっかく会社まで変えたのに、どうして番号がバレたんだろうって考えたら、カレシのマンションに避難してる間に、料金明細が郵送されて、それを盗られたんじゃないかって気がついて。調べたら、やっぱり二月に届くはずだった明細が、届いてなかったんです。郵便受けから抜き取ったんだと思います」

「なるほどね」

「それで、お金がもったいなかったけど、またケータイを変えて、今度はインターネットで通知が来るように設定して、明細が郵送されないようにしました」

恋人の入れ知恵なのかもしれないが、彼女は実に冷静に対応している。また携帯を変えたというが、解約料金が発生するだろうし、機種を選ぶ際にも二年程度の利用を前提にした価格設定になっているから、残金を支払わねばならない。二度目の変更時にはかなりの出費だったはずだ。それでも携帯を変えずにはいられなかったほど、せっぱつまっていたのだろう。

「それで――?」

それでいたずらがやんだのなら、彼女が今ここに来ている理由がわからない。

「昨日また、別の写真が入れられたんです。今度はカレシの家のポストに」

「今度の写真は？」

「同じです。カレシのマンションに入るところを撮影されていました」

　梓は用箋の上に書きとめたこれまでの経緯を、ざっと読み返した。なるほど、美優はよく戦った。しかし、いよいよ恋人にまで迷惑をかけてしまったと感じると、居ても立ってもいられなくなり、警察に電話したのだろう。

（恋人が関与しているわけでもなさそうね）

　実は初めのうち、犯人は恋人の可能性も捨てきれないと考えていた。過去の統計では、ストーカーのおよそ半数が、現在の恋人か、元恋人だ。彼が、美優に自分の家に泊まればどうかと勧めたというくだりを聞いて、さらに強く疑ったのだ。恋人は美優を独占したい、あるいは結婚したいと考えているのではないか。ストーカーの存在をちらつかせることにより、彼女の不安感を煽（あお）り、自分に接近させる。自分と同棲（どうせい）するように勧める。美優は、外見の派手さに似ず、性格的には素直で純朴なところがあるようだ。自分に引き寄せる方法を考えて、ストーカーという手を思いついた――という筋も、考えられなくはない。

　しかし、自分の家に泊まっている彼女に、さらに写真を送りつける必要はない。

「助けてください。もう、どうすればいいかわからなくなってしまって――。結果的に、カレシにもすごい迷惑をかけてしまったし、自宅に泊めてもらうだけでも負担になっているはずなのに、変なやつに家まで知られてしまうなんて」

　彼女の焦燥はよく理解できる。

このような相談が持ち込まれた場合の、対応のフローチャートが警察庁から指示されている。まず、相談を受けると、状況から判断して三つのケースに分ける。ひとつは、ストーカー規制法に抵触し、ストーカー行為やつきまといと呼ばれる行為を受けていると判断できるケース。あとのふたつは、ストーカー等には該当しないが、他の刑罰法令に抵触するケースと、刑罰法令にも抵触しないケースだ。

彼女の場合は、第一のケースに該当する。無言電話や、写真を送りつけることによって監視していると知らしめる行為を繰り返し受けていることから、ストーカー行為を受けていると判断できる。携帯電話の番号を変更しても、郵便物を盗んで新しい番号を手に入れるなど、そうとう悪質と言ってもいいだろう。

彼女が告訴したいと言うなら、この状況で告訴することも可能だが、問題は犯人がどこの誰とも見当がつかないことだった。

「犯人の心当たりはありますか。変なことをお尋ねするようですが、以前つきあっていた男性の中に、こんなことをしそうな人がいるとか」

「いいえ」

美優がきっぱりと首を横に振る。

「どうしてかって言うと、前につきあっていた男の子は、高校時代のカレシなんです。今もずっと新潟にいますから。私が東京の大学に通うことになって、自然消滅しちゃったんです」

それなら、わざわざ東京に来てまでストーカー行為を働くとも思えない。ただし、彼女が知らないだけで、実はいつの間にか東京に出てきていた、という可能性もある。

（後で名前を聞いて、調べておいたほうが良さそうね）

梓はそっとメモを取った。別れた男が復縁を迫るために——というのは、ストーカー事案ではよくあることだ。あとは、友人・知人、勤務先の同僚。まったく面識がないというケースも、わずかだが存在する。ひとつずつ、消去していくしかないだろう。

「それでは、あなたに好意を持っていて、つきあうところまではいかなかった男性は？お店のお客さんでもいいんですけど」

「そんな——いいえ、全然心当たりがありません。これまで、トラブルになったような人は、ひとりもいませんから。それに、ケータイの番号をお客さんに教えたりはしませんでした。クラブのホステスさんじゃないから」

美優は子猫のような目で、首をかしげた。本当に彼女にはわからないのだろう。なにしろこれだけの美人だ。好意をもたれることなど日常茶飯事で、ひとりひとり心をこめて対応していたら、身がもたないのだろう。冗談にまぎらわせたり、好意に気づかないふりをしたり、彼女は無意識のうちにやっているのかもしれないが、そんなことは多々あったはずだ。

クリスマスの後からずっと。そうたびたび、嫌がらせの電話などを受けても、我慢していたのかと思うと、少し不思議な感じもした。

「穂積さん、よく今まで我慢しましたね。どうしてもっと早く、警察に相談しなかったの？」

優しく尋ねると、美優は長いまつげを伏せて、しばらく考えていた。外見の軽さとはうらはらに、彼女はその年齢にしてはかなり思慮深いほうだろう。

「あの、最初のうちは、ひょっとするとカレシか友達の中に犯人がいるんじゃないかと思ったんです。ケータイの番号を教えた人って、そんなにたくさんいるわけじゃないですし。犯人の声を聞いたわけじゃないので、相手が男性とも限らないでしょう」

なるほど、女性同士の嫌がらせという可能性もある。無言電話に、写真の投函。今のところまだ、性別を判断できる材料もない。

「もし、相手が友達だったりしたら、いきなり警察に行くのってどうだろう、なんて考えちゃって。様子を見るつもりだったんです。まさか、ここまでエスカレートするなんて思わなかったし」

それにね、と彼女はどこか不安そうな、困惑したような表情で微笑んだ。

「私、ガールズバーでアルバイトしてるでしょう。服装とかも派手かもしれないし。警察の人に、そんな仕事をしていたらストーカーの被害に遭うのも当たり前だって言われるかもしれないと思って、ちょっと怖くて」

「まさか」

梓はきっぱりと否定し、美優のぱっちりと大きな目を、力強い目で見つめた。こんな風に感じる女性が、意外に多い。ストーカーや性犯罪の被害に遭った女性に対して、そんな派手な服装をしているからだとか、化粧が濃いからだとか、心ない言葉を投げる人間が多すぎる。

施錠が甘くてアパートに泥棒が入ったら、鍵をかけ忘れた住人の責任になるのだろうか。

――まさか。

「悪いのは、無言電話をかけたり、つきまとって写真を撮ったりする犯人のほうでしょう。あなたは何にも悪くないんだから、気を強く持たなきゃ」

こくりと美優が頷いた。素直にこちらを見上げる視線に、頼られているのだと感じて梓はますます奮い立った。

「犯人が誰だかわかれば、警察から警告などを出すことができるんです。無言電話をかけたり、つきまとったりしないようにという警告ですね。だけど、今の状態だと、それができないから――」

「そうですよね」

「今も彼のところにいるんですか」

「いいえ。迷惑かけちゃったので、申し訳なくって昨日から自宅に戻りました」

気持ちはわかるが、それではよけいに危険ではないのか。

「それなら、深川署のパトカーの巡回経路に、穂積さんの自宅を入れてもらったらどうかしら。あなたを待ち伏せして写真を撮影したりしているようだから、不審な人物がいないか、巡回のたびに確認してもらいましょう」

梓は手持ちの書類フォルダから、「援助申出書」のフォーマットを一枚取り出した。ストーカー被害に遭っている相談者から、警察の援助を受けたいという申し出があった場合に記入してもらうことになっている。

「ここに、受けたい援助の内容について記入する欄があるので書いてくださいね。――防犯ブザーは持っている？　もしなければ、警察でも貸出できるけど」

美優はボールペンを手に取り、頷いた。

「深夜に帰宅することが多いので、持ってます」

「わかった。相手が誰だか、まずは突き止めましょうね。相手はあなたや彼のマンションの郵便受けに近づいているはずだけど、防犯カメラには映っていないのかしら。管理人さんには聞いてみた？」

「いえ――言われてみればそうですね。今まで考えてもみませんでした」

「それなら、写真が投函されていた日の防犯カメラの映像を借りだせないか、管理人さんに頼んでみたらどうかしら。あなたの知ってる人が映っている可能性もあるから、それで相手がわかるかもしれない」

「そうですね」

急に光明が射したように感じたのか、彼女の表情が明るく輝いた。

「パトロールの強化も頼んでおきますが、穂積さんが在宅している日に、一度私も様子を見に行きますから。都合のいい日を教えてくださいね」

「ありがとうございます。ぐずぐず迷ってないで、もっと早く警察署に来れば良かった」

そうまっすぐな目で言われると、なんだか照れくさくなってくる。梓は鷹揚に彼女の言葉を引き受けて、いかにも頼もしい女性警察官のような顔で頷いてみせた。

「岩倉ァ、何だよ、今の可愛い子」

美優が生活安全課を出て軽い足取りで帰っていくと、入り口のあたりで彼女とぶつかりかけた美作が、急いでこちらに駆け寄ってきた。

「ストーカー被害の相談ですよ。深川署生安への協力です。美作さん、なに鼻の下を伸ばしてるんですか」

肩幅の広い、いかにも柔道か何かやっていそうな体格をした美作は、武骨な四角い顔を珍しくほんのり赤らめた。こんな場面で純情ぶりを発揮されても困る。

「だけど、あれだけ可愛けりゃ、ストーカーになる奴の気持ちもわかるなあ」

「冗談じゃないですよ」

「そのへんのアイドルなんか真っ青じゃないか」

可愛ければ、つきまとったり、しつこく無言電話をかけたり、監視したりする理由になるとでもいうのか？　うっとり美優を見送っている美作を睨み、彼女からの相談内容を班長の八坂に報告しに行く。

「やはり、ストーカー被害の相談は、女性が受けるほうが細やかでいいな」

援助申出書を見て、八坂までがそんなことを言う。セクハラまがいのセリフを繰り返す美作のような男はともかくとして、ふだん、梓が女性刑事であることを、特に意識している様子ではない八坂にしては、珍しいことだ。

「そうでしょうか」

何か裏でもあるんじゃないの。梓はそっと上目遣いに八坂を見つめた。

「われわれ男が相手だと、つきまとわれて『怖い』という感覚が、皮膚感覚として伝わらないからな。いま岩倉君が他に抱えている事件は、何があったかな」

梓は小さく指を折り、数え上げた。一番大きいのは、三月に摘発されたオートバイ盗の事後処理だ。コンビニの駐車場で、佐々が捕まえた一味のひとりから、芋づる式にたぐりよせて、総勢八名の日本人と外国人を逮捕した。逮捕すれば警察の仕事が終わるわけではなく、むしろそこから始まると言ってもいい。被疑者の事情聴取を取り、罪を犯しているなら、裁判で有罪判決を取れるように証拠を固め、検事に引き渡す。書類作成のオンパレードだ。

しかも、事件は嫌になるほど次から次へと発生する。高校生がゲームセンターに出入りして、煙草(タバコ)を吸っているなどという通報があれば、飛んで行って説諭することもある。母親が幼児を虐待している、という通報が入ることもある。児童相談所に相談し、必要なら梓たちも同行する。八坂のデスクにある電話は四六時中鳴りっぱなし。ゆっくり書類作成に取り掛かれるのは、だいたい毎日、夜になってからだ。

──これでは、毎晩深夜になるまで寮に帰れないのも当然だ。

もっとも、自分で選んだ仕事なのだから、文句は言うまい。

「忙しいところにすまないが」

八坂がデスクに肘をついて顎を載せた。

「今の──穂積さんの件、深川署にいったん戻すが、時間がある時に佐々とふたりで様子を見に行ってくれ。どうも相手がしつこいようだからな」

「わかりました」

今日、八坂の表情は、なぜか陰翳（いんえい）が濃いようだ。興味が湧いた。上司の事情に嘴（くちばし）を挟（さしはさ）むつもりはないが、八坂はひょっとすると、ストーカー事件に個人的な思い入れがあるのではないか。たとえば、過去の体験などに基づくような。

†

「住所はここですね」

江東区清澄一丁目。美優が援助申出書に書き残した住所を頼りに、佐々の運転する車でやってきた。

月曜から金曜までは、九時から五時までの派遣業。木曜と金曜の夜はガールズバーのアルバイトだというので、月曜の夕方、様子を見に来ることにしたのだ。昨日、美優が帰ってから、すぐに深川署の警邏（けいら）の担当に連絡をして状況を説明し、彼女のアパート前をパトロールの経路に加えてもらうように頼んだ。今のところ、不審人物を発見したという報告は受けていない。

アパートは清澄公園のすぐ近くにあった。江戸時代の豪商、紀伊國屋文左衛門の屋敷跡と伝えられる広大な庭園だ。半分は無料で一般に開放される公園で、残り半分は有料の庭園区域となっている。美優のアパートからなら、公園側がきれいに見渡せるだろう。

このあたりに来ると、江東区の奥行きの深さを感じる。なにしろ、豊洲と清澄白河や門前仲町といった、ほぼ両極端な街がひとつの区におさまっているのだ。豊洲からこちらに来ると、いっきに三十年くらいはタイムトラベルした気分になる。上着を脱ぎたくなるような季節に、閑静な清澄白河の裏通りを歩いていると、開け放した集合住宅の窓から、ラジオの音がのどかに漏れ聞こえてくる。ひょっとして今はまだ昭和だったかな、と時間の感覚が狂うくらいだ。

「岩倉さん、どうかしましたか」

公園の芝生に立ち、じっとアパートの前面を見つめていると、佐々が不審げに尋ねた。あいかわらず、りりしい眉を跳ね上げている。

佐々の働きで、オートバイ盗一味が芋づる式に逮捕された。一時は功を焦るあまりに危険な行為をしたとしょげていたが、全てが良い方向に動いたのだ。若いのだから、もっと素直に手柄を誇っても良いのにと梓は思うが、佐々の表情には驕(おご)りがない。

——そう言えば、神社の息子だって言ってた。

子どもの頃から神社などで育つと、老成するのだろうか。

「ストーカーが撮影した、美優さんの写真を思い出していたんです。このあたりからなら、望遠レンズを使えば撮影可能かなって」

「なるほど、公園からですか」

アパートの前で張り込む、などということは刑事ドラマではありそうだが、素人が簡単にできることではない。公園なら、長時間ベンチに座りこんでいても、それほど違和感はないだろう。

あたりを見渡していた佐々が、小さく驚きの声を上げた。

「岩倉さん、あれ」

何ごとかと、彼が指差すあたりに視線を移すと、小学生くらいの男の子たちが集まって、遊んでいるのが見えた。「だるまさんがころんだ」と可愛らしい声が聞こえてくる。

鬼の役になっている男の子が、ぱっと目隠しの手をはずして振り向いた瞬間、梓もあっと叫んだ。

――あの子だ。

宮崎透也。突然、豊洲のマンションから姿を消した母親を、探しに行った少年。去年の夏のことだったから、半年以上も前のことになる。亡くなった母親の叔母という人に引き取られたのだが、まさかこんなところにいるとは思わなかった。

「はじめのだいいっぽ！」

子どもたちが明るい声で叫んでいる。

鬼役の透也が、両手で目隠しをして笑っている。くるりと仲間を振り向く表情に、愛嬌がこぼれている。思わず梓も頬を緩ませた。

「透也くん、笑ってますね」

それからしばらくは、彼らの懐かしいゲームを、黙って眺めていた。透也が大股で三歩、飛ぶように進み、ふたりの子どもにタッチすると、避けようとした子どもの無理やりなポーズがおかしくてまた笑いがこぼれる。

鬼の交代劇が終わるまで、梓は透也を見守っていた。

「あのう――。ひょっとして、刑事さんたちじゃありませんか」

ふいに声をかけられ、梓は振り返った。年配の、落ち着いた雰囲気の女性が、控え目にこちらの様子を窺っている。彼女にも見おぼえがあった。

「柳田さんですね。透也くんを引き取ってくださった」

柳田は、子どもを呼びにきた家庭の主婦、という雰囲気で、春もののニットに紺色のタイトなスカートを身につけ、足元は突っかけだった。

「うちは、すぐそこなんですよ」

と彼女が示したのは、公園に面した小さな一戸建てで、美優のアパートにもほど近い。こんな近くに、透也が住んでいたとは。ほっこりと温かいものが胸のあたりを満たした。自分の仕事が決して無駄にならなかった。そう感じたからだろうか。

「心配しましたけれど、あの子も少しずつこちらの学校に馴染んでくれて」

柳田夫人は、夕食のしたくができたので透也を呼びに来たのだという。妹の麻耶は、家の中で待っているらしい。よもやま話に花を咲かせたいところだったが、美優とも約束があった。

「今日は、このあたりでお仕事ですか」

「ええ、まあ」

梓は佐々と視線を交わした。警察官に、立ち入ったことを尋ねてはいけないと感じたのだろうか。柳田夫人は、にこにこして黙って頷いた。

「それじゃ、私たちはそろそろ」

美優のアパートに向かい、門の中に入る。柳田夫人が透也を迎えに行かず、なぜかじっとこちらの背中を追っているような視線を感じていた。

†

ストーカー規制法が成立するきっかけになったのは、平成十一年に発生した、桶川ストーカー殺人事件だ。つきまといや中傷、脅迫などのストーカー行為は、凶悪犯罪に直結する可能性があるということが、この痛ましい事件によって周知されたのだった。

さらに、ストーカー規制法の運用が強化されたのは、平成二十二年四月二十一日に、警察庁の生活安全局生活安全企画課長と刑事局捜査第一課長の連名で通達された、「男女間トラブルに起因する相談事案への対応について」に基づいている。

この時期、男女間のトラブルが原因で、女性の家族や友人が殺害されるなどの事件が相次いで発生した。事態を重く見た警察庁が、被害者から被害届が提出されていなくとも、「必要性が認められ、かつ、客観証拠及び逮捕の理由があるときには」、加害者を逮捕することも検討せよとの指示を出したのだ。

ストーカー事案は、決して「つきまとわれて気持ちが悪い」などというレベルの問題ではない。放置すると、命にかかわる事件に発展する可能性がある。

そんなことを考えながら、穂積美優のアパートの玄関をくぐった。

「わざわざ来てくださって、ありがとうございます」

派遣先の企業から帰宅したばかりだという美優が、すぐに出迎えてくれた。今日の服装は、緩い感じのフリルつきブラウスに、ひらひらのスカートだが、昨日よりはおとなしい印象だ。仕事に行く時にはこういう服装なのだろう。

「郵便受けのあたりには、防犯カメラはないみたいですね」

入りしなに、さりげなくチェックしておいた。古いアパートだ。玄関の脇には、小型の防犯カメラが据え付けられていたが、アパートの中に入ってしまうと、カメラはない。

「そうなんです。それに、玄関にある防犯カメラの録画は、一か月分しか残っていないそうです。二月の終わりでは、もう消えてしまっていると言われました」

美優ががっかりした様子で話しながら、手際良くお茶を淹れてくれる。なかなかのしっかりものだから、派遣社員とは言っても、派遣先の企業でも重宝されているのに違いない。

「カレシのマンションには確認してもらってるところです。だけど今思い出そうとしても、郵便受けまで写るようなカメラは、なかったような気がするんですよね」

悪質ないたずらをされるなど、過去にトラブルが起きた集合住宅などでは、郵便受けにもカメラを向けていることがある。少し期待をかけていたが、この様子では犯人の特定には意外と時間がかかるかもしれない。

「アパートに戻られてから、何かおかしなことはありましたか」

「いいえ。今のところ、何もありません。ケータイの番号も、今度こそばれてないと思います」

美優の表情は、署に相談に来た時よりも落ち着いていた。警察のパトロールが付近を見回っていると聞いて、少しは安心したのだろうか。

「わかりました。引き続きパトロールも行いますし、私たちも時々こうして様子を見に来るようにしますので、何かあればすぐ連絡してください」

身の危険を感じるようなら、彼女には家族や友人の家など、犯人に気づかれていない別の場所に避難してもらったほうがいいかもしれない。しかし、犯人はどうやって彼女の恋人の家を探し当てたのだろう。

犯人は、彼女の職場を知っている。そう考えたほうがいいのではないか。万が一の場合には、仕事もしばらく休みを取ったほうがいいかもしれない。——そうなると彼女の被害は甚大だ。精神的な被害に加え、仕事にも行けないとなれば、金銭的な被害も受ける。

「彼女、しっかりしてますね」

車に戻りながら、佐々が感心したように何度か美優のアパートの窓を振り返った。

「感情的になっていないのが、救いですね。ずいぶん怖い思いをしていると思うんですけど」

その視線に気づいたのは、助手席のドアを開き、乗り込む寸前だった。

何軒かおいた家の窓が開いていて、こちらを見ている女性の姿が見えた。柳田夫人だ。梓が自分の視線に気づいたと知ると、奥にすぐ引っ込んでしまったが、物言いたげな表情をしていた。

「透也くんのことで、何か話したいのかしら」

「——行ってみますか?」

こちらから行くまでもなく、柳田家の玄関から彼女が突っかけ姿で出てきた。

「——刑事さん」

やはり、何か話したいことがあったらしい。

「柳田さん。何か」

「ええ、それが」

いったん梓たちに話そうと決断したものの、それが正しいことなのかどうか、判断がつかなくなったというように、彼女は迷っていた。

「あの、さっき刑事さんたちが、そこのアパートに入って行かれるのを見たものですから」

意外な言葉が飛び出してきた。

「何かあったんじゃないかと思って。その――」

「柳田さん。何かご覧になったんですか」

困ったような彼女の顔を見て、思い当たる節があった。柳田夫人は、子どもたちを公園で遊ばせている。今日のように、夕食の時間になれば迎えにも来るだろう。ひょっとすると――。

「公園のベンチに、時々半日くらいぼうっと座ってる男の人がいるんです。いつも、あのアパートの窓をじっと見つめていて」

彼女が視線を送ったのは、美優のアパートだった。梓が想像した通り、犯人は美優を公園から監視していたのだ。帰宅を待ち、写真を撮るにも適した場所だ。付近の人には怪しまれるだろうが、そんなことすら気にならないほど、思いつめているのかもしれない。

「妙な人がいるねって、ご近所と話したことがあるので気になって」

柳田夫人は、どこか恐縮するような態度でそう話してくれた。告げ口をするようで、居心地が悪いのだろう。彼女がその男に注意を払ったのは、透也たちが公園で遊ぶからだ。不審者や変質者のたぐいではないかと、いくぶん怪しみながら見ていたのに違いない。心から安心して、子どもを自由に遊ばせてやれる場所が少なくなった。

「ありがとうございます。話してくださって、助かりました。その人のこと、詳しく覚えてらっしゃいますか。顔とか、身長とか服装とか」

「そうですね。服装はたいてい黒っぽい感じで」

佐々が横でメモを取っている。ストーカーが黒っぽい服装とは、ありがちだなと思った梓は、次の言葉の意外さに思わず目を瞬いた。

「なんだか、おしゃれな人でしたよ。銀のアクセサリーとかさりげなくつけていて、まだ若い人です」

「え？」

佐々もメモを取りながら、ぽかんとしている。

「ものごしも優しくて、美容師さんみたいな感じの人だったんです。たしか――いつも火曜日になるとここに来ているし」

ようやく梓も理解した。犯人は火曜日になると公園に現れ、アパートを監視しているのだ。美容業界は火曜定休のところが多い。それが、柳田夫人の連想の理由だろう。

「もしかして――」

佐々が唖然としながら口の中でもごもごと呟いた。

「犯人は美容師かもしれない？」

†

その後の展開はとんでもなく早かった。

アパートに戻り、美優に行きつけの美容室について尋ねてみた。だいたい二週間に一回の割合で、水曜日に美容室に行って髪を整えてもらう。店は渋谷にある若者向けの店と決めていて、カットの担当者もいつも同じ人を指名している。

「その担当者は、男性ですか？」

「ええ、男の人ですけど——ケンちゃん」

梓の質問に目を丸くした美優は、まさか、と呟いて二の句が継げなくなった。

彼女が自宅に戻っていると気がつけば、火曜日にまたアパートに現れる可能性がある。そう話して、翌日の火曜は派遣の仕事を休んでもらった。一日休めばその分の時給を引かれるが、それで解決するのならお安いご用だと美優は請け合い、柳田夫人の協力を得て、柳田家の窓から公園を見張ることになった。

果たして現れたのは、彼女が行きつけにしている美容室の、美容師だったというわけだ。まさかケンちゃんが犯人だなんて信じられない、と連発していた美優も、実際にその美容師が公園のベンチに腰掛けて、ずっとそこで彼女を待っている姿を目の当たりにすると、困惑した様子で黙りこんでしまった。柳田夫人も、彼が以前から公園にいた人物だと証言してくれた。

——川谷憲太（かわたにけんた）。二十四歳。美容師。渋谷区の美容室、『プレシアス』勤務。

いま、梓の目の前に座っている青年は、うつむきかげんの暗い表情や、無口な様子から見て、内向的な性格を感じさせる。

とは言え、ストーカーになるような青年には見えなかった。ごく普通の、おとなしい若い男性。柳田夫人が語ったように、薄手の黒いニットを着て、下はブラックジーンズ。シルバーアクセサリーを適度につけて、おしゃれな男の子だなあ、というのが第一印象だ。美容師だからか、髪型もアイドルみたいな可愛らしいカットをしているし、顔立ちだって整っているほうだろう。少なくとも、清潔感がある。

（どうして、こんな子が——）

思わず首をかしげてしまうようなタイプだ。

美優は犯人が判明しても、告訴するとは言わなかった。ストーカー行為は、もちろんやめてもらいたい。しかし、川谷はもう二年あまり自分の髪をカットしてくれていた美容師で、告訴するのはあまりに大人げない。それよりも直接会って、なぜこんなことをしたのか尋ねたい。それが彼女の希望だったが、梓は彼女と川谷を会わせることには躊躇した。直接会えば、何をするかわからない。突然キレて、暴力行為に訴える可能性もある。まず、警察官として自分が話を聞いたほうがいい。そう説得して、川谷青年の住所や電話番号を調べ、豊洲署に呼び出したのだ。本来は深川署の事件なのに、行きがかり上すっかりこちらで引き受けてしまっている。

川谷は、ずっと黙っている。

名前や勤め先については素直に認めたものの、穂積美優に関するストーカー行為については、席についてから一言も応じようとしない。ただひたすら、思いつめた目つきで、取調室の机の上を睨んでいる。

「川谷さん。黙っていてもわかりません。穂積さんの携帯電話に、何度も無言電話をかけたのはあなたですよね。それから、アパートに帰る彼女の写真を撮影し、それをわざわざ彼女の郵便受けに入れた」

「――」

「彼女が携帯の番号を変えると、あなたは彼女の家の郵便受けから、携帯電話会社の利用明細を盗んで新しい番号を手に入れた。さらに、穂積さんが怖くなって友人の家に泊まるようになると、そちらにも彼女の写真を投函した。――間違いないですね」

何を尋ねても黙っている。これではらちが明かない。「友人の家に」と言った時だけ、ぴくりと眉が跳ねたような気がしたが、それ以外は無反応だった。

梓は机に身を乗り出した。

「川谷さん、いいですか。あなたがしているのは、ストーカーと呼ばれる行為で、法律で明確に禁止されています。これ以上続けるようなら、警察からあなたに警告を出すことになりますよ」

少しきつい言い方かもしれないが、ここは警察官が悪役を演じてでも、もう美優に近づくのをよそう、と尻込みさせねばならないだろう。ストーカー行為は、警察や弁護士などの第三者からの警告で終息することが多い。

「川谷さん。穂積さんは、あなたが彼女の髪をいつもきれいに仕上げてくれたことに感謝していると言っています。だからそれに免じて、あなたを告訴したりはしたくないそうです。その代わり、もう穂積さんに対して、二度とああいう、ストーカー行為——彼女につきまとったり、無言電話をかけたりしないと約束してくれますか」

厳しい口調で詰め寄り、うつむいた顔を覗きこむと、彼は顔を赤らめた。

——なぜだ。なぜこの場面で、顔を赤くするのだ。

梓は柄にもなくたじろいで、身体を引いた。

「すいません。僕——人と話すの苦手で」

彼はさらに頬を紅潮させ、面を伏せた。蚊の鳴くような声とは、このことか。そう合点がいくほどの、かそけき声だった。

「こんな仕事をしているのに、変ですけど——仕事は普通にできても、他は全然ダメで」

おなかに力の入らない、ぼそぼそとした早口を聞き、梓は唖然として川谷の顔を見つめた。

「川谷さん。苦手でも、話してもらわないとわからないです。——どうして、穂積さんにそんなにしつこくつきまとったのか」

もじもじと居心地悪そうにうつむく。多少、苛立った。

「穂積さんのこと、好きだったんですか」

こくりと、子どものように頷いた。これはなかなか、困った坊やだ。二十四歳の男子とはとても思えない。思春期の少年のようではないか。

二度と美優につきまとうことがないように、じっくりと説諭して帰宅させた。美優には川谷との会話の内容を電話で説明し、おそらくもう心配ないとは考えているが、もしまた何かあれば、すぐ連絡するようにと伝えた。

――これで一件落着。

美優がここ数か月の間に感じていたであろう、不安や得体のしれない恐怖を思うと、本当にこんな終息でいいのかと、理不尽さを感じないでもない。少なくとも、川谷を見た限り、凶暴性は感じなかったので安心したのだが、朗らかで「どうしてあんな人が」と周囲が不思議がるような人間が、突然キレて人を殺したりするのが現代だ。その暴力性は、自分よりも弱い方向に向かう。熾烈な弱肉強食。

（本人が告訴しないと言うんだから、しかたないけど）

報告書を上げると、八坂も眉間に皺を寄せて、何とも言えない表情になった。

「本当に彼は、このまま何も事件を起こさずにいてくれるんだろうね」

「――そう願います」

八坂が肩をすくめ、決裁の欄に印鑑を押した。

†

常と変わらぬ週だった。ゲームセンターのトイレで高校生が煙草を吸っていると通報があって駆け付けたり、補導されてきた中学生をこんこんと説諭したり。大きな事件の発生はなかったが、ただひたすらに毎日多忙で、報告書の作成も多かった。穂積美優からは、あれから何も連絡がない。毎晩夜遅くに、ようやく仕事を終えて女子寮に帰る。隣の山形明代とはあいかわらず夕食をシェアする仲で、彼女の料理の腕前はますます向上しているようだが、せっかくの美味しいおかずを味わうのが自分だけ、というのがなんだか申し訳ないような気もする。

その視線に気づいたのは、そんなとある深夜だった。

豊洲署を出て、自転車に乗り木場公園裏の女子寮に戻る。十分ほどの距離だ。女子寮とは言っても、ワンルームマンションのタイプで、外から見れば警察官の寮だとは思わないだろう。寮の階段を上がろうとして、首筋に妙な気配を感じ、振り返った。

誰かが、急いで逃げ去る気配がした。ほっそりした黒い影。慌てて階段室を出て、後を追うべきか追うまいか、考えた。

黒いニットに、スリムなブラックジーンズ。

――そう言えば、今日は火曜日だ。

いわゆる花冷えの、しんしんと冷え込む四月の夜だった。梓はぶるっと身体を震わせ、男が走り去った方角を、しばらく無言で見つめていた。

†

女子寮や署を出る前に、窓から道路を観察するのが癖になった。自分が出てくるのを、じっと待っている人影がいないか。写真を撮ろうとしている人間はいないか。誰かが、郵便受けにおかしなものを入れていないか。

――あれは本当に、川谷憲太だったのだろうか。

「聞いてるか、岩倉君」

八坂の不審そうな声に、慌てて顔を上げる。いつの間にか、考えこむことが増えた。気がつくと、ぼんやりして時間を無駄に潰している。もしあれが本当に、川谷だったなら。警察署から帰宅する自分を尾行して、女子寮の場所を知ったのなら。美優からはあれきり、連絡がない。念のために今も、パトロールに彼女の自宅周辺を巡回してもらっているが、特に報告はない。

川谷は美優を諦めたのだろうか。たった一回、警察に呼び出されて、警察官に説教された。それだけで、彼の思いは封じられたのだろうか。

「すいません。聞いてます――いえ、実はちょっとだけ聞き逃したかも――」

梓が提出した捜査報告書の文面について、八坂が赤ペンで訂正しその理由を説明しているところだった。冷や汗をかきながら正直に頭を下げると、まじまじとこちらを見つめた。八坂は時々、他人の中身を見透かすような目をする。

「身体の調子でも悪いのか？」

「いえ。そんなことはありません」

「それなら何かあったのか。心ここにあらずという風情だが」

「いえ――。本当に、何でもないんです」

とりあえず、今のところは。

しかし、今日は火曜日だった。川谷が勤める美容室『プレシアス』の定休日だ。彼が美優を尾行したり、恋人の家をつきとめたりしたのは、常に火曜日だった。写真を撮影して郵便受けに投函したのも火曜日。――つまり、今日だ。

まだ、八坂に相談するわけにはいかない。被害を受けたというわけでもない。一週間前の夜、後をつけられたような気がするだけだ。八坂に相談すれば、おおごとになる。自分の勘違いだったら、川谷の人生を深く傷つけてしまうかもしれない。慎重にならなくては。

口をつぐんでいる梓を、しばらく黙って見ていた八坂は、静かに鼻から息を吐きだした。

「――まあいい。春だからな。君でもたまにはぼんやりすることもあるんだろう」

向こう側のデスクについている美作が、こちらの会話を小耳にはさんだらしく、こっそりにやりとした。きっと、良からぬ妄想でもしているのに違いない。ばれていないつもりだろうが、しっかり丸見えだ。

「岩倉さん、例のカラオケパブの店長、出勤したそうです」

佐々が受話器を置きながらこちらを振り返った。豊洲に、新しくカラオケパブを作ろうとしているらしい。深夜に酒類を提供する店の許可は風営法に依って行われ、生活安全課の範疇に入る。店長が署を訪れ、営業の届け出をしていった。現場を見ておいたほうがいいだろうという判断で、梓たちが訪問する予定なのだ。

「それじゃ、行きましょうか。班長、私たちちょっと出かけてきます」

もう別の書類を読み始めていた八坂が、ちらりと目を上げて、「気をつけてな」とひとこと返した。いつもと変わらない態度だが、今日はその言葉にも何かの意味がこめられているような気がする。

「車、出してきます」

佐々が駆け下りていく。梓は生活安全課の部屋を出て、廊下の窓から何気なく周辺の道路を見まわした。

――もちろん、川谷を捜すためだ。

川谷らしい人影は見当たらない。署の建物を日中から監視する人間など、いなくて当然か。常に警察官が署の玄関に立ち、不審人物がいれば誰何（すいか）している。いくらなんでも、そんな場所で張り込むなんて、怪しい者ですと名乗っているようなものだ。

いくぶんほっと胸をなでおろしながら、梓は階段を下りた。

駐車場から出した車を、佐々が署の前につけてくれる。いつものように助手席に乗り込み、シートベルトを締めながらふと、曲がり角の向こうに停（と）めてある車を見た。白いレンタカーだ。ごく普通の国産車で、どこも目を引くところなどないのに、つい目が止まったのは、運転席の人影を見たからだった。

（――川谷）

彼は、こちらを見ないようにしている。もちろん、梓がここにいることは、気づいているのに違いない。見ていないふりをしているだけだ。

ぞっとした。いったい彼は、何の目的で自分につきまとっているのか。逆恨みか。美優にこれ以上のストーカー行為をしないよう、梓が注意したからだろうか。ストーキング対象の親兄弟や友人などから注意を受けると、ストーカーが彼らにつきまとったり、嫌がらせをしたり、最悪の場合には殺してしまったりすることもある。自分から相手を引き離そうとしている、と考えて恨みの矛先をそちらに向けるのだ。

佐々が車を出す。川谷の車は、何台か間を置いてついてくる。佐々が気づくのじゃないか。——そう思ったが、彼は何も言わなかった。

どうすればいいのだろう。

川谷は、ストーキングの対象を、美優から自分に変えたのだろうか。美優にこれ以上近づかないと約束する、と彼は確かに言った。だからと言って、まさか自分に——。

美優は、川谷を告訴しないと言った。彼女から、警告してほしいという申し出があれば、警察本部長などの名前で、川谷に対して警告を発することもできたが、それも現時点では見送りたいということだった。しかし、梓の説諭を無視して、あまつさえ警察官を対象にしたストーキングをするなど言語道断だ。今後、美優に危害を加えないという保証もない。

——それでも。

すぐさま八坂に報告を上げる気になれないのは、どうしてなのだろう。

川谷が自分につきまとっている間は、美優の安全は守られる。それに、川谷を簡単に見捨てたくないのだった。自分なら、あの華奢（きゃしゃ）で非力そうな青年が実力行使に出て危害を加えようとしたところで、日頃の鍛錬にものをいわせる良い機会だ。学生柔道では全日本で三位まで食い込んだ腕前だし、警察官になってからは逮捕術なども仕込まれている。女性の体格とはいえ、そうたやすくは男性にも負けない自信がある。

——自力で説諭できる。

そう思うのは、果たして思い上がりなのだろうか。

†

二週間にわたり、川谷は火曜日の日中、ずっと梓に張り付いていた。帰宅する頃には、署の近くで待っているらしく、ついてきた。車のこともあれば、徒歩のこともある。

話しかけてくるわけでもない。郵便受けに何かが入っていたということもない。貴重な休日のはずなのに、自分の尾行に費やしている。

正直、かなりうっとうしい。しかし、最初の頃に感じた薄気味悪さは、あまり感じなくなっていた。日中、仕事をしている時には佐々が隣にいる。仕事中は、川谷に注意を払う余裕もないくらい、仕事に集中している。帰宅は深夜になるが、わずか数分間のことだ。

その数分は、充分背後に神経を集中させている。

火曜日の、たった数分間。

その時間だけは、自分と川谷との間に張り詰めた糸の上を、ぴりぴりと電流が流れているような感じだった。その数分間のためだけに、川谷は休日をまるごと無駄に過ごしているようだ。

とは言え、その数分間に何かが起きるわけでもない。川谷は決して自分からアクションを起こそうとはしない。ただついてくるだけだ。

穂積美優に電話をかけ、様子を聞いた。あれきり、川谷のストーキング行為はなくなったそうだ。仕事も順調だし、彼氏ともうまくいっている、と美優は朗らかな声を取り戻していた。彼女は、行きつけの美容室を変えたらしい。事件の前後での、明らかな変化はそのぐらいだと言った。

彼女が、ごく当たり前の日常生活を取り戻したと聞いて、梓はほっとした。今度は自分が川谷にストーキングされているなんて、とても言えない。

「刑事さんのおかげです。ありがとうございました」

「いいえ、とんでもない。お役に立てたなら良かったです」

正確には、柳田夫人が川谷に気づいて、注目してくれていたからだった。あえて言うならそれは、透也があの公園で遊んでいたからで、なんとも不思議な縁だ。

「もし今後も何かあったら、すぐに連絡してくださいね」

川谷が自分につきまとっている間は、美優のほうにストーキング行為を繰り返すことはないだろう。しかし、彼が何を考えているのか、まだわからない。

「ありがとうございます」

美優が朗らかな声で応じ、やや声を低めた。

「あの、刑事さん。私ね、例のアルバイト、辞めたんです」

「ガールズバーでしたっけ。辞めたんですか」

意外だった。辞める気があるのなら、ストーカー騒ぎの最中に辞めそうなものだと思っていたのだ。それでも続けていたのだから、仕事や職場が気に入っているのか、あるいは派遣の仕事だけでは収入面で満足できないのか、どちらかだと考えていた。

意外な、と感じたのが声に出たかもしれない。美優が説明を始めた。

「カレシにケンちゃんのことを話したら、いっそのこと結婚しようって言うんで。そしたらケンちゃんも思い切りがつくだろうって」

「あら、それはおめでとうございます」

それでこんなに声に柔らかな丸みがあって、楽しげなのか。災い転じて福となす、とはこのことかもしれない。くったくなく笑う美優の声を聞いて、そう梓も喜んだ。

川谷を署に呼んで説諭してから、五度目の火曜日が来た。いつものように夜遅くまで居残って書類を作成し、八坂が帰り、美作たちが消え、十一時を過ぎた時計を見て、ため息をつきながら梓も立ち上がった。

「そろそろ、タイムリミットですね」

「僕は、この上に帰るだけですから」

佐々が視線を上げて、ちらりと苦笑した。独身者用の男子寮は、署の最上階にある。ほとんど待機室のようだ。いざという時にはいつでも連絡が取れるように、署の中に住んでいるのだ。

「それじゃ、お先に」

「お疲れさまでした」

佐々を残して署を出る。玄関の前には、二十四時間、交代で制服警官が立ち番をしている。顔見知りの若い警察官に挨拶すると、梓は駐輪場に停めてある自転車を押して歩きだしながら、さりげなく川谷を捜した。

――いる。

幅の広い晴海(はるみ)通りを挟んで、街路樹の陰に川谷らしい男性の姿があった。じっとこちらを見ているので、それと気づいたのだ。相変わらず、夜の中に溶け込むような黒っぽい服装で、シルバーのアクセサリーが街灯の光を受けてちかりと輝く。

あの青年は、たまの休みだというのに、他にすることはないのだろうか。ため息をつきたい気分になりながら、梓は自転車に乗った。そろそろ、自分がやっていることの馬鹿馬鹿しさに気がついてもいい頃ではないのか。川谷はいつまでこんなゲームを続けるつもりなのだろう。

ゲーム？

自分の中から泡立つように突然顔を覗かせたその言葉に、自転車を漕(こ)ぐ足を緩める。川谷はこれをゲームだと思っているのだろうか。いや、自分自身がゲームのように感じているのか。

——とんでもない。

このところ、川谷は自転車を用意している。おそらく今も、梓から遅れすぎず、かつ近づきすぎないように、間合いを測りながら自転車で尾行しているのだろう。後ろを振り向く気はない。

——苛々する。

どうして自分が、いつまでもこんな茶番に付き合わなければいけないのか。八坂に報告を上げ、川谷を告訴すれば、ストーカー行為の罰則は六か月以下の懲役または五十万円以下の罰金。そうだ。川谷は、懲役刑を受ける可能性もあるのだ。

それが、報告をためらわせている原因のひとつだった。粗暴な性向は感じられない。ただ、じっとりと粘着するように相手につきまとう。つきまとわれたほうは災難だ。

ただ、これしきのことで懲役刑を背負わせるのもどうだろう——というためらいが消せない。そんな結末になれば、自分自身がとても無慈悲な人間になった気分がするだろう。

美優が告訴しないと宣言したのも、似たような理由だろう。

自転車を置いて女子寮の玄関をくぐる前に、路上を振り返った。川谷は、姿を隠すでもなく、十メートルほど離れて、自転車を押しながら黙ってついてきている。

「川谷さん。あなたは自分がしていることの意味、ちゃんとわかってるんですか」

鋭く声をかけると、足を止めたまま、逃げようともせずに聞いている。月のない夜で、表情はよく見えない。

「私を尾行して、何のつもりですか」

ストーカー規制法と、その罰則については、美優の件で話し合った時に、詳しく説明したつもりだった。こんなことを続けていれば、刑務所に入ることになる。その程度のことは、彼も理解しているはずだ。だからこそ、美優につきまとうのを、やめたのではないのか。相手にどれだけ不快感を与えるか、彼にはまだわからないのだろうか。

「川谷さん！」

身をすくませるように聞いていた彼が、じわじわと後じさり、くるりと踵を返すと、自転車に飛び乗り元来た方角に走り去った。尻尾を巻いて逃げる犬のようだった。

「アズー？　どうしたの、大きな声出して」

ふと気づくと、階段の踊り場から隣室の山形明代が丸い顔を出し、覗いている。自分の声は、三階まで筒抜けだったらしい。

「ううん、何でもない」

心配をかけてしまった。そう悔やみながら近づくと、明代が何かをさりげなく後ろに隠した。

「遅くなっちゃってごめんね。晩御飯もう食べた？」

「ううん。私も遅くてさっき帰ったところ。今夜は簡単なおかずで勘弁してね」

「もちろん。食べるものがあるだけでも、ありがたいよ」

　ジャージ姿に着替えている明代は、梓から見えないように、すりこぎを握っていた。いざという時は、それで助けに入ってくれるつもりだったのだろうか。彼女は交通課勤務だが、警察官なら誰でもひととおり武道の心得はある。梓の声に、ただならぬ気配を感じ取ったのだろう。

　――このままではだめだ。

　不安を押し隠しているらしい明代を見て、そう悟った。明代のように、周囲が少しずつ気づくだろう。時間がたてば、川谷の熱も冷め、正気を取り戻し、馬鹿げた尾行をやめるに違いない。どこかでそう考えていたが、自分は甘かったかもしれない。そこに行きつくまでに、きっと八坂たちが気づく。川谷は逮捕される。彼のためを考えて黙っているつもりだったが、おそらく最終的に彼のためにはなっていない。

（川谷と真正面から向き合おう）

　そのためには、もう一度彼を警察署に呼び出すしかないのだろうか。ふたりきりでストーカーと会わない、というのは鉄則だ。何が起きるかわからない。

　それなら――。

　階段を上りながら、考え続けた。

　勝負服、というのがあるらしい。

もとは、競馬や競輪の世界で、騎手や選手が着用するレース用の制服のことだ。転じて、恋愛関係を進展させたい場面で自分を引きたててくれる服装であったり、ビジネスのここぞという場面で気合を入れるための服装であったりと、さまざまな局面で使われるようになったのだろう。

梓は、勝負服を持っていない。用意しているのは、勝負靴だ。

実家から送ってくれた靴。中でもお気に入りの、いつもは黒に見えるのだが、光線の具合で深い赤に輝くエナメルのパンプスが、彼女の勝負靴だった。たいてい黒っぽい靴で無難にまとめているので、自分の足元の変化になど、誰も気がついていないだろうと思っていた。

いい色だね、と言って誉めたのは、班長の八坂が初めてだ。部下のことを、こまやかによく見ているのだなと、ひそかに舌を巻いた覚えがある。自分でも気に入っていたその靴が、今では彼女のとっておきの靴になった。

——木曜日に、宿直勤務の振替休日を取った。

あえて、仕事中に着る黒のパンツスーツを身につけ、験を担いで勝負靴に足を入れた。

——よし。

急に身も心も引き締まる。

仕事で持ち歩く、大きな黒のショルダーバッグを肩にかけ、地下鉄東西線に乗った。日本橋で乗り替えて、渋谷に向かう。木曜の午後一時前、昼下がりの地下鉄は、どことなくのどかでけだるい雰囲気を漂わせている。誰が見ても自分は、仕事中の会社員のように見えるだろう。

今朝は開店時刻になるまでじりじりと待って、『プレシアス』に電話をかけた。

「カットの予約をお願いしたいんですけど」

『担当者のご指名はございますか？』

「川谷さんでお願いします」

川谷は人気のある美容師らしく、ほとんどの時間帯に予約が入っているが、カットだけなら午後一時から入れると言われた。本名を名乗ると、川谷が気づくだろう。友達に紹介してもらったのだけれど、『プレシアス』に行くのは初めてで、と梓は言い訳し、自分の名前は長谷川（はせがわ）で、友達の名前は鈴木（すずき）だと名乗った。川谷を指名する常連客のなかに、ひとりぐらいは鈴木さんがいてもおかしくない。

渋谷の駅についた時に、列車の窓に映る自分の髪型を見た。仕事の時には髪をアップにしている。つい癖で、今朝もまとめ髪にしてきたのだ。女子トイレに入り、髪をとめておいたバレッタをはずした。

――これでよし。

肩の下までふわりと降りた、真っ黒なロングヘアに、ひとり頷く。自分の髪をまかせている、木場駅近くの美容室が思い浮かんだ。チカちゃんと呼ばれる、いつも目を細めてにこにこ笑っていて、マシンガンで撃ち出すような早口で冗談ばかり言っている美容師が、梓の担当だ。次に行ったら、チカちゃんは梓の髪に別の美容師のハサミが入ったことに気づいて悲しむかもしれない。何も言わないかもしれないけど、絶対気がつくはずだ。

（チカちゃん、ごめん。だけどこれ、仕事だから）

今度行ったら、ちゃんと説明しよう。そう思いながら、ショルダーバッグを揺すり上げる。メールの着信音が鳴った。明代からだ。

（やっほー。そっち休みだよね。どっか出かける？　夜はご飯どうする？）

（ちょっと美容室行ってくるね。今日は晩御飯、私が用意するから、お楽しみに！）

手短に返信して、珍しいことがあるなと思った。休みの日でも、明代が食事のしたくについて尋ねたことなど初めてだ。

『プレシアス』は、渋谷の駅から歩いて数分の、若者向けファッションビルの中にあった。店内に入ると、エキゾチックなイメージのプリントシャツや、十代から二十代前半にかけての女性しか、とても着られなそうなユニークなデザインのワンピースなどが飾られている。その年齢の頃でも、梓には縁のない雰囲気の服装ばかりだった。何しろ、その頃は学生柔道に熱中していて、私服と言えばジャージかジーンズというありさまだったから。

エレベーターで五階に上がる。

「いらっしゃいませ」

メイクの上手な若い女性が、荷物をロッカーに入れるようにと、にこやかな笑顔で教えてくれる。『プレシアス』は、カット用の席が十六くらいある、広々とした美容室だった。

若い女性をメインターゲットにして、価格を安く抑えるかわり、カットもパーマも時間を短縮して、回転を速くするタイプの店だ。シャンプーは別料金で、頼まなければカットはドライカットなのだそうだ。いつまでもだらだら喋(しゃべ)っていて、話に熱中するあまり、いつの間にかハサミが止まってしまうチカちゃんの店とは、えらい違いだった。機能的で合理的。

――しかし、自分はチカちゃんの店がいい。そんな言葉が、身体の中からじわっと浮かぶ。

川谷の手が空くまでと、入り口近くのカウンターに通され、適当に雑誌を渡される。カウンターに座るまでに、ざっと店内を捜したが、川谷を見つけることはできなかった。十六のシートは全部埋まっていて、それぞれに美容師がついている。美容師は男性も女性も、みんな似たような黒のシャツに黒っぽいジーンズなど穿(は)いていて、ほんの一瞬見ただけでは見分けがつかなかった。危険はないと思うが、念のため背中で気配を感じようと、全神経を背後に集中させる。

「お待たせしました。長谷川さま」

やさしげな声がかけられ、梓は後ろを振り向いた。髪をおろしているので、川谷はこちらに気がつかなかったようだ。はにかんだような笑みを浮かべているが、川谷の目が、客の顔をまっすぐ見ないことに、梓はすぐに気がついた。視線はさりげなく相手からはずし、あいまいに床に落としている。

――この人は、たとえ客でも、他人の顔をじっと見たりするのが怖いんだ。

そう気がつくと、川谷という青年の性格が飲みこめたような気がした。

「こちらにどうぞ」

空いたばかりのシートに梓を誘導し、席を勧める。カットですねと確認しながら、長い髪の毛を持ち上げてタオルを首に巻き、両手をすっぽりと覆うカットクロスを着せる。鏡の中で、ようやく梓と視線が交わった。

鏡を通してしか、客の顔を見ることができない男。美優ともきっと、鏡を経由しなければ、まともに向きあうこともできなかったのだろう。

川谷の表情の変化を、梓はひそかに楽しんだ。若干の後ろめたさは、その川谷の表情を見たことで緩和された。この人どこかで見たことあるけど、前にも来た客だったかな、という軽い戸惑いから、梓の正体に気づいて息を呑んだところまで。蒼白になった川谷に、梓は無表情に告げた。

「カットは、裾を揃えるだけにしてください」

鏡の中で、川谷は蒼ざめたまま、右手に握ったハサミを何度も繰り返し閉じたり開いたりして、かしゃかしゃと鳴らしている。

†

右隣の客と美容師は、昨日の連続ドラマについて大声で話しながら、時おり嬌声を上げて笑い転げている。左隣の客は、延々と自分の海外旅行の話を聞かせていて、美容師は適当に相槌を打っているらしい。

川谷は、無言で梓の髪を少しずつとり上げ、熱心にハサミを入れている。あるいは、夢中でハサミを入れるふりをしている。

——しまった、やつは仕事中、刃物を手にしているのだった。

川谷の手の中にあるハサミに気づいた時、一瞬だけ、美容室を話し合いの場に選んだことを後悔した。ないとは思うが、川谷がハサミを摑んで襲いかかってくれば——いや、ない。いくらなんでも、それはない。——たぶん。

職場にいる間は、川谷も冷静に応じるだろうと考えたのだ。ストーカー行為を働いていることを、職場で暴露しようというわけじゃない。——しかし、彼はそう受け止めるだろうか。これ以上ストーカー行為を続けるなら、職場の人間に知らせるという梓の警告だと。

「どうしても聞いておきたくて」

鏡に映る、うつむいた川谷の顔を見つめて、梓は普通の声で言った。低めた声は、こんな場所ではかえって他人の注意を引いてしまう。

「何をですか」

面を伏せたまま、カットに集中しているかのように、川谷が気のない声を出す。この男はいつも、うつむいている。自信がない。——いや、違うか。自信はたぶんあるのだが、自分の自信がもろいものだと知っていて、他人にぺしゃんこに潰されるのが怖いのか。どっちだろう。

「時間、もったいないですか」

「時間？」

「火曜日。——せっかくのお休みなのに」

「他に、やることないんで」

とぼけた答えだ。額にうっすら汗が滲んでいる。『プレシアス』の店内は、春先だというのにまだ少し暖房をきかせている。

「私の後をついてくるのは、穂積さんに未練があるからですか」

「——まさか」

彼女、結婚するらしいですよ、と川谷はあっさり答えた。虚勢を張っている様子でもなかった。

「それじゃ、どうして」

黙ってハサミを動かし、左右の髪を前で合わせて、長さを調整している。ハサミの先が顔の前に突き出されて、このまま川谷が自棄を起こして、ハサミを振り回せば危険だな、などと冷や汗をかいた。まったく、自分はらしくもなく大胆な真似をしている。

「カット終わりました。流しますから、こちらにどうぞ」

ハサミを置いて、シャンプー台に誘導された時にはほっとした。三席並んだシャンプー台には、今のところ他の客の姿はなかった。端の席に、川谷は梓を座らせた。

「あなたは、ちょっとした悪戯ぐらいのつもりでいるのかしら」

髪を洗われながら、梓は尋ねた。今なら、他の客たちに会話を聞かれることはない。

「この前も言いましたけど、告訴されれば六か月以下の懲役か、または五十万円以下の罰金。これって、けっこう重い罪ですよ」

川谷は何も言わない。梓はタオルを顔に乗せられているので、彼の表情も見えない。美容室なら他人の目があるので安全だろうと思ったが、これは予想外に危険な状況かもしれない。川谷の両手が髪を洗っている間、万が一の時にはシャンプー台から飛びのく覚悟で緊張していた。

「どうぞ、お席のほうへ」

梓の言葉は、無視することにしたのかもしれない。タオルで髪をまとめられ、また席に逆戻りだ。清澄の公園で穂積美優の帰宅を待っていた彼を、柳田夫人が見て「おしゃれな感じの人だった」と評したことを思い出す。確かに、こうして見ると、美容師という職業柄か、服装、髪型など並みの青年よりも垢ぬけているように見える。

せっかく、意を決してここまで来たのに。

川谷はこちらに取りあおうとしない。職場で、仕事中だから。そういう態度を崩そうとしない。

この男には、何を言っても無駄かもしれないと思うと、ひどく虚しい気分に襲われた。

（何をしに来たんだろう、私）

貴重な非番の日を潰してまで、こんなところに来て。逆に考えれば、自分こそまるでストーカーのようじゃないか。

――いやいや、そうではない。自分は、この男が道を踏み外さないように、これ以上馬鹿げた真似をして逮捕されたりすることのないように、説諭したかったのだ。穂積美優が告訴したいというなら別だが、彼女はむしろ川谷を気の毒がっていた。

川谷が髪を乾かし、ブローしてくれる間、梓は黙って彼の手の動きを見つめていた。いつもはアップにしているから、あまり自分でブローすることはない。カットを頼んでいるチカちゃんも、梓のふだんのまとめ髪を見ているから、そんなにしっかりブローのやり方を伝授したりはしない。教えてもどうせやらないだろうと、半分は諦めているのだろう。

(この人、カットうまいんだ)

別のことに気を取られていたから、すぐに気がつかなかったが、カットもブローも、丁寧だし上手だ。ひょっとすると、チカちゃんよりも技術は上かもしれない。

それでも、この次もここに来て川谷を指名するかと言えば、たとえ彼がストーカーでなくたって、ごめんだった。チカちゃんのほうがずっといい。

「どうぞ。後ろ、こんな感じでいいですか」

ブローが終わると、作法どおりに手鏡を渡してくれて、バックスタイルも合わせ鏡で見せてくれる。相手がチカちゃんなら、話がはずむところだ。彼女は遠慮なくものを言う人で、「梓ちゃん、背中曲がってるよ」とか、「後ろ姿がきれいな人は、芯の強い人なんだよ」とか、梓とそんなに変わらない年齢のくせに、おばちゃんみたいなことを言っては元気づけてくれる。

「――ありがとう」

シャンプー台から戻ると何も言わなくなった梓に、川谷がちらりと不審そうな表情を見せた。カットクロスを脱いで、川谷の誘導でレジに向かう。もう彼には関心を示さずに、料金を支払って店の外に出ると、追いかけてきた。

「――あの」

エレベーターのボタンを押して、かごが降りてくるのを待つ梓に、何か言いかけて口ごもる。梓はその川谷を冷ややかに見つめた。

「私に何か用？」

「いや――」

とまどうようにこちらを見ている。

何か自分に言いたいことがあって、ここまで来たんだろう、という態度がありありと見えて苛立った。

「あなたはどうせ、私の言うことなんか、聞く耳持たないんでしょう」

鋭く差し込むように言葉を投げた。虚しさのあまり、言葉を飾る気分ではなかった。大人の顔をして、警察官らしい言葉で、説諭する気になれなかった。

「あなたは美容師としては、いい腕をしているのかもしれない。だけど、私ならあなたみたいな美容師のところには二度と来ない。客と目を合わせないし、マニュアルどおりの会話しかしない。全然気持ちがこもってないし、客のことなんか髪が伸びる人形くらいにしか見てないんじゃないの？って思っちゃう。あなたは他人に自分を見せようとしないのね。いつだってかっこつけて、自分の殻に閉じこもっているだけ。穂積さんのことだってそうじゃない。告白して振られるのが怖いから、ずっと無言電話をかけてたなんて、サイテー」

あっけにとられたように、目を瞠って聞いていた川谷が、エレベーターの扉が開くと、ドアが閉まらないように反射的に押さえた。

「——あの」

ドアを押さえている川谷をしり目に、梓はエレベーターに乗り込んだ。

「少しは大人になりなさい！」

怒りにまかせて、エレベーターの階数ボタンを叩いた。よろめくように後ろに退いた川谷の驚いた顔が、閉まる扉の向こうに消える。

——煮えたぎっていた。

ふつふつと、内側から煮えたぎっていた。

警察官だからって、どうして自分がここまで面倒を見なければいけないのか。どうして自分がストーカーにつきまとわれたり、休みの日を潰してまで、説諭したりしなければいけないのか。

――仕事だと割り切ってしまえば良かったんだ。

それはわかっている。仕事だと割り切るなら、川谷が自分を尾行し始めた時点で、すぐに八坂に報告して、手を打ってもらっただろう。

（でも――）

自分は、あえてそうしなかった。報告すれば、川谷はストーカーとしてより厳しく取り締まりを受けるだろう。説諭にあたった警察官をストーキングするなんて言語道断だ。そうしなかったのは、なんとかして川谷を更生させたかったからだった。川谷はいま、正気を失っているだけだ。自分がどんなに馬鹿げた行為をしているのか気がつけば、二度と同じ過ちを繰り返さないだろう。そう信じていたからだ。

渋谷の駅に向かって歩いていた梓は、歩みを止めて、足元の靴を見下ろした。自分の勝負靴。ここぞという場面で履いていく靴。――こんなに気合を入れたくせに、結局何の役にも立たなかったようだ。靴が気の毒になった。こんな気分の時に履く靴ではないのだ。

「岩倉君」

ふいに、聞き覚えのある声をかけられて、どきりとする。

「班長？」

スプレーで落書きされたシャッターの前に、軽く腕組みして立っている八坂を見て、慌てた。八坂は今日も仕事のはずだ。背広姿で、渋い表情をしている。

その八坂の視線が、自分の足元に注がれていることに気がついた。八坂の口元が緩んだようだ。

「――まったく君は。自信過剰だな」

「えっ」

自信がないと思うことはあっても、自信過剰だと他人に言われたのは初めてだ。

「班長、どうしてここに」

思わず口走った言葉に、八坂がじろりとこちらを見下ろした。

「気になったから、交通課の山形くんに君がどうしてるか尋ねてみたんだ」

明代からきた、あのメール。非番の日に、わざわざ夕食の予定なんか尋ねてきた。あれは八坂の指示だったのか。

「ここしばらく、川谷につきまとわれていたそうじゃないか。佐々からも聞いた」

う、と喉の奥で梓は声を呑み込んだ。コンビを組んでいる佐々とは、四六時中一緒に活動しているのだ。火曜日の日中、川谷がつけてくることに、佐々が気づかなかったはずがない。黙って気づかないふりをしてくれたが、八坂には報告していたということか。

――ずっしりと足元から地面にめりこむ。全部自分のひとり相撲だったわけだ。上司に報告せずに、なんとか川谷を更生させたいと考えていたことも、何もかも。

「君は、ストーカー事案の怖さをわかってない」

怒ったように八坂が言い、『プレシアス』が入居しているファッションビルを、厳しい目で見上げた。

わかってない――のだろうか。

いや、わかっているつもりだ。ここ数年のうちに、ストーカーが突然、つきまとってい た対象や、その家族、友人、同僚などを殺害する事件がいくつか発生して、そのせいでス トーカーを規制する法案が強化されたぐらいなんだから、怖さはちゃんと知っている。

そう抗議しかけた梓は、八坂の鋭い視線を浴びて、口をつぐんだ。たしかに、自分でも 無謀かつ大胆なことをやってのけたという自覚はある。

「――すみません」

穴のあいた風船のようにしぼんだのは、なけなしのプライドだろうか。

「おや、もう謝るのかね。なぜ謝るのかな」

え、と呟いて顔を上げて、むっとしている八坂の表情を窺う。

「それは――ええと」

「君はなぜ上司の私に、川谷の件を報告しなかったんだ。佐々や山形くんが心配して私に 知らせてくれなければ、気づかなかったかもしれない。幸い、今日のところは無事だった ようだが、川谷が突然キレていたらどうするつもりだった」

「――はい」

「君ひとりで対処するつもりだったのか？　対処できると思っていたのか？」

「なんとか――できるんじゃないかなあと思ったものですから」

おずおずと述べてみると、呆れたように八坂が眉を跳ね上げた。

「だから君は、自信過剰だと言ったんだ」

あまりにもごもっともなので、何とも言いかねる。とりあえず、体力と腕力では、川谷あたりに負けるとは思っていない。

八坂が大きなため息をついた。

「私は昔、このあたりが管轄だった」

そう言えば、渋谷署の人からそんなことを聞いたことがあった。八坂が昔のことなど話すのはめったにないことで、梓はまじまじと八坂を見守った。

「ここの生安にいたこともある。ストーカー事案に対応したこともあってね。――一度、離婚した暴力亭主につきまとわれて、脅威を感じるという女性から相談を受けた。すぐに友人の家に避難させることにして、身の回りの品を取りに自宅に戻らせたら、そこで元亭主と鉢合わせして、彼女は殺された」

はっと息を呑む。

八坂の声も表情も淡々としていて、豊洲署の自分のデスクで、梓たちに仕事の指示をしている時と、ほとんど何も変わらなかった。なるべく感情をまじえずに、事実だけをあっさり話そうと努力しているのが見てとれる。それでも、梓には八坂が感じている苦痛が、痛いほど感じられた。

「相談を受けた私が、一緒に家まで行ってやれば良かったんだ。まさかそんなことになるとは考えなかった。あまりにもタイミングが悪すぎた。幸か不幸か、警察の責任を問われることはなかったがね。それでも、私はずっと自分の責任を忘れたことがないよ」

やり手の刑事だった八坂は、激務のあまり心を病んで、いったん休職したのだという噂だった。復職する際に、深川署の生安に異動になった。そう、聞いている。

ひょっとして、その事件がきっかけだったのだろうか。八坂は今でも、食事の後に給湯室でひそかに処方薬を飲んでいるようだ。見てはいけないものを見てしまったような気がして、誰にも――もちろん八坂自身にも言ったことはない。苦しげな八坂の目を見て、今それをありありと思い出した。

「君に何かあったら、佐々がどんなに苦しむか、考えたことはあるか」

そう言われると、自分がどれだけ勝手な行動をしていたのか、今さらのように胸に染みた。逆の立場なら、自分はきっと佐々を叱り飛ばしただろう。

――自信過剰。八坂の言うとおりだ。

「仕事に慣れた頃が、一番危ない。自信がついた時が、もっとも危険なんだ」

道をゆく車の列を眺める八坂は、いつもと変わらぬ端整な横顔だった。

「――はい。班長のおっしゃるとおりです。申し訳ありませんでした」

素直に頭を下げると、八坂が苦笑いで応じた。困った奴だと言わんばかりの表情だ。

「それで、川谷はどうだった。手ごたえはあったのか」

梓が何をしに行ったのか、見抜いている。どう答えたものか迷った。とても川谷を説諭できたとは思えない。

「ええと――わかりません。たぶん、ダメだと思います。なにしろ私、キレてしまいましたから」

「キレた？」

けげんそうな顔。

「はい。怒鳴りつけてしまいました。少しは大人になりなさい！　って。いやはや、自分こそ大人になれって感じですよね」

休日を潰してまでここに来て、おまけに明代や佐々に気を遣わせて、八坂班長にいたっては、部下のためにここまで来てくれたというのに――。

何をやっているんだか。

眉を八の字に下げた梓を見て、気難しい顔をしていた八坂が吹き出した。

「は、班長？」

涙が滲むほど、八坂は腹を抱えて笑っている。

「そうか――キレたのか。君がねえ」

一瞬呆然（ぼうぜん）とした梓は、まだくつくつと肩を震わせている八坂に、憮然（ぶぜん）となった。こちらの表情を確かめて、また笑いだしそうになった八坂が、なんとか表情を改めて威厳をつくろうと、白い歯を見せた。

「まあ、君のホンキは彼にも伝わったかもしれないな」

視線の先にあるのは、梓の勝負靴。この風変わりな上司には、何もかもお見通しらしい。

†

「班長、豊洲二丁目のゲームセンター、行ってきます！」

　上着を摑んで八坂に声をかけると、書類に目を落としたまま「おう」と答える。それからようやく気づいたように顔を上げた。

「クスリの件か」

「はい。例の、目をつけてた学生が、現れたらしいです。店から連絡が入りました」

　新しくオープンした、巨大ゲームセンター『マギスタジオ』で、若者相手のドラッグ販売が行われているという噂があって、梓たちが内偵を進めていた。「ヒロシ」と呼ばれる大学生風のドラッグの売人がいることをつきとめ、彼が現れるのを待っていたのだ。

「気をつけてな」

　八坂が声をかけてきた。昨日、渋谷であったことは、今朝は何も言わなかった。佐々や山形明代も特にいつもと変わらない態度で接してくる。明代など、昨夜仕事から帰ってくるなり梓の部屋に押しかけてきて、用意したクリームシチューにあれこれと難癖をつけていた。メールのことも、八坂から指示されたことも、ひとことも言わない。彼女なりの照れ隠しだったらしい。

「車、出してきます！」

　佐々が階段を駆け下りていく。すぐ近くだが、場合によっては「ヒロシ」を署まで同行させるかもしれない。

後に続いて駆けていきながら、梓は警察署の玄関前でぶらぶらしている男の姿を認めた。両手をブラックジーンズのポケットに突っ込み、人待ち顔にあたりをうろついている。

川谷だった。

一瞬、今日は火曜日だったかと錯覚を起こしそうになった。いやいや、間違いなく金曜日だ。金曜日の午前十時半。『プレシアス』はもうすぐ開店する時刻だ。

まだこんなところをうろうろしているのか。あれだけきつく言ったのに、まだ自分につきまとうつもりなのか。

川谷がこちらに気づいた。

――ままよ。こうなれば、度胸をきめるしかない。梓は川谷から視線をそらさず、もし何かあればすぐ対処できるように心で身構え、目と肩を怒らせて、ゆっくり玄関を下りていった。署の前には、警備の制服警官だっていることだ。

「――岩倉さん」

店で会った時には、常にうつむきかげんに目をそらし続けていた川谷が、どこかおずおずとした態度ながら、梓の目を見つめようと努力していることに気付いて、おやと思った。

「今日は、仕事じゃないんですか」

慎重に感情をこめない声で尋ねる。

「遅れるって、連絡したから」

どこかまぶしそうに川谷が言った。やはり、その声は低くてぼそぼそとしている。基本的に、人間相手のコミュニケーションが苦手なのか。

「――これ」

いきなり、ずいと封筒を差し出され、ぎょっとした。梓に定形の茶封筒を押しつけると、川谷はぺこりと小さく頭を下げた。

「ごめんなさい。あの時、僕の悪いところをちゃんと叱ってくれて、嬉しかったです」

ぽかんと梓が口を開いた隙に、川谷は一目散に走り去った。一刻も早くここを離れなければ、逮捕されるとでも言いたげに。振り上げたこぶしのやり場に困る。そんな気分で、梓は呆然と川谷の後ろ姿を見つめた。

「大丈夫ですか、岩倉さん」

立ち番の警察官が、不審げに尋ねる。

「――え、ええ」

いったい何事かと茶封筒を調べると、封はしていなくて、パソコンで印刷したらしい文章が入っていた。川谷の年齢なら、手書きの手紙など出すことはもうないのだろうか。

『僕は口下手で、特に女のひとと直接会って話すのが苦手なので、手紙を書きました。このたびは、いろいろと迷惑をかけて申し訳ありませんでした。穂積さんにつきまとっていた時も、こんなことをしていたらまずいとは思うのですが、やめられなくて、ついずるずると彼女に迷惑をかけてしまいました。だけど、これは言い訳をするようですが、穂積さんも最初はそんなに嫌がっている様子ではなかったんです』
稚拙な文章で書かれた川谷の手紙を読み進めながら、梓は困惑していた。まさか、この青年は美優が本気で嫌がっているとは思わなかったとでも言うのだろうか。そう言えば、ストーカーは嫌だと言えない相手を選んでつきまとうのだと聞いたことがある。厳しくはねつける相手につきまとうのは、自分が傷つくリスクを伴うからだ。
『刑事さん、聞いてください。穂積さんは、僕が女のひとが苦手だということにすぐ気づいたようで、店に来るたび僕をからかっていました。このひと、僕に気があるんだろうか。そう思わせるように仕向けていたのだと思います。本当なんです。ところが去年のクリスマスに、思い切ってデートに誘ってみたら、つきあっている男がいるからって断られたんです。それから急に態度が冷たくなって。刑事さん、確かに僕は彼女にしつこく電話をかけました。自宅まで行って、写真を撮ったりしたのも本当です。彼氏がいながら、しがない美容師の僕なんかをからかっていたんです。彼女、ひょっとして寂しいのかもしれない。そんなことを考えていました。三月に震災が起きた後は特に、人づきあいがとても苦手な僕ですら、人恋しい気分になりました。彼氏の家から自宅に戻ったりして、彼氏とうまくいかなくなったのかもしれないと思うと、彼女が本当にかわいそうになったんです。だから、毎週彼女の自宅まで行きました。彼女はそれを僕がやっていることを知っていました。公園に僕がいること、彼女はちゃんと見ていましたから』
——え?

読み進み、梓は思わず首をかしげた。川谷は何を言っているのだろう。穂積美優は、犯人が誰だかわからないから、あれだけ怖がっていたのじゃないか。公園に川谷がいるところを見ていたのなら、いくらなんでも犯人が何者かぐらい、気づいたのではないか。

そう言えば、相談に来た彼女の態度は、ずいぶん落ちつき払っていた。若いのに、しっかりした女性だなと感じていたが、本当は犯人を知っていたからだとすれば——。

連想が次々に連想を広げていく。

彼女はストーカー騒動の結末として、意中の恋人とゴールインすることに成功した。まるで、ストーカー騒ぎを利用したみたいに。犯人を知らないふりをして、怖がっているふりをして、恋人に重大な決断をさせたのだろうか。

したたかな美優の微笑みを思い浮かべて、梓は額を押さえた。

（やられたかも——）

ストーカーや痴漢騒ぎをでっちあげる女性も、世の中には存在する。美優の場合は、でっちあげではなかったにせよ、その存在を自分に都合のいいように利用したわけだ。だから、川谷を告訴したくないと、あれほど熱心に言っていたのか。さすがに、後ろめたくて。

それに、告訴までしてしまえば、いくら無口な川谷だって警察で反論するだろう。

『刑事さんの後をつけたのは、話を聞いてもらいたくて。だけど、直接話しかける勇気がなかったんです。刑事さんが職場に来られた時にはびっくりしました。自分がやってたことの仕返しかと思って。本当にすいませんでした。だけど、刑事さんに僕の態度を叱ってもらって、今度こそ本当に、なんとかしなくちゃと思いました。自分でも、このままではダメだとは考えていたんですが、いつまでも気持ちが切り替えられなくて。女の人と話すのは苦手だと、甘えていたのかもしれません。刑事さんの言葉はかなり胸に刺さりましたけど、明日から頑張ってみようと思います。ありがとうございました』

明日からなんて言ってる限り、実現できないっていうけど、と梓は小さく苦笑いした。それにしても、自分はやはりストーカーの影に怯（おび）えていたのかもしれない。自己防衛のために『プレシアス』に行ったつもりが、川谷から見れば、彼を脅迫するために現れたように見えていたのだ。

――後で、川谷と電話でゆっくり話してみよう。直接会話する勇気はなくとも、電話なら会話できるかもしれない。

梓はしみじみとため息をついた。

通りを挟んだ向こうにあるオフィスビルの中庭を眺めると、花が終わった桜の木に、若い緑が萌（も）えだしている。季節はめぐるのに、自分はいつまでたっても半人前だ。

車のクラクションが鳴った。

「岩倉さん！　乗ってください」

佐々が運転席から呼んでいる。

そうだった。めざす相手が逃げないうちに、ゲームセンターに向かわなくては。梓はあたふたと助手席にとびこんだ。

迷ったり、悩んだりしている暇は、今はない。目の前にある仕事を、自分なりの力で精いっぱいにやりとげる。

ただそれだけだ。

第五話

路傍のハムレット

2011年6月

その女性は、薄暗い廊下を、迷子のようにうろうろしていた。

節電対応で、署内の照明は通常の半分程度に間引きしてある。署内を訪れる人たちが、みな暗さに驚いたような顔をする。未曽有の電力不足が予想される夏にそなえて、官庁はどこも厳しく節電対応を迫られている。

——おそらく忘れられない日々になるだろう、二〇一一年の夏。

「どちらかお探しですか」

外出先から戻ったばかりの岩倉梓は、廊下で見かけた女性にやわらかく声をかけた。佐々は車の返却手続きに行っている。

「あの、生活安全課というところに行くよう言われたんですけど」

振り向いて、ほっとしたように女性が答えた。年齢は五十代前半、クリーム色の半袖ブラウスに、ジーンズではないが紺色の綿のパンツを身につけている。長めの髪には白髪が混じる。しゃれっ気はないが、態度も服装もきちんとした印象の女性だった。

「生活安全課なら、こちらへどうぞ」

梓は女性を案内して、生活安全課と札のかかった室内に招き入れた。殺人と窃盗、交通事故以外は何でも扱う、と揶揄(やゆ)されるセイアンだ。風俗産業や古物取扱い業の認可や、銃刀類の保持許可も扱っている。迷子や家出人、各種の市民相談と、なんでもござれだ。

この人はいったい、どんな事情で警察署を訪れたのだろう。風俗に関わるタイプには見えないし、家出人の相談か何かだろうか。それにしては、それほど切迫した様子でもないようだ。

受付のカウンターに女性を案内し、梓自身がカウンターに入って彼女の前に立った。

「どうなさいましたか。ご用件、お伺いしますよ」

にこやかに案内してくれた女性警察官が、目指す生活安全課の職員だったと気づいて、女性はちょっと目を瞠った。

「ええ、実は、相談に乗っていただきたいことがあって参りました」

「どういったご相談でしょう」

「先日、同じアパートに住む方に頼まれて、お金を貸したんですけれども、どうやら私は騙されていたようなんです」

なんだか話が長引きそうだ。カウンターではなく、会議室に通して話を聞くことにして、梓はいったん班長の八坂に報告するため、生活安全課のデスクに戻った。

「なんだ、帰ったと思えば、もう仕事か」

女性を連れてきたところを見ていたらしく、八坂がのんびりした声でそんなことを言う。この班長は、よほどのことでもなければ、慌てたり忙しそうな様子を見せたりしない。警察官にしてはのどかすぎるほどだ。八坂が血相を変えるような事態に直面すれば、それは八坂班の危機かもしれない。

「近隣の住民同士の、お金の貸し借りにともなうトラブルのようです」

　梓は小声で八坂に伝えた。

「民事なら不介入だ。難しい話になりそうなら呼んでくれ」

　八坂は小さく頷いただけでそう言った。何かあれば呼べというのは八坂の本心だろうが、子どもの使いじゃあるまいし、そういうわけにもいかない。

　梓は待たせておいた女性のところに戻り、詳しい事情を尋ねた。

　高原弘美、五十二歳、主婦。住所は豊洲四丁目で、古いマンションや雑居ビルが残る地区だ。

「主人が、こちらに伺って相談するようにと言いますので」

　夫は、区役所に勤務する公務員だそうだ。

「四月の終わりに、若い男性がうちを訪ねてきたんです。同じアパートの、階上に住んでいる者だと名乗りまして」

　彼女の説明によると、男性は須田吾朗と名乗り、勤務先の名刺を見せた。平日の午後で、彼女の夫は仕事に出ていた。ひとりでテレビを見ている時に、須田が訪ねてきたのだ。三十代前半で、顔には見覚えがなかったが、階上に須田という男性が住んでいることは、彼女も知っていた。どこにでもいそうな平凡な顔立ちで、身体つきも平均的な若者だった。

（自分は宮城県の出身だが、このたびの震災で実家が流され、両親が行方不明になっている。何度か宮城に戻って捜索しているものの、まだ見つかっていない。今日、向こうの警察から電話があり、ひょっとすると母親かもしれない遺体が見つかったというので至急戻りたいのだが、実はたびたびの往復で手持ちの資金が尽きてしまった。見ず知らずの方にこんなことをお願いするのは申し訳ないが、旅費を三万円ほど貸してもらえないだろうか)

そういう内容のことを、訛り(なま)の残る口調で訥々(とつとつ)と説明され、高原夫人はすっかりほだされたらしい。須田という男が母親について語る時の、いかにも温かな語調にも心を打たれたのだと言った。三万円というのも、絶妙な金額だった。十万円と言われれば、自分の一存ではどうにもならないし、見知らぬ人に貸し与えるのは躊躇(ちゅうちょ)しただろう。宮城まで行って戻る三万円。そのくらいなら、自分のへそくりでこの若者を支援することができる。

「三万円、貸してあげたわけですね」

梓は話を聞きながら、手帳にペンを走らせた。

「そうなんです」

須田はきちんと借用書のフォーマットまで用意しており、一週間以内にこちらに戻るので、戻れば報告をさせてもらう。その際、借りたお金をすぐに返済するというわけにはいかないだろうが、次の給料日が来れば必ず返すと誓ったそうだ。

須田青年の態度が実直そうだったので、彼女は何も心配していなかった。夫にこんな話をすると、自分が手元にいくらか自由になるお金を持っていることを知られてしまうし、どんな妙な勘繰りをされるかもわからない。そう考えて、このことは夫にも黙っていた。

おかしいな、と思い始めたのは、須田が現れて一週間が経った頃だった。一週間以内に必ず報告に現れると言っていたのに、どうしたのだろう。ひょっとすると、見つかった遺体がやはり母親のもので、現地でがっくりと気落ちして、こちらに戻る気力を失くしているのではないだろうか。それとも、思った以上に現地ではものいりで、東京に戻るための資金が底をついてしまったのかもしれない。今ごろ向こうで、頼る人もいなくて困っているんじゃないか。三万円と言わずに少し多めに貸してあげれば良かったかもしれない。

人のよい高原夫人は、そんな心配までしていたそうだが、ある日ふと一階にある郵便受けを見て、階上の須田家の郵便受けから、毎日きれいに新聞や郵便物が抜き取られていることに気がついた。戻っているのなら、どうして挨拶のひとつもないのかと腹立たしい思いをしながら階上に行き、須田の家を訪問して、顔を見せた男に仰天したというわけだ。

「つまり、まったくの別人だったんですね」

「そうなんです。本物の須田さんは四十代で、言われなくとも少し話しただけですぐ関西出身だとわかりました。もう、びっくりして、腹が立つやら自分が情けないやら。他人の善意を悪用して、たったの数万円を巻きあげて何が嬉しいんだろうかと思うと、なんだか呆然としてしまうくらいで」

高原夫人は、心底腹立たしそうに眉を寄せた。彼女の言葉に頷きはしたものの、ここしばらく似たような事例をあれこれ耳にしたり、相談を受けたりしている梓は、素直にそうですねとも言えない気分だった。

震災被災者のためと称して募金活動を行い、集まった善意のお金を私用に使ってしまった若者たち。募金箱を盗んでいく事例も各地で発生し、近ごろでは募金箱をカウンターに貼り付けてしまったり、チェーンでくくりつけたりしないと安心できないらしい。

これを飲めば放射能から身を守ることができると、怪しげな薬を売りつけたケース。乾電池やペットボトルの水など、震災後に品薄になった日用品を高額で売りつけたケース。枚挙にいとまがない。被災者向けの仮設住宅を割り当てる際に、被災者のふりをしてまぎれこもうとしたふとどき者もいるらしい。

もちろん、そんな人たちばかりではない。多くの人が被災地の状況や、原子力発電所の事故に胸を痛め、自分にできることが少しでもないかと模索しているなかで、たまにそういう不心得者が混じっているだけだ。

——そういう人がいるから、私たち警察の仕事も成り立つということよね。

そうでも考えなければ、やっていられない。

「騙されたとわかっても、夫にはなかなか言えなかったんですけど、昨日ついうっかりと夫婦喧嘩(げんか)のついでに喋(しゃべ)ってしまって」

高原夫人が、先生に叱られた小学生のようにうなだれた。

「今さらと思いましたし、騙し取られた金額も少額ですから、警察沙汰にするほどのことではないと思ったんですけど——主人が、同じことを他でもやるかもしれないから、届けておいたほうがいいと言いますので」

　たしかに正しい意見だろう。彼女の夫の言うとおり、須田と名乗った犯人は、既に複数の人間から寸借詐欺を重ねているのではないか。

「名刺は、本物の須田さんのものだったんですか」

「そうなんです。本物の須田さんが言われるには、自分の名刺を手に入れた誰かが、自分の住まいを探しあてて、そんな詐欺まがいのことをしたんじゃないか――ということでした」

「同じアパートの住人で、他に被害に遭われた方はいませんか。そういう噂話を聞かれたことはないでしょうか」

　せっかく手に入れた名刺で、たったの三万円で満足したとも思えない。同じアパート内で、片っぱしから借りようとしたんじゃないかと予想した。都会の集合住宅では、近隣住民の顔や職業を知らない場合が多い。地域のコミュニティとまではいかなくとも、せめて同じアパート内の住人の顔くらい覚えていてくれれば、こんな犯罪は未然に防ぐことができるのだが。

「さあ、私はそこまで聞いてませんけど」

　高原夫人が顎に手を当て、首をかしげる。人間だれしも自分の失敗談を語りたくはないものだ。その話に、近所に実在する人間の名前が登場するとなると、なおさらだろう。被害の金額が少ないことも、口をつぐませる原因になるかもしれない。

「調べてみますが、犯人を見つけるのは難しいかもしれませんね。犯人の顔や身体つき、服装や持ち物など、何か覚えておられる点はありませんか」

訛りのある言葉を話す、三十代の朴訥そうな青年というだけでは、雲をつかむような話だ。

「特にこれと言って――」

「スーツを着ていましたか？　それとももっとカジュアルな服装でしたか」

「格子縞のシャツに、生成りの綿のパンツだったと思います。持ち物と言えば、手提げの紙袋に財布と借用書を入れていたんですよ、あの人。名刺は財布の中から取り出してました。そう言えば、ちょっと雑だなとその時に感じたんです」

「紙袋というのは、お店でもらうショッピングバッグみたいなものですか。お店の名前を覚えてますか」

「ざらざらした感じの、茶色い紙袋でしたけど、お店の名前までは覚えてません。そもそも、お店の名前が入っていたかどうか」

高原夫人が、思い出そうとしているのか、首をかしげて考えこんでいる。紙袋に借用書を入れてきたというのも、違和感を覚える。他人を騙すことを商売にしている人間なら、たとえ安物でも、ビジネスバッグなどを持参して、それらしい雰囲気をこしらえるのではないか。

どうやら、かなり行きあたりばったりの犯行ではないかと思えてならない。それにしては、借用書を準備していたという用意周到さが、ちぐはぐな印象を残している。

「それで、お願いがあるんですけど」

高原夫人が前かがみになり、上目づかいにこちらを見つめた。何を言われるのか、見当がついた。

「ご近所の方には、私が騙されたことは話さないでもらいたいんです。お恥ずかしいお願いですけど、なにしろ体裁が悪くて」

「捜査の段階で、個人の情報について誰かに明かすことはありません」

そう梓が約束すると、彼女はほっとした様子で何度も会釈して帰っていった。

いまは六月。防犯カメラの画像は、一か月程度で消えてしまうのが一般的だ。もう残っていないだろう。もっと早く高原夫人が届けてくれていれば、犯人にたどりつくことができたかもしれないのにと思ったが、今さらぼやいてもしかたがない。

（四月の終わりか）

「また震災ビジネスですか」

席に戻ると、梓と八坂の会話を横で聞いていた佐々が、りりしい眉を逆立て不快そうな表情を浮かべた。まだ若くてまっすぐなのだ。

「こんな時期に、被災者家族を騙って他人の善意につけこむなんて、どうかしてますよ」

「怒ってもしかたがないですよ。信じられないけど、そういう人もいるんですから」

梓と佐々のやりとりを聞いて、八坂が含み笑いをした。まるで子どもの口喧嘩だと言いたいのだろうか。梓のむっとした表情に気づいたのか、八坂は言い訳するように微笑した。

「いや、岩倉君にしては、珍しいことを言うと思ってね」

「そうですよね。ほら、班長も言われてるじゃありませんか。岩倉さんなら、こんな事件、真っ先にかんかんになって怒ってるはずなのに」

佐々が口をとがらせた。どうも、八坂といい佐々といい、自分に対する見方が一方的だし、微妙に偏見を含んでいるような気がするのは、ただのひがみだろうか。

「しかし、ちょっと待ってくれ。先日受け付けた案件の中に、似たような事例があったはずだ。参考になるかもしれない」

八坂が書類フォルダを手早くめくり、取り出してくれたのは、一枚の被害届だった。

梓は被害届の内容をざっと読み下した。被害者は横山芳子、七十三歳。同じく豊洲四丁目の別のマンションに住んでいる。届け出たのはつい二日前だが、被害にあったという日付は五月の終わりだ。

こちらの被害者のケースは、手が込んでいる。横山には仙台に住む甥がおり、五月の終わりに甥を名乗る男性から電話があった。震災で自宅と店舗が被災し、再建するのに費用が足りず、東京の友達から百万円の資金を借りた。ところが、その友達も思わぬ出費が発生し、至急返済してもらいたいと頼まれている。申し訳ないが、友達がそちらに行くので、いくらか立て替えて返済してもらえないだろうか、という頼みだった。

横山芳子は既につれあいを亡くし、ひとりで年金暮らしをしている。死んだ夫が豊洲のマンションと、まとまった金額の預金を残してくれたおかげで、そこそこ裕福な暮らしをしているが、ふだん年賀状や挨拶状程度しか往来のない甥からの頼みに困惑し、現れた友達だという男性には、今は手持ちがないからと、十万円だけ包んだのだと言った。後で甥の家に電話して確認したところ、そんなことを頼んだ覚えはないと言われた。

梓は頷いた。

「現れた友達は三十代男性。十万円の返済を受けたという証書のようなものをその場で作成し、渡している——確かに似ていますね、高原さんの件と」

「とはいえ、手口が悪どくなっていますよね。四月の段階では、名刺を渡して寸借詐欺を働く程度でしたが、こうなると振り込め詐欺のバリエーションです」

佐々が指摘するとおりだ。犯人は、四月の事件で味をしめたのではないか。それに、いつまでも単純な手口を使っていたのでは、見破られる可能性も高くなる。

「そっちの事件は、受け付けた後で美作君に割り振った。しかし、彼はいま別件にかかりきりになっているからな。まだ手をつけていないはずだ。美作君には話をしておくから、岩倉君、二件合わせてやってみるかい」

「美作先輩が問題なければ」

美作がかかりきりになっている案件というのは、捜査二課と合同で捜査している詐欺事件だ。大きな案件で、美作は張り切っている。

——美作にはああいう大きな事件を渡して、自分にはこの手の小さな事件ばかり。

ちらりとそんな、ひがみ根性にも似た感情がわいて、梓は急いでそれを打ち消した。八坂は他人の気持ちに敏感で、信じられないくらいこちらの思考を読む男だ。

八坂が書類仕事に戻りながら、うっすらと笑ったような気がした。

†

まずは、高原家のあるアパートからだ。

高原夫人が住んでいるのは、都営の豊洲四丁目アパートという、五階建ての集合住宅が十数棟も立ち並ぶ団地の一角だった。昭和四十年代、石川島播磨を始めとする工場や発電所などで働く労働者の住居として大量に供された住宅だ。古いのでエレベーターはないし、間取りも近頃のマンションと比べると画一的で狭いという印象がある。昔ながらのベランダには、エアコンの室外機と並んで、洗濯物が風を受けてふくらんでいる。ささやかな庭で、盆栽やガーデニングを楽しむ住人もいるようだ。

アパートに入ると、玄関の照明をいくらか間引きしていた。

「近ごろは、どこもマメに節電してますね」

佐々が茫洋と呟く。

「意地ですから」

佐々は一瞬何を言われたのか理解しかねたようだった。説明不足だったかもしれない。そう気がついて、梓は言葉を継いだ。

「震災で受けたダメージを、必ずどうにかしてみせるという意地の表れだと思うんです。それと、原発を止めるなら夏場に電力不足が起きると言われてますけど、みんなで協力して最悪の事態を回避してみせようという、心意気ですね。そんなふうに感じます」

「なるほど」

蛍光灯が間引かれた天井を見上げて、佐々は眩しげな表情になった。

五月に、電力需給緊急対策本部が決定した「政府の節電実行基本方針」というものがある。それをもとに、各省庁がそれぞれの節電計画を立てた。たとえそれがなくとも、きっと庶民は知恵を出し合って、この夏を乗り切ったに違いない。

「そう言えば、岩倉さんは神戸のご出身でしたね」

ふと気づいたように、佐々の声が翳る。

「阪神淡路の時には、ひょっとして、ご実家で被災されたんですか」

「自宅は無事でしたが、工場が火災でやられたんです。今ではすっかり再建しましたけど」

そんな話を職場でするのは初めてだ。

高校生だった梓にできることはほとんどなかった。父と、兄たちが工場再建のために尽力する姿を見守り、その後は東京の大学に入って、離れてしまったのだ。再建途上の実家から逃げ出すようで気が引けたが、家族に快く送り出され、今の自分がある。

警察官になってから、梓が実家に戻ることは、年に一度あるかないかだった。会えない日々を埋め合わせるかのように、実家からは毎月、工場で作った靴を送ってくれる。

——あれから十六年。

十六年も経つと、薄れてゆく記憶もあるが、いつまでも生々しく身体の底にこびりついている記憶もある。たとえば、地の底から突き上げるような激しい揺れ。立ち上がることすらできず、布団の中で身体をすくませていたあの日の朝の記憶。パジャマの上にガウンを羽織っただけの姿で、慌てて外に飛び出した時に見た、崩れ落ちた家の屋根や、白く立ち昇る火災の煙。

「時間がかかるでしょうね」

梓はぽつりと口にした。きっと、すごく、すごく時間がかかる。それでも必ず、人も街もふたたび甦(よみがえ)る日が来る。——意地があるから。こんなことで負けていられないと思うから。

あの震災は梓の精神に大きな影響を及ぼした。生きるか死ぬか、ぎりぎりの局面に立ち会った時、良くも悪くも人間はその本性を現す。いつもどおりに生真面目で辛抱強い人間もいる。普通なら要領がいいと長所に数え上げられそうな性格が、場合によってはこすっからいと感じられることもある。思いがけない人物に、ひどく高潔な自己犠牲の精神が潜んでいたと、気づかされることもある。

人間にはいろいろあって、それでいいのだ。震災ビジネスを許す気にはなれないが、それが人間なのだ。そういう奇妙な諦念が、あれ以来梓の根底に流れている。

「それじゃ、聞き込みに行きますか」

佐々が震災について特に何も言わなかったので、ほっとした。根掘り葉掘り尋ねられるのも苦手だし、被害にあったことを他人に語るのも自分の柄ではない。

彼らが向かった階段室も、薄暗かった。

五階建て、四十世帯。

被害届を出した高原家と、名刺と名前を悪用された須田家を除く三十八世帯のうち、それらしい人間が来たと答えたのは十二世帯だった。犯人はアパート住人の家族構成を根気よく観察し、日中に中高年の女性だけが部屋にいる世帯を選んだらしい。「母親の遺体が見つかった」という言葉で騙したのも、そう言われると弱いだろうと見透かしたのに違いない。ただ、高原弘美以外の住人は、須田の偽者にうさんくさいものを感じて、借金の申し込みを断ったらしい。

「高原さんは、人がよかったんですね」

佐々が苦笑いしている。

会社勤めの須田が、自宅に戻るのは夜になりそうだった。彼を待つより、横山芳子を訪ねて、事情をもう一度詳しく聞いたほうがいい。

†

「どんなと言われても、正直これといった特徴のない方でしたけれど」

横山芳子は、七十三歳という実年齢よりもずいぶん若々しく、しぐさや服装が上品な女性だった。知らなければ、六十過ぎかと思ったかもしれない。趣味は刺繍(ししゅう)と書道だそうで、ボランティア団体にも登録しており、週のうち四日はその活動で忙しいそうだ。夫が彼女に残した分譲マンションは、専用の庭とテラスを持つ一階部分の３ＬＤＫだった。駅からは徒歩五分程度で、便利もいい。

（中古でも五千万円はくだらないかも）

あまり良い趣味ではないが、近ごろ梓は管轄区域の住宅を見るたび、およその金額をはじくことができる。刑事がものの値段に疎いようでは、仕事にならない。誰よりも世情に通じていなければ、目の前で起きていることの意味に気づかないかもしれないのだ。

「会話の内容や言葉づかい、相手の服装などこまかいことを思い出していただけないでしょうか。どんなところにヒントがあるかもしれませんから」

「そうですねえ」

横山は突然の若い刑事たちの来訪を、なぜか喜んだらしい。居間に通し、お茶を淹(い)れたりクッキーを出したりと、恐縮するふたりをもてなそうと一生懸命だった。それより、犯人の特徴を思い出してくれるほうが切実にありがたいのだが。

専用の小さな庭には、紫陽花(あじさい)が青紫の花をたっぷり咲かせていた。ガーデニングも横山の趣味のひとつらしい。

「三十歳を過ぎたくらいの男性でしたから、ちょっと不思議に思ったんですね。私の甥はもうすぐ五十歳になるのに、そんな若い人とどこで知り合ったんだろうって」

　最終的に金銭を騙し取られたとは言え、横山はなかなか冷静に相手を見ていたようだ。

「その疑問は、相手にぶつけてみたんですね」

「ええ。そしたら、会社の研修で仙台に行ったことがあって、そこで会ったんだとか」

「名前、名乗りましたか」

「須田さんって言いましたよ」

　梓は佐々と顔を見合わせた。どうやら、同一犯のようだ。犯人は、高原夫人にも使った名前を、とっさに使ったのだろうか。あるいは、持っている名刺がそれしかなかったのかもしれない。

「それで、あなたはうちの甥にお金を貸してくれて、それはありがたいけど、貸してすぐに返せだなんてあんまりじゃないですか。どうしてそんなことになったんですかと尋ねたんです」

　横山は予想以上にしっかりした婦人だった。

「何と言いましたか」

「親戚が福島の原発の近くに住んでいて、強制避難で東京に来たというんですよ。当座の現金が足りなくて困っているので、いくらかでも渡してやりたいって」

　なんとも厚かましい。どこまでも震災被害をダシにしようというのか。さすがに、梓も腹が立ってきた。

「東京のどこに来られたんですかって聞いたら、東雲の公務員住宅に避難してきているって。ちょうど少し前に、ニュースでそういうことを言ってましたので、私も騙されてしまって」

東雲は管轄外だが、梓もそんなニュースを見た覚えがある。佐々を見ると、彼も小さく頷いた。

「東雲住宅のことですね」

もとは国家公務員宿舎として建設された、三十六階建ての超高層マンションだ。通常の賃貸マンションなら、賃貸料が数十万円はかかるロケーションだが、設定された賃貸料があまりに優遇されすぎているのではないかと問題視されていた。福島からの避難民受け入れのため、都が財務省から無償使用許可を受け、応急仮設住宅として用意したのだ。

名刺一枚で金を借りようとした四月の頃よりは、手口に凝り始めたようだ。みんなが動揺していた震災の直後ならともかく、震災を悪用した事件が報道され続けている今では、名刺ひとつで金を貸してくれる相手もいなくなったということだろうか。

「相手の男は、連絡先を残しましたか」

「ええ、電話番号を書いていきました。だけど、後で電話してみたら、まるきりでたらめの番号だったんですよ」

「どんな服を着ていたか、覚えてますか。顔立ちが俳優の誰かに似ていたとか。眼鏡をかけていたかどうかとか」

「眼鏡はかけてなかったわね」

横山が視線をやや上に向け、そこに男の顔を思い描こうとするかのように目を細めた。

「平日の昼間だったんですけど、ずいぶんラフな服装で来たんですよ。ジーンズにギンガムチェックのシャツを着て、紙袋を提げていました。この人、ちゃんとした鞄（かばん）を持ってないのかしらって思って。そう――あの時にぴんとくるべきでしたね」

「どういうことでしょう」

横山がため息をついたので、梓は身を乗り出した。

「服装を見れば気づいてしかるべきでした。たまたま知り合った友人に、ぽんと百万円なんてお金を貸してあげられる人かどうか――」

結局、横山から得られた情報も、犯人を特定する材料にはなりそうもなかった。

（――これは、お手上げかもしれない）

残された情報と言えば、仙台の甥を騙り、犯人がかけてきた電話の発信元を探すくらいだろうか。しかし、ここまで周到な犯人なら、公衆電話か何かを使って、身元を隠していることだろう。お金も振込でなく直接手渡している。マンションの玄関を見たところ、防犯カメラは設置されていなかった。洒落（しゃれ）たポーチはついているが、ここの管理組合はセキュリティ意識が高くないらしい。あるいは逆に、住民がプライバシーの侵害だと反対するのだろうか。

「犯人がまた接触してくるようなことがありましたら、すぐこちらの番号に知らせていただけますか」

横山に生活安全課の電話番号を教え、暇を乞うことにした。よほど退屈していたのか、彼女はマンションの玄関までふたりを見送ってくれた。

「あら、また入ってる」

玄関を出ようとした時、横山がふと尖った声を出した。振り返ると、郵便受けからチラシの束を拾い出すところだった。

「毎日たくさん入るんですよ。このあたりのマンションのチラシがね。スカイツリーが窓から見えるとかなんとか、新築のマンションばっかり、こんなに。こんな年寄りに、新しいマンションなんて必要ないのに」

苦笑しながら、横山はチラシの束を重ねて折り畳んだ。部屋に戻れば、ゴミ箱に直行するのだろう。

†

横山家を辞すると、午後五時を過ぎていた。一日の締めくくりに、名刺を使って自分の名前を騙られた、須田という会社員を訪問するつもりだったが、少し早い。いったん署に戻り、これまでの状況を八坂に報告してから、書類仕事を片付けて、夜になってまた須田のアパートを訪れることにした。

「振り込め詐欺のように銀行口座を使っていれば、足がつく可能性も高いが」

話を聞いて八坂が唸る。

「現金とはな」

「犯人が銀行口座を使っていないので、思いついたことがあるんですが、ひょっとして口座を作れないんじゃないでしょうか」

現金の授受を行うとなると、犯人は被害者に素顔をさらすことになる。被害者があらかじめ警察に連絡していれば、その場で現行犯逮捕されるかもしれない。その危険を冒してまで口座の使用を避けたとすれば、口座を持っていないと考えることもできる。

「ほう」

「銀行口座を持つには、住所が必要です。犯人が、被害者と会うのに紙袋を持参していたと聞いて気がついたんですが、ホームレスか、ネットカフェを転々とするような生活を送っている人なんじゃないでしょうか」

「それで銀行口座を持っていない——というわけか」

しかし、それがわかったところで、この東京にそういう生活をしている三十代の男性が、いったい何人いることだろう。

横山の了解を得て、甥を騙る電話があったという五月の終わりの、通話履歴を調べてみた。彼女の記憶は正確で、電話があったというまさにその時間帯、新宿の公衆電話からの着信が記録されていた。

「犯人の生活圏内に、新宿が含まれることがわかっただけでもマシですよ」

佐々に慰められながら、豊洲四丁目のアパートに向かう。刑事の仕事は、無駄足と無駄骨の連続だ。骨折り損のくたびれ儲け。その言葉は警察官のためにある。

梓は警察官以外の職業を知らないが、他の仕事でも似たようなものではないのか。無駄かもしれないとは思っても、やらなければならないことはたくさんある。

——午後七時には須田も帰宅していた。

「ああ、下の奥さんが言ってた件ですか」

遅い時刻の訪問を詫び、梓が事情を説明すると、ドアを開いた須田はちらりと迷惑そうな表情を見せた。帰宅してすぐ着替えたのか、スウェットの上下にサンダル履きだ。背はさほど高くなく、色白でぽっちゃりとした男で、よく似た雰囲気のお笑い芸人がいたなと思ったが、名前までは思い出せない。ただ、そのお笑い芸人よりは、須田のほうがずっと目つきが狷介そうだった。

「正直、僕の名刺を悪用して詐欺を働くなんて、勘弁してほしいわって感じですね」

須田の言葉は関西訛りが強く、高原夫人が即座に関西出身だと気づいたのも頷ける。佐々はいつものとおり、梓の横で手帳を開いて、メモを取った。

「犯人が須田さんの名刺を持っていたということなんですけど、心当たりはありませんか。最近、渡した中にそれらしい人がいるとか」

梓の質問に、須田はなぜか失笑に近い笑みを浮かべた。陰険で嫌な感じの笑いだった。

「刑事さん、僕ね、不動産の営業マンなんですわ。名刺なんて、週に何百枚も印刷して、モデルルームに来られたお客さんには、手当たり次第に挨拶して渡すんですよ。マンションのチラシにホッチキスで名刺を留めて、郵便受けに投げ込んだりもします。ひどい時には、一日に数百枚、使っちゃいます。正直、誰に渡したかなんて、いちいち覚えてられませんよ」

須田が笑う理由もわかり、梓は愕然（がくぜん）とした。確かにそれでは、須田の名刺というのは誰が持っていてもおかしくはない。横山の郵便受けに、毎日山のように投げ込まれているというマンションのチラシを思い出す。

——予想通り、無駄足だったのか。

そんな鬱々とした気分が押し寄せてくる。

「モデルルームに、鞄を持たずに紙袋だけ提げた男性が来たことはありませんか。服装はカジュアルで、チェックのシャツを好んで着ているらしいんですけど」

なんとか食い下がった。ここまで来て、手ぶらで帰るのも情けない。もう、ほとんど手掛かりは残されていないのだ。須田は、ようやく少し真面目な顔になって、記憶を掘り起こそうとでもいうかのように首をかしげた。彼自身も被害者なのだ。

「僕がいま担当しているのは、豊洲一丁目の超高層タワーマンションですからね。モデルルームにはいろんなお客さんが来られますが、僕が直接会った中には、そういうタイプの人はいなかったと思うけどなあ。カジュアルでもきちんとした印象のお客さんが多いんですよ、やっぱり」

豊洲のタワーマンションと言えば、庶民には手が届きかねるような、高嶺の花だ。それなりに社会的な地位のある客が訪れるのかもしれない。

「見学に来られたお客様の氏名や住所などは、わかりますか」

「うーん、一応はアンケートという形で、書いていただくようにお願いしてますが、強制じゃないですから。書かずにすませるお客さんもいます。後で電話営業されたりするのを面倒だと思うんでしょうね」

須田はこちらをけん制するようなことを言った。職業柄、警察に顧客リストを見せろと迫られるのを避けたいという心理が働いたのかもしれない。

もっと須田から聞き出せることはないだろうか。この調子では、今後も須田の口から進んで警察に協力する言葉が出てくるとは思えない。

この男は、初回の聞きとりでうまく何かを聞きださなければ、それ以上のことは出てこない相手だ。そういう予感がした。

「いま担当しているのはとおっしゃいましたね。須田さんが豊洲一丁目のマンションを担当されるようになったのは、いつからですか」

須田は、虚を突かれたような顔になった。

「半年前ですよ。僕が今の会社に入ったのが、それぐらいだから」

「モデルルームがオープンしたのは、いつですか」

「――三か月前かな」

警戒心も露わに須田が答える。喉元まで、何かが浮かびあがってこようとしているのに、それが何なのかわからない。そういう、もどかしい感覚があった。

「マンションのチラシと一緒に、名刺を配布すると言われましたけど、須田さんがご自分で回られるんでしょうか。範囲はどのあたりに行かれるんですか」

犯人はどこかでそのチラシを受け取った人間なのではないか。そんなことを考えた。しかし、それでは犯人がホームレスかネットカフェを転々としている若者ではないかという梓自身の推理とは矛盾する。

「いや、僕自身は行かないです」

須田は、面倒くさそうに分厚く盛り上がった肩をすくめた。

「そういうのは、ポスティングスタッフのアルバイトを雇っていて、その人たちに頼んでますから」

「ポスティング——。ポストに入れるということですか」

何かが、かちりと頭の中で嚙み合った。

「ええ。エリアを決めて、郵便受けにばらまいてもらうんですわ。アルバイトですけど、正直そんなにアルバイト代は出せませんから、日給は数千円程度になるのかなあ。主婦や学生の小遣い稼ぎみたいな感覚の仕事ですよ。ポスティング専門の会社に勤めれば、もっと稼げるんとちがうかな」

「須田さんの会社の、チラシの配布エリアに、このあたり——豊洲四丁目も含まれていたりしますか」

「ああ、入ってるでしょう。そう言えば、うちのポストにも自分の名刺が入っていて、苦笑したことがありますよ」

それだ、と梓はひとり頷いた。

「それ、アルバイトに応募した方のデータは残っていますか。お名前とか住所とか」

「会社の担当の者に聞けば、わかるかもしれませんけど」

犯人は、ポスティングのアルバイトに応募して、須田の名刺を手に入れたのではないか。

須田という名前は、決して珍しい名前ではないが、ありふれた名前というわけでもない。

犯人は、チラシをポストに入れながら、住人の須田という名前と、名刺の名前との一致に気づいたかもしれない。須田の勤務先を知っているのだから、このアパートを張り込んで、須田の部屋から出てきた人間がモデルルームに入って行くのを見れば、同一人物だという確認も取れるだろう。

ポスティングのアルバイトをするうちに、犯人はさまざまなマンションの内部事情に詳しくなったかもしれない。どのマンションに防犯カメラがついていないか。高齢の女性がひとり暮らしをしている世帯はどこか。

アルバイトのデータは、翌日会社で見せてもらうことにして、梓たちは辞去した。やれやれという気持ちだったのか、須田があっさりと承諾して玄関の扉を閉めた。

「なるほど、ポスティングスタッフですか。盲点かもしれませんね」

佐々が感心したように呟く。

「だけど、犯人が名前や住所を正確に残しているとは限らないですから。これでたどりつければいいですけど」

これでダメなら、諦めたほうがいい。

†

『あんた、今年のお盆休みは、ちょっとくらい帰ってこれるん』

回線越しの母の言葉はいつも同じだ。刑事にお盆休みも夏休みもない。そう答える自分の言葉も変わらない。

「無理だって。その代わり、お正月にはできるだけ帰るからさ」

指の爪をガラスのやすりで磨きながら、梓は受話器に向かって答えた。

そう去年も約束しつつ、今年の正月は一日も帰らなかった。正月やお盆には、なるべく家族持ちに休みを取らせ、独身者が当直に入るようにしているから、そうなる。

『いっそ、こっちで県警に就職すれば良かったんよ。そしたら遠くでやきもきせんでもえのに』

三月の震災以来、母親がこんなふうに電話をかけてきては、こちらの状況を根掘り葉掘り尋ねるようになった。少しでも困っていると言えば、すぐに「戻ってこい」と言われるので、うっかり愚痴をこぼすこともできない。関西も今年の夏は節電しなければ電気が不足すると言われているらしいが、東京よりはずっと緩やかな雰囲気らしい。足りないものはないか、いざという時のための乾電池や、食料品などは充分に手に入るのかと、うるさいぐらいに尋ねてきて、その都度大丈夫だと答えているにも拘らず、月に一度は大きな段ボール箱に日用品を詰めて送ってくれる。もちろん、その中には兄の工場でこしらえた靴も入っている。

「そう言えば、この前もらったサンダル」

『あれ、今年の夏の新製品なんよ。どうやった』

「可愛いけど、履く機会がないんよ」

流行のグラディエーターというタイプで、ターコイズの大きな石をアクセントにし、スタッズをびっしりと打ちつけた、華やかなサンダルだ。しかし、職場に履いていけるものではない。

『遊びに行く時に履いたらええやないの。だらしがないねえ、休みの日くらい、お洒落して遊ばんと』

近ごろ仕事がたてこんでいて、非番の日でも、つい職場に出かけて書類仕事を片付けていたりする。そんな現実は、母親には内緒だ。

『何かあったら、すぐこっちに帰ってくるんよ。ええね、梓』

ここ三か月の口癖になったその言葉を聞いて、通話は終了した。

どうやら自分も家族も、震災以来、物理的な距離の遠さを感じるようになったようだ。

それまでは、距離にそれほどの意味を感じていなかった。新幹線に飛び乗れば、三時間で新神戸に到着する。その状況が変わったわけではないのに、ひどく関西圏が遠く感じるようになったのはなぜだろう。

東北地方の人たちもそうなんだろうかと、ふと思った。東北にいながら、関東の遠さをいま、しみじみと感じているのだろうか。

†

「これが、ポスティングスタッフに応募した人たちの履歴書ですか」

朝から、須田が勤務しているモデルルームに行き、事情を説明してアルバイトスタッフの一覧を見せてもらえないかと頼んだ。

来年の春から入居が可能になる地上三十階建てのマンションは、外観はほぼ完成に近づいている。実物のすぐ脇に、マンションギャラリーと称したモデルルームを設置しており、梓たちは駐車場に車を置いて、そちらに案内された。

「本来なら、個人情報ですので外部の方にお見せすることはありませんが、警察の捜査に関わることですから——」

モデルルームを統括しているという、五十歳前後の女性マネージャーが、薄いフォルダを開いた。短く刈った髪にナチュラルメイクで、しごくさっぱりした印象だ。もしこれが、顧客の情報を見せてくれと梓たちが頼んだのなら、何のかんのと理屈をつけて断られたかもしれない。そんなことを思うほど、芯に強いものを持った人だった。

「意外と、人数は少ないんですね。こんなものですか」

モデルルームの中は、デザイナーの手で完璧に整えられている。ダイニングテーブルには、フラワーアレンジメントが飾られ、今からまさに友人を呼んでディナーパーティを開くという設定でもあるのか、シャンパングラスにディナーセット、銀のカトラリーが整然と並べられている。淡いサーモンピンクのテーブルクロスとナプキンの組み合わせには、ちょっと心を惹かれた。夜遅く帰宅して、隣の山形明代がタッパーに詰めて持ってきてくれるおかずと、ご飯や味噌汁で手早く夕食をすませる自分の生活とは、どう考えても相容れないものだった。まるで、実家から送ってくれたグラディエーターのサンダルのようだ。

「今までアルバイトをお願いしたのは、だいたい二十人ぐらいですね。ご存じだと思いますけど、ポスティング専門の会社もたくさんありますから、うちみたいな企業が独自にスタッフを募集しても、そんなに大勢の応募があるわけではないんですよ。アルバイト料もそんなに高くはないですしね。ほとんど、近所の主婦の方ですね」

須田と似たようなことを言う。片桐と名札をつけたマネージャーの説明に頷きながら、梓は手早く履歴書を一枚ずつめくっていった。家庭の主婦に用はない。必要なのは、三十代の男性のものだ。

片桐の言葉どおり、男性アルバイトは少なく、明らかに高校生とわかるものを除くと、男性の履歴書はたった一枚に絞られた。

（庭野康史、三十四歳）

新宿区の住所と、携帯電話の番号が書かれている。写真はカラーで、生真面目そうな細面の青年が写っている。高原や横山が言ったように、これといった特徴のない、平凡な容貌だった。

（この人だ）

直感に過ぎないが、名前を見たとたん、これはこの男の本名だろうと思った。携帯電話の番号も、本当の番号だろう。連絡が取れなければ、仕事をもらうことができない。まさか警察が、詐欺事件とポスティングスタッフを結びつけるとは予想していなかったのかもしれない。

——意外と簡単だった。

拍子抜けするような感覚で、梓は履歴書の写真を見つめた。

「こちらでは、アルバイトに支払うお給料は、口座振り込みでしょうか」

「人によりますけど、口座振り込みか現金支払いです。どちらでも対応しています」

「この、庭野さんという人はどちらですか」

片桐が、いったん自分のデスクに戻り、書類を探してくれた。

「現金でお支払いしていますね」

「彼、身分証明書のようなものは、提示したんでしょうか」

「いいえ。履歴書をもらっただけで、特には」

庭野の履歴書のコピーを取らせてもらい、モデルルームを辞去した。

「電話してみますか」

気の早い佐々が、もう自分の携帯電話を取り出している。

「待って。警戒させてしまうかもしれないし、先に住所の確認をしたほうがいいんじゃないかしら」

おそらく、住所はでたらめだ。とにかく次の仕事につなげるために、携帯の番号だけは正確に書いたのだろう。

梓はポケットの中で自分の携帯が震えているのに気がついた。班長の八坂からだ。

「岩倉です」

『横山芳子さんから電話があった』

八坂は無駄な言葉を挟まない。必要なことだけを手短に伝える。

『例の男が目の前にいる。豊洲の区民館に、すぐ来てほしいと言っていた』

区民館なら、ここからは目と鼻の先だ。

「まだいるんですか？」

驚いた。横山に危険はないのだろうか。おとなしそうな男だが、横山が自分に気づいたとわかれば、何をするかわからない。

『避難者向けの説明会にまぎれこんでいるそうだ。至急向かってくれ』

八坂の言葉に、愕然とする。庭野という男、今度は何を企（たくら）んでいるのだろう。佐々に知らせ、急いで車を出した。

†

その男——庭野は、感情らしき感情を見せずに、ぽつりとひとりでパイプ椅子に座っていた。

福島の被災者に対する避難先として、東雲の公務員住宅が提供されている。なるべく町内のコミュニティを維持したまま避難先に移動してもらうために、同じ町の住民単位で固まって避難しており、時々県や町の担当者が来て、状況説明をしているという話だった。

横山芳子からの通報を受けて、豊洲シエルタワーに駆けつけた。豊洲駅に直結し、一階から三階まではコンビニや飲食店などの店舗も入るビルだ。区民館は、このタワーマンションの二階に入っている。強い日差しのなか、横山が玄関脇に待機してくれていた。梓と佐々のコンビを見つけると、見るからにほっとした様子で両手を握り合わせた。

「良かった、刑事さん。すぐに連絡がついたんですね」

「ご連絡ありがとうございました。その男、まだいますか」

「説明会に参加しています。あと五分ぐらいで終わるので、逃げられるんじゃないかとハラハラしていました」

今日の説明会は、生活を送っている被災者への補償金の内訳について、担当者が説明するという趣旨らしい。

横山は、半袖のブラウスとタイトなスカートの上に、なぜかエプロンを身につけている。梓の不思議そうな視線に気づいたのか、照れたように微笑(ほほえ)んだ。

「ボランティアで、説明会に参加される方のためにお茶を淹れたり、子どもさんの面倒を見たりしているんですよ」

「それで説明会に出ている男に気づいたんですね」

「ええ。あの人まさか、今度は被災者にまで何かするつもりじゃないかと心配になって」

横山の言葉に梓もまさかとは思うが、震災を詐欺のネタにするような男だ。二階に上がり、説明会の会場を後ろ側の入り口から覗いてみた。二百名ほどの聴衆で、席はほぼ埋まっている。黒板を背にした男性が、マイクを片手に熱心に説明していた。

窓際の後ろから三番目の席にいる男、と横山に教えられ、青と黒の縞模様の半袖シャツを着た男性に目を凝らした。庭野の履歴書に貼付されていた写真と、同一人物のようだ。他人の善意につけこんで金を騙し取ったと聞かされていなければ、あまりにもどこにでもいそうな、ごく普通の男性だ。秋葉原あたりで目をつむって石を投げれば、三回に一回はそっくりな男性にぶつかりそうだ。何のつもりだか知らないが、説明会の内容をノートにメモしている。生真面目そうな横顔だった。彼がここにいるべきではない人間だということを、他の誰も気づいていないようだ。

「出てきたら事情を聞きましょう。後は私たちに任せてください。横山さんは、ここにいないほうがいいです。姿を見られたら、やっかいなことになるかもしれません」

横山が通報したとわかれば、どんな逆恨みをするかもしれない。

「後でお電話しますから」

梓の意図を読み取ってくれたらしく、横山は硬い表情で頷いて姿を消した。

逮捕状は間に合わない。任意で話を聞くしかないだろう。

「履歴書に書かれていた電話番号に、電話をかけてみましょうか」

佐々が囁(ささや)いた。

「今ですか？」

「説明会が終わってからだと、人波にまぎれて逃げようとするかもしれませんよ」

佐々の意見にも、一理あるかもしれない。説明会の参加者に、危害でも加えられたら大変なことになる。

「わかりました。電話してみてください」

佐々が電話をかける横で、梓は庭野の様子を窺(うかが)った。熱心にノートを取る手が止まる。そわそわと指が動き、シャツのポケットに手を入れてバイブレーションする携帯を取り出し、電話に出るべきかどうか迷うような表情をしている。仕事の電話を逃がしたくないのかもしれない。

「番号非通知でかけています」

佐々が小声で教えた。

隣に座った参加者に、じろりと見つめられたのがこたえたらしい。大胆な詐欺など働くくせに、妙なところで神経が細いのかもしれない。庭野が、つと立ち上がった。急いで紙袋にノート類を放り込み、逃げるように腰をかがめて会議室を出てくる。携帯を操作し、耳に当てるのが見えた。

「――出てきました」

庭野は、廊下に立つふたりを無視するように、そのまま携帯に話しかけながら歩きだした。

「庭野康史さんですね」

梓が声をかけると、「えっ」と小さく呟いて振り向き、足を止める。佐々は携帯を切り、ポケットにしまった。

「豊洲警察署の生活安全課です。ちょっとお話を伺いたいのですが、よろしいでしょうか」

庭野はもう一度、口の中で「えっ」と囁いた。退路をふさぐように、佐々がのそりと動いて庭野の後ろに回った。その様子を目の端でとらえたらしく、庭野はいったん佐々を振り返り、自分はいったい何の罠(わな)にはまったのかと、不思議そうに周囲を見回した。警察と聞いても、特に恐れる様子でもない。

――もう逃げられない。

そう悟ったはずなのに、庭野の表情にはほとんど変化がなかった。

†

「ご苦労さん」

ため息をつきながら刑事部屋に戻った梓に、目ざとく声をかけたのは班長の八坂だった。

「どうした。疲れた顔をして」

あいかわらず、部下の様子を見逃さない人だ。

「聞いてください、班長」

自分の席に座る前に八坂の脇に立ち、梓は眉間に皺を寄せて訴えた。——庭野のことだ。

庭野康史は、参考人として任意で事情聴取に応じ、豊洲署の取調室に入った。ところが、その後はなだめてもすかしても、何も言わない。だんまりを決め込んでいる。梓の正面に腰を下ろし、両手は膝の上に載せたまま、ぼうっと机の上を見ているだけなのだ。

「身元の確認はできたんだろう」

「ええ。運転免許証を提示させました」

それでようやく、庭野康史という名前が本名だという確認が取れたのだ。住所は福岡県になっており、生年月日から庭野は現在三十四歳だとわかった。

——自分と同い年。

そうわかると、奇妙な気分になる。

「前科もありません。記載されている住所について、電話番号を調べてかけてみましたが、賃貸住宅で既に別の人が住んでいることがわかりました」

冷静に耳を傾ける八坂に説明しているうちに、梓の頭も冷えてきた。淡々と報告を続ける。自分はまだまだ甘い、とつくづく唇を嚙みしめる瞬間でもある。何があっても、動揺しない。どんな相手でも客観的に観察することができる、八坂のような強さが欲しい。それとも、八坂も長い時間をかけて、そういう力を培ってきたのだろうか。

「福岡から東京に出てきたのに、住所変更を届けてないんだな」

「横山さんは、甥の友人を騙って現金を受け取りに来た男に間違いないと証言しています。高原さんにも連絡しましたので、アパート住人を騙ったのと同一人物か、確認してもらうことになっています」

庭野本人の了解を取り、所持品も確認した。財布、携帯電話、ノートに筆記用具。たったそれだけを紙袋に入れ、持ち歩いていたらしい。携帯電話の契約者氏名を、調べてみる必要がありそうだ。庭野自身の名義で契約しているのなら、銀行の口座番号なども特定できるだろう。現住所は不明、ネットカフェなどを転々としていたのかもしれない。

「班長、被害金額は少ないですが、現住所不明で、逃亡の恐れがあります。余罪もあるかもしれません。今日、これから逮捕状を請求したいんですが」

「そうだな」

八坂がちらりと時計に視線を送る。まだ午後二時だった。急いで逮捕状請求書を書けば、今日中に裁判所から逮捕状を取り寄せることができるだろう。

「請求書を出してくれ。誰かに取りに行かせるから」

「わかりました」

逮捕状が出たところで、庭野が態度を改めるとは限らない。席について逮捕状請求書のフォーマットを埋めながら、そんな懸念がよぎる。普通、警察に事情を聞かれるというと、おびえたり、虚勢を張ったり、とぼけて見せたり、少しは反応があるものだ。ところがあの男は、自分の身に変わったことが起きているなくらいの反応で、ぼんやり見守っているような印象がある。

自分に起きていることが、もはやどうでもいい。そんな風にも見える。達観しているわけじゃない。自暴自棄とも少し違う雰囲気だ。

「岩倉さん。高原さんが見えました」

取調室で待機していた佐々が、高原の到着を告げた。彼女の自宅は、豊洲署からそんなに離れていない。言い換えれば、庭野はそれほど警察署に近い場所で、詐欺まがいの事件を起こしたことになる。

――まったく、いい度胸だ。

「こんなに早く、犯人が捕まるなんて」

高原夫人は意外そうな表情をしていた。梓自身も、犯人の確保まで長引くどころか、見つからないのではないかとさえ案じていたくらいだ。

「――あの男でしょうか。須田と名乗って、高原さんからお金を借りたのは」

取調室の隣に設けられた小部屋に入り、マジックミラーの窓から庭野の人体を確認してもらった。

「ええ、間違いないです。着てるシャツも、あんな色のシャツでした」

高原夫人は目を丸くしながら、しっかり頷いた。その表情に迷いはない。喜んで証言もすると請け合ってくれた。犯人は須田の名前を借用書に署名している。庭野の筆跡鑑定を行う必要があるだろう。

「本当に、どうしてあんなことをしたのか、直接問いただしてみたいくらいです」

犯人が逮捕されても、まだ釈然としない。そんな表情を残しつつ、彼女は警察署を立ち去った。これで、庭野の犯罪を証明する証人がふたり揃った。後は、こちらの仕事だ。

†

誰かを逮捕する瞬間は、いつも胃がきゅっと引き攣れるような、嫌な気分になる。

逮捕、という言葉は重い言葉だ。逮捕されたという事実は、いつまでもその人物につきまとう。たとえ、警察の誤認逮捕であったとしてもだ。結果的に無実が証明されても、それまで勤めていた会社に居づらくなることも多いし、近所で噂の種にされることもあるだろう。容疑者と犯人を峻別できる一般の人は多くない。

逆に同じ班の美作などは、逮捕の瞬間が一番の快感なのだそうだ。地道な捜査が実を結び、ようやく犯人逮捕にこぎつけたという達成感がそう感じさせるのだろうか。

「庭野さんに、本日付けで逮捕状が出ました」

取調室のデスクに逮捕状を広げ、逮捕の原因となった容疑について説明する間も、庭野は表情を消していた。

――マネキン人形のようだ。

とりたてて端整な容貌でもないが、プラスチックのように感情の乗らない顔を見ていると、ついそんなことを考えてしまう。脇の机で淡々と記録を担当している佐々は、どう思っているのだろう。

庭野は黙秘を続けている。現住所を聞かれても答えない。家族についても黙っている。高原夫人を騙して三万円借りたことも、横山を騙して十万円取ったことも、ただぼんやりと聞き流している。石のように頑(かたく)なな男だ。損得勘定を働かせて黙秘権を行使しているというよりは、どうすれば自分を守れるのかよくわからず、とりあえず黙っているだけのようにも感じられる。

逮捕の後、あらためて庭野の所持品を確認した。特に、財布の中身だ。

現金は八千円と小銭が少し。免許証のほかに、はちきれんばかりに財布に詰まっていたのは、各種のネットカフェの会員証だった。

(やっぱりね)

予想どおりだが、店名などを控えながらため息をつきたくなる。庭野の足取りを追う必要が出てくれば、都内二十三区一円のネットカフェに協力してもらわなければいけなくなるだろう。それに、ポケットからコインロッカーの鍵が出てきた。

「これ、どこのロッカーの鍵ですか。早く中身を取りに行かないと、どんどん使用料が上がりますよ」

梓がそう指摘した時だけ、庭野は眉を動かした。

「放置しておけば、二、三日で管理者が鍵を開けて中身を出してしまうでしょうね。長期間放っておけば、処分されてしまうのは間違いないし。中に大事なものが入っているんじゃないんですか」

定住せず、ネットカフェや路上をさまよう若者たちが、大きな荷物を持ち歩くことを嫌って、コインロッカーに貴重品や着替えなどかさばるものを保管していると聞いたことがある。

「銀行の預金通帳とカード、ロッカーに預けてるんじゃないの?」

携帯電話を持っているのに、通帳がない。財布の中にはキャッシュカードも入っていないが、単に持ち歩くのが怖いのかもしれない。財布を盗まれたり、落としたりした経験のある人間なら、ありそうなことだ。庭野がその言葉に反応し、わずかに眉をひそめたので、間違いないと思った。

「庭野さん。警察を舐めないでください。その気になったら、この鍵がどこのコインロッカーのものなのか、調べることはできます。そんな手間をかけるのが馬鹿馬鹿しいから、あなたに聞いてるだけなんですよ」

被疑者を尋問する際に、気色ばむのはよそうと思っている。声を荒らげるより、冷静に事実を指摘して、被疑者の心理的な外堀を埋めたほうがいい。どのみち、女性が大声を上げたりしても、ヒステリックだと思われるぐらいで、被疑者の心理状態に揺さぶりをかけられるわけでもないだろう。

——とはいうものの、さすがにここまで無言を通されると、梓も苛立ってきた。

「横山さんの甥だと名乗って電話したのは、JR新宿駅の公衆電話からでしたね。ロッカーも新宿駅ですか」

半分あてずっぽうだったが、庭野がちょっと息を呑み、小さく顎を引いた。肯定の仕草だった。駅のコインロッカーは、終電車までの営業だろう。なるべく今日中に中身を手に入れたい。庭野は自覚していないようだが、今の動作で彼は横山に電話した事実も認めたことになりそうだ。

被疑者の身柄を拘束してから、検察官に送致するまでは、四十八時間以内と定められている。あまり時間に余裕はない。

「ずっと黙っているつもりですか。庭野さん」

今回、庭野の自白が得られなくとも、被害者ふたりの証言とお金の動きで、容疑の事実を明らかにすることは可能だろう。しかし、それでは庭野が犯行に及んだ背景がわからない。庭野ひとりの犯行なのか、共犯者が存在するのかも判然としない。情状酌量の余地があるのかどうかすら、見当もつかないではないか。

「わかりました。庭野さんが黙ってるつもりなら、私たちは先に新宿に行って、ロッカーの中身を押収してきます」

佐々に合図して、立ち上がった。ロッカーの中身を回収して、すぐこちらに戻ってくれば、まだ取り調べを続けられる時刻だ。取り調べは夜になれば終了するが、それから書類作成が山のように待っている。この四十八時間は、寝る間もないかもしれない。

——警察官は、体力だ。

†

新宿駅なら、電車で行ったほうが早い。コインロッカーの件は佐々に任せて、自分は先に書類作成に手をつけようかとも考えたが、結局ふたりでロッカーの中身を取りに行くことにした。新宿なら、駅の周辺にネットカフェがあるだろう。庭野が利用していたかどうか、確認してみようと思ったのだ。

新宿駅と言ってもとにかく広い。JR東日本、東京メトロ、都営地下鉄、京王電鉄、小田急電鉄を結ぶターミナルであり、地下から地上まで、巨大な蟻(あり)の巣を思わせる迷路だ。コインロッカーの設置数も半端ではない。行き交う人の数も豊洲どころではなく、雑踏で息苦しくなりそうだ。

ふと、いつぞや渋谷署の今井が口にした、地域が街になる、という言葉を思い出す。成熟した街とはこんなふうに、雑然としたエネルギーに満ちているものなのかもしれない。

ロッカーの管理事務所に警察手帳を見せて事情を話し、鍵の番号からロッカーを特定して庭野が預けたスポーツバッグを回収する。中身の確認は署に戻ってからすることにして、駅周辺のネットカフェを探した。大通りから横に入った雑居ビルの二階などに、ネットカフェの看板がいくつか出ている。庭野の会員カードと照らし合わせて、このひと月に利用した形跡がある店を三つ見つけた。ひとつの店舗では、女性店員が庭野の顔を見おぼえていて、写真を見せるとすぐに反応があった。

（毎回、ナイトパックを利用されるお客様だったので、なんとなく見おぼえてました）

やはり、こういう店舗に寝泊まりしていたらしい。時おり報道される若年ホームレスのひとりなのだ。

くたびれた表情の会社員たちに混じって、帰りの有楽町線に揺られていると、ふいに佐々がぽつりと尋ねた。

「岩倉先輩は、何のために捜査をしているんですか」

「何のために――？」

思わず鸚鵡返し（おうむがえし）に尋ねる。佐々がにこりと笑顔を見せた。

「すいません。生意気を言うつもりはないんです。なんとなく、岩倉先輩は他の人たちと違う気がして」

「え――何か、違いますか」

美作あたりが、佐々に何か吹き込んだのだろうか。そう勘ぐった。岩倉のやつは、ちょっと変わってるから。本来なら刑事になるような柄じゃないし。だけど女がひとりもいないと、場面によっては困ることがあってな。確かに美作は仕事ができるが、そんなことを平気で後輩に吹き込みそうな男ではある。

「よくわからないんですけど、たとえば美作先輩なら、手柄を立てるためにストレートに頑張ってる気がするんです。依藤先輩なら涙もろいから、被害者救済のために必死になってるんだなと思います。だけど、岩倉先輩は、どこか違う気がして。あの、もちろん悪い意味ではありません。仕事のしかたも人それぞれだなと思って」

佐々は焦ったような顔で、小さく手を顔の前で振った。

なんだかずいぶんなことを言われているような気もしたが、不思議と嫌な気はしなかった。何のために、と口の中で繰り返して梓は首をかしげた。自分は事実を知りたいのかもしれない。本当は何があったのか。なぜそんな事件が起きたのか。どうして誰も止めることができなかったのか。二度と同じ事件を起こさせないためには、どうすればいいのか。「真実」なんて簡単に手に入るものではない。ひとつの事件に十人の人間が関わっていれば、真実は十人分存在するのかもしれない。

しかし、自分は知りたいのだ。少しでも「真実」に近いことを。誰が何を考えて、そんな事件が発生したのかを。

黙って考えこんでしまった梓を見て、怒らせたと誤解したのか、佐々は言葉数が少なくなった。押収した庭野のスポーツバッグを署に持ち帰り、取調室に戻る前に、生活安全課のデスクで中身を広げてみた。

それほど大きなバッグではない。まず目についたのは、着替えの柄シャツとズボン、下着がそれぞれ一枚ずつ。ネットカフェに泊まるたび、洗い替えるのだろう。着替えは汚れてもいないし、臭いもない。庭野の服装は、垢ぬけてはいないかもしれないが、清潔でこざっぱりしていた。髪だって脂じみたり汚れたりしていないし、そのあたりを歩いていても、ホームレスだとは誰も思わないだろう。

通帳と印鑑、キャッシュカードは、バッグの内ポケットに大切に納まっていた。ポスティングの給与受け取りに銀行口座を使っていなかったので、口座を持っていないのかと勘ぐっていたが、そういうわけではなかったようだ。

あとはほとんど何も入っていない。ポスティング会社のチラシが数枚あったが、四月に高原夫人を騙す際に使ったという須田の名刺はどこにもなかった。あれば証拠になっただろうが、処分したのかもしれない。

梓は通帳を開いてみた。

「──これ」

四月の終わりと五月の終わりに、それぞれATMから三万円と十万円の入金があった。震災を口実に、高原夫人と横山から騙し取ったお金と同じ金額だ。そのお金は、携帯電話料金の引き落としや、ATMからの出金が何度か重なって、残高は六万円ほどになっている。

通帳をさかのぼって詳しく見ていくと、一年ほど前までは定期的に「キュウヨ」と印字された入金があったことがわかる。金額はまちまちで、過去にさかのぼると月に十数万円、多い時には二十万円以上という大きな金額が振り込まれているが、最後のほうは数千円から数万円しかない。正社員の給与じゃないな、と思った。アルバイトか、派遣社員だろうか。

この一年間は、不定期に数千円から数万円の入金があるのみだ。残高が限りなくゼロに近づくと、不思議とぽつりと入金がある。ATMからの入金なので、庭野が自分で現金を入れたのだろう。

口座残高の推移が、庭野の生活が窮迫していく様子を如実に表しているようで、梓はだんだん気が重くなっていった。もともと、給与振込があった頃から、熱心に貯金するタイプではなかったらしい。それでも数十万円の残高があった頃から、ずるずると使い崩して、数万円、数千円と残高が減っていくのを見ると、他人のことながら背筋が寒くなる。

横から覗いていた佐々が、ふと気づいたように声をあげた。

「四月は、携帯電話料金の引き落としがありませんね」

四月二十日にATMで三千円の現金を引き出していて、残高は五千円を切っていた。

「——本当ですね。五月は二十五日に引き落とされているのに」

つまり、四月二十五日には残高不足で引き落としができず、携帯電話のショップに行って現金で支払ったということだろう。払わなければ回線が停止されてしまう。

「ひょっとして、これが事件のきっかけになったのかもしれませんね」

「残高不足、ですか」

佐々の言葉に小さく頷く。

三十四歳。どんな境遇を経てそうなったのかはわからないが、いまは住む場所がなくネットカフェを転々としている。ちっぽけなスポーツバッグひとつに、わずかばかりの全財産を詰め込み、銀行の口座残高は五千円未満――。

いったい、どうして。

庭野と自分は同い年だった。ほぼ同じ時に生まれ、同じ時代に育ったはずだ。テレビから流れる歌も同じ、ニュースで触れる事件も同じ。それなのに、どうしてここまで遠いのか。

「もう一度、庭野に事情を聞きましょう」

梓はスポーツバッグに中身を戻し、抱えた。班長の八坂が、まだそれほどの暑さでもないはずだが、ちょっと浮世離れしたのどかさで扇子を使いながら目を細めた。

「岩倉君。今の状況でも、充分庭野は起訴できる。あんまり無理をして、入れこむなよ」

えっ、と口の中で呟いて八坂を振り返る。

とっくに八坂は書類に戻っていた。

†

「携帯電話の契約を切られたら、終わりだと思ったんです」

　庭野が重い口を開いたのは、コインロッカーから押収したスポーツバッグを見せられ、梓に通帳の明細についてひとつひとつ使途などを聞かれた時だった。

「四月二十五日に、残高不足で携帯電話の料金が引き落とせなかったからですね」

　庭野が頷くだけですませようとするのを、口頭で答えさせる。佐々が記録を取らなければいけないからだ。

「日雇い派遣にしても、ポスティングにしても、携帯がなければ連絡を受けることすらできないんです。携帯の契約を切られたために、仕事がまったく取れなくなって、そのまま路上生活をするはめになった人の話とか、よく聞きますし」

　いったん口を開くと、庭野は饒舌だった。

「四月は震災の影響もあったのか、全然仕事にありつけなくて。二日に一回は路上に泊まるようにして、ネットカフェに使うお金も節約して食費も切りつめたけど、それでも足りなかった。携帯の料金が落ちなかったとわかったら、目の前が真っ暗になって――いつ回線を止められるのかと、ひやひやして」

　やっと庭野が自分の境遇を語り始めた。こうなると、どれだけ長広舌になろうが、黙って聞いてやるほうが得策だ。

「お金に困っていたんですね。だけど、なぜ急に、須田さんの名前を騙ってお金を取ろうと思ったのかな」

「須田というのは、ポスティングのアルバイトをやっていたマンションの、モデルルームにいる人なんです」

「須田さんの顔を知っていたんですね」

「知っていました。いつも偉そうにしていて、面白くなかったから余計に覚えていた。ポストに投函するチラシに、須田の名刺が添付されていたので、何かに使えるかもしれないと思って、一枚残しておいたんです。ポストを巡回して投函している時に、出勤途中の須田を見かけたことがあって、家を知っていたから」

なるほど、須田の自宅を知っていたから、名刺を使えると考えたのか。わざわざ須田を尾行したと考えたのは、考えすぎだったわけだ。

「それじゃ、横山さんを騙そうと思ったのはどうして」

「チラシを入れた時に、郵便受けからハガキの端が覗いていて。一緒に押し込む前に、ちらっと読んでしまったんです。仙台にいる親戚からのハガキでした。全員無事だけど、工場がやられたって」

「それを見て、それで？」

「これは何かに使えるって」

ふう、と梓は小さく吐息をついた。

「震災を利用して人を騙そうだなんて、どうして思いついたの」

庭野の表情が曇り、自分でもどこからそんなことを考えついたのかと、当惑するように首をかしげた。

「ニュースを見たんです。募金詐欺とか、ガス管を調べると言ってお金を取るとか、震災をネタにした事件がたくさん起きているって。それなら、自分もこれで稼げるかもしれないと思った」

梓は面食らって、庭野の顔をまじまじ見つめた。これで稼げるって、いったい何なのだろう、このあっけらかんとした言葉は。

「あなたに騙された高原さんは、行方不明のお母さんが見つかったかもしれないというあなたの嘘に心を動かされて、気の毒に思ったからお金を貸してあげたんですよ。申し訳ないとは思わなかったのかな」

いけない。こんな言い方は、せっかく緩んだ庭野の口を閉ざしてしまう。そう思ったが、いったん口から飛び出した言葉を取り返すことはできない。

――しかたがない。

これが自分の本音だ。もし刑事訴訟法がなければ、庭野の首根っこを捕まえて、ゆさゆさと前後に揺さぶりながら、どうしてこんなことをしたんですか、高原さんや横山さんに悪いとは思わないんですかと、問い詰めたいくらいなのだ。

――なぜ、なぜ、なぜ。

事件と向きあい、庭野と言葉を交わすうちに、自分の中に疑問符があふれていく。

「だって、騙されるほうにも責任があるでしょう」

庭野が気を悪くしたように、目を伏せて答えた。いったいどうすれば、そんな考え方に行きつくのだろう。半ば呆(あき)れたが、庭野は本気でそう考えているようだ。

「――免許証の住所は福岡になってますね。福岡出身ですか」

遠回りになっても、庭野の過去から知らなければ、彼を理解することはできない。そんな気がして、梓はそろりと探りを入れた。

犯行とそこに行きつくまでの状況についてはずいぶん多弁な庭野だったが、自分の過去について話し始めると、慎重に言葉を選んだ。

正直、ありふれた過去だったかもしれない。高校を卒業してすぐ、郷里の福岡で食品会社の正社員の職についた。しかし、自分がやりたいことは別にあるような気がして、五年で退職。地元ではなかなか仕事がなく、東京に出て派遣業者に登録し、製造業派遣で関東一円の工場を転々とする。景気のいい頃は月に四十万円稼いだこともあったが、景気が悪化すると仕事がなくなった。三か月の契約が一か月で終了になるなど、思うように仕事を得ることもできないまま、ついにリーマンショックでとどめを刺された。

製造業派遣は寮に入って仕事をすることが多く、仕事が打ち切られると即座に住む場所に困る。手元に現金があれば、ウイークリーマンションやビジネスホテルなどに宿泊する手もあるが、ネットカフェに寝泊まりしながら仕事を探す若者も多い。ネットカフェに行くお金を持っているのはマシなほうで、公園や路上で寝泊まりする若者の姿も見られるようになってきた。

「福岡に帰って、ご両親に頼ろうと思わなかったんですか」

庭野の両親は健在で、兄夫婦とともに暮らしているらしい。

「そんなの。いい歳をして、親になんか頼れないでしょう。こっちがちゃんと稼いでいて、実家に帰って親に旨いものでもごちそうできるならともかく」

はっきりと言いたがらないのだが、福岡の会社を退職する際に、両親の大反対に遭ったのを無視して辞めたので、帰りづらいということのようだった。

「生活保護を受けるとか、自立支援センターに行くとか、いろんな手があるじゃないですか。いまは正直、あなたみたいに職を失った人が大勢いる世の中で、恥ずかしい話ではないと思うんですけど」

「生活保護の申請なんかしたら、親に連絡が行きますよ。生活保護を受ける前に、親とか兄弟とか、身内で養える人間がいないか確認することになってますからね。そんなこと、とてもじゃないけどできません」

庭野は暗い顔を横に振る。泊まる家もなく、食事も満足に摂れないくせに、そんなことを言っている場合ではないと思うが、庭野の中ではその考え方に矛盾はないらしい。

「こんなみっともない生活をすることになったのは、自分が悪いんです。自己責任なんですよ。それはよくわかってるんです」

梓の沈黙をどうとらえたのか、庭野がふいにそんな言葉を吐いた。

「あの時、簡単に会社を辞めたりしなければ良かった。辞めるなと親が言ったのは正しかった。その後だって、安易に派遣会社を選んで仕事したりせずに、正社員にこだわって仕事を探せば良かったのかもしれない。だけど、そんなこと今さら言ってもどうしようもないし。こんな状況になったのは自分の責任で、誰かを恨んだり責任を転嫁したりするつもりはありません」

――自己責任か。

梓は庭野の表情を見つめ、自分も視線をデスクに落とした。

それは、梓たちの世代が子どもの頃から、呪文のように世の中で唱えられてきた言葉だった。自分たちが小学生の頃に、バブルは崩壊していた。おそらくその前からずっと、崩壊に向かって突き進んでいたのだろうけど、土地や株式の価格が恐ろしいほどにはね上がり、素人をあの手この手で相場に勧誘する書物や雑誌の記事などが氾濫(はんらん)し、必ずそこにはひとこと、「相場は自己責任で」と添えられていたのだった。煽(あお)るだけ煽って、責任は自分で取れというわけだ。消費者金融にしても同じだった。気軽にお金を借りられるという甘いイメージを植え付けて、うかつに借り過ぎて債務超過に陥ると、自己責任だと厳しく言われる。

最後は自分の頭で考えて、自分で面倒を見るしかない。他人は面倒を見てくれない。そう骨の髄までたたきこまれて育った世代だ。

あまりにも気軽に会社を辞めたのは庭野の失敗かもしれないが、その後の転落ぶりを聞く限り、すべてに彼の責任を問うこともできないような気がする。

いたいんですか」

「それじゃ庭野さんは、高原さんや横山さんが騙されたのも、彼女たちに責任があると言

ふと気になって尋ねると、庭野の目がちかりと危険な感じで輝いた。

「そうですよ。騙されるほうが悪いんです。みんな自分の身を守るために必死なのに、自分だけは安全な場所にいると思ってる。そんな奴らは、痛い目を見ればいいんだ」

本気で言っているんだろうか。そんな不安を感じて、梓は庭野の様子を窺い見た。憤然と目を怒らせ、頬を紅潮させた庭野は、梓と視線を合わせないように、ぷいと横を向いてしまった。今の言葉も、もちろん記録に残る。被疑者としての庭野が、犯行を後悔していないばかりか、この言葉だけ見れば再犯の可能性もあると受け取られるかもしれない。

この言葉を庭野から引き出した自分は、果たして正しいことをしたのか。それとも追い詰められて自暴自棄になった若者に、言うつもりのなかった悪罵を吐かせただけなのか。

取り調べを続け、高原夫人の事件と横山の事件それぞれについて詳細を聞きだすと、夜の十時近くになっていた。被疑者の人権を守るために、深夜の取り調べは原則として禁止されている。夜十時から朝五時までの間に取り調べを行う場合は、事前に警察本部長や警察署長の承認を受けなければいけない。休憩時間を除いて一日に八時間を超える取り調べも禁止されている。

「今日はここまでにしましょう」

取り調べの終了を宣言すると、庭野がまたきらりと目を光らせた。

「今日はって、明日もまた同じ話を繰り返すつもりですか。もう何も新しい話はありませんよ。時間の無駄です。さっさと終わらせて、刑務所でも何でも入れたらいいでしょう。正直、僕は刑務所に入るほうがずっと楽ですから。寝る場所はあるし、食事の心配だってしなくていいし」

さすがに佐々が腹を立てたらしく、厳しいことを言ってやろうという顔で口を開きかけた。それを制し、取調室を出て庭野の身柄を留置場に送るように頼む。

「なんて奴だろう。あいつ、自分がやったことをまだ理解してないんじゃないですか」

ぷりぷりと怒りのオーラを撒き散らしている佐々をなだめて刑事部屋に引き返す。

庭野の自供と捜査の結果を捜査報告書にまとめなければならない。手分けして文書にまとめていると、班長の八坂がふらりと戻ってきた。机の上がすっかり片付いているので、もう帰宅したのかと思っていた。

「手こずってるな」

「――マシなほうです。一応、自供は取れましたから」

梓が印刷した報告書を、八坂が横からつまみあげて読み始めた。

――あれ？

どきりとした。これまでの経験から言えば、これは珍しく八坂が不機嫌な兆候だ。他人の考えていることを恐ろしいくらいぴたりと読んでしまうこの上司は、時おり鋭すぎる指摘を錐のように差し込んでくる。

佐々が席を立ったのを見て、八坂は報告書をこちらのデスクに投げ返した。他のメンツは、まだ捜査に出ているのか、既に帰宅した後なのか、生活安全課の刑事部屋はがらんとしている。

「岩倉君、警察官は万能の神様じゃない」

「えっ」

思わず八坂を見上げてしまう。不機嫌というより、八坂の知的に整った顔は、どこか疲れた風情を漂わせていた。

「君はどうも、事件の背景に深入りする癖があるようだから、今のうちに言っておく。刑事は神様じゃない。母親でもない。法に則り、罪を犯した人間を捕まえ、事件を明らかにするのが仕事だ。それ以上でも、それ以下でもない」

自分がやっていることは、警察官の職分を超えているのだろうか。梓は八坂の言葉に、軽くうつむいて捜査報告書を見つめた。それは、デスクの上に投げ出されるように置かれている。

「刑事の仕事は、どうすれば世の中が良くなるか考えることじゃない。犯罪を未然に防ぐ努力をすること。起きてしまった犯罪を捜査すること。それ以上のことをしても、徒労に終わるだけだ」

「――はい」

八坂は、自分を叱責しているわけではないのだ。自分を心配してくれている。このままだと、梓自身がどんどん自分をすり減らしていくから。警察官の仕事は、おおかたの人間が見なくていいようなものを見て、知らなくていいようなことを知る仕事だから。そういうものを見て、知って、それでも警察官にできることはほとんどないのだから。

たとえば、郷里の実家に頼りたくないという庭野に何をしてやれるだろう。何もかも自己責任で、自分ばかりか迷惑をかけた他人のことまで騙されるほうが悪いと言ってのける彼に、どう言えば自分の罪を心底反省させることができるだろう。

——無理だ。よっぽど円熟した人間ならともかく、自分みたいな青二才、自分の気持ちすら満足に扱えない人間なんかに、できるわけがない。

それなら、庭野の供述を通りいっぺんに聞いて、事実を把握して裏付けが取れれば、自分の頭の中から消してしまう。そのほうがいいのだろうか。自分にそんな器用な真似ができるのだろうか。

梓はゆっくり首を横に振った。

だめだ。せめて、この無力感の蓄積に、自分自身が押しつぶされそうになるまでは。

「でも——もちろん私にできることは限られていますが、もしかすると、ほんの少しでもできることがあるかもしれないと思うと——」

自分のために言ってくれている上司にたてつくのは本意ではない。だんだん声が小さくなる。

八坂の唇から、長い嘆息が漏れた。それを聞いて、いまは豊洲署のセイアンにいる上司が、以前は捜査一課にいたこともある、バリバリのやり手だったことを思い出した。

「まあ、そう言うだろうと思ったよ」

　席に戻っていく八坂の後ろ姿を見送る。

　その背中が、「君もきっと疲れるぞ」と言っているような気がした。

†

　翌日は、朝から横山芳子に会いに行った。庭野を逮捕したという報告をして、取り調べの内容と彼女の記憶に齟齬(そご)がないか確認するためだ。

『いま、ボランティアで東雲に来ているんですよ』

　横山の元気な声を聞き、妙な好奇心がわいた。東雲でボランティアというからには、避難所関係の仕事だろう。直接行って話を聞いてみようと思った。駐車場がいっぱいで、車を停める場所がないかもしれないと横山に言われ、電車に乗った。

「何かイベントがあるみたいですね」

　歩きながらスマートフォンを見ていると思ったら、佐々が澄ましてそんなことを言う。どうやら、近ごろスマートフォンで情報を得ることを覚えたらしい。梓はそういうことに興味がない。

　ふと、今日が日曜日だと気がついた。警察官をやっていると、宿直や休日当番のせいで曜日の感覚がずれていく。

「フリーマーケットかしら」

指示された東雲キャナルコートの敷地に行くと、ふだんよりはるかに人が多い。子どもを連れた家族の姿も見える。三菱製鋼の工場跡地を再開発し、「未来都市」という使い古された言葉を使いたくなる都市再生機構の東雲キャナルコートＣＯＤＡＮと、三菱グループが開発した高層マンション、ショッピング・センターなどを建設した。公団住宅とは言っても賃貸料は月に二十万を下らず、入居しているのはカタカナ名の職業を持つ人たちや、高い収入や福利厚生を保障された大企業の正社員だったりする。もう少し気どった街かと思っていたが、敷地内にシートを広げて、雑貨や子ども服などを格安で売ったり、品定めしたりに余念がない人々を見ていると、親しみがわいてきた。

「岩倉さん、こっちよ」

呼ばれて振り返ると、横山が建物の入り口で大きく手を振っていた。最初は誰かと思ったくらい、明るい花柄のシャツにジーンズ姿でカジュアルに装っていて、それが小柄でほっそりした横山にはよく似合っていた。

「今日は、何のイベントですか」

立て看板などに「支援マッチング」と書かれた紙が貼り出されているのを見て、被災者に関するイベントだろうとは想像がついたが、内容まではよくわからずに尋ねた。

「生活に必要な電化製品とか、家具とかね。不用になった家庭と、欲しいものがある家庭とをマッチングするの。家庭によって、必要なものが違うから」

横山は、以前自宅で会った時よりもずっと若々しい口調で口早に答える。

ああ、と梓は口の中で呟いて頷いた。壁に張り出された、横山の言う「マッチング」の場に提供されているらしい品物の写真を、覗いてみる。ベビーカーや、ミキサーなどの写真からは、生活の匂いが立ち昇ってきた。

「これ、生活をされている人たちのところに行くんですね」

「そうよ。東雲住宅が使えるのはたった六か月らしいけど、少しでも快適に暮らしてもらわないと」

東雲住宅は遅くに利用が決まったため、福島県の南相馬市など、原子力発電所の事故で避難指示が出たエリアの住民が、およそ八百人、まとまって避難しているそうだ。

たったの半年。半年では、おそらく元の自宅に戻れる状況にはならないだろう。それまでに、避難先の東京で仕事を見つけて、住居を得て新しい生活を始めるなんてことが、できるだろうか。

震災が発生するずっと前に、東京で職と住まいを失って、窮地に立たされていた庭野の顔が浮かぶ。

「犯人、捕まえてくれてありがとう」

こちらが庭野について考えていたことを見抜いたようなタイミングで、横山が言った。ナチュラルな化粧をしていて、いくつになっても、生活を楽しむのが上手なんだろう。

「横山さんのご協力のおかげです」

その言葉に、横山がわずかにたじろぐのがわかった。あれ、と梓が動揺したほどの表情の変化だった。

「――私ね、刑事さん。あの男の子のこと、決して憎んだりはしていないのよ。ただ、もう二度とあんな真似をして、他人の気持ちを踏みにじるのはやめてほしいと思うけど」

「憎くない――とおっしゃいますか」

「ええ。ただ、馬鹿だなあと思うの。あの時もし、私を騙す代わりに、どうしても仕事が見つからなくて、泊まるところもなければ食事を摂ることもできなくて、だから少しでもいいから助けてくれと言ってくれていたら、私、すぐにでも仕事探しを手伝ったと思う。どうしてあの時、助けてくれとひとこと言ってくれなかったのかって思うの」

――助けてくれ、か。

梓はその言葉を心の中で反芻(はんすう)した。

自己責任で凝り固まっている庭野には、そんなひとことは浮かびもしなかったのに違いない。

「言っていいのよ、誰でも」

視線を落としてしまった梓に気づいたのか、横山は励ますように続けた。まるでその言葉が、自分に向けられた言葉のような気がして、梓はそっとまつげを上げた。

「自分の力を信じて、必死になって頑張ることは必要だと思うし、そうやって乗り越えられる壁もある。だけど、どんなに頑張っても、ひとりの力では乗り越えられない壁だってある。そんな時には周囲の助けをもらっていいはずよ」

長い人生なんだもの。いろんな時があるんだから。そう呟いて背を向けた横山にも、きっといろいろな葛藤や、煩悶の日々があったのに違いない。

梓はためらいがちに首をかしげた。

「――でも、横山さん。家族にすら助けてと言えない人に、どう言ってあげればいいんでしょう？　庭野さんは、仕事がないのも、他人を騙して生き延びるようになったのも、全部自分のせいだと言うんです。自己責任なんだから、他人に助けなんて求められないって」

そう横山に尋ねながら、自分はいま、この人に助けを求めているのだと感じた。この、賢くて親切で、小柄なのに自分よりひとまわり以上大きな人に。

横山が、小さく首を横に倒し、じっと考えているようなそぶりをした。

「助けてと言っても、背中を向ける人もいるかもしれない。ひょっとすると、そんな人のほうが多いのかもしれない。だけど、あきらめちゃダメ。どこかにきっと、意外なところから手を差し伸べてくれる人がいるから。恥ずかしいことは何にもないの。みんな必ずどこかで通る道なんだから。私も、あなたも」

「――はい」

穏やかな声に、梓もしっかりと頷く。

庭野の供述内容と食い違う点がないか確認を頼み、横山の証言をいくつか得て、署に戻ることにした。

「私、犯人を憎んではいないってこと、手紙に書きますよ。被害者からのそういう文書が、裁判にも影響を与えることってあるんでしょう」

「事件にもよりますが、被害者の処罰感情は、判決にもある程度影響があります」

「それなら、少しでもやり直せる余地を残してあげないと」

横山の言葉に送られて、梓たちは東雲のキャナルコートを出た。

振り返ると、未来都市のようにそびえたつ、ガラスと白い壁の不思議な高層住宅だ。豊洲、東雲、辰巳。この地域は、いま爆発する人口増加の波に洗われている。横山のような人がいて、庭野のような人々も流れ込んでくる。入れ替わり、立ち替わり、新しい人の波が続くのだ。まるで、この国のすべてをぎゅっと圧縮して、この湾岸地帯に押しこめたように。

「行きましょうか」

「ええ」

佐々をともない、駅に向かって歩き出す。

署に戻ったら、庭野ともう一度顔を突き合わせて話してみよう。自分は未熟で経験も浅く、庭野の心を動かすことができるかどうかわからない。

しかし、横山も言ったじゃないか。

――あきらめちゃダメ。

三月の、あれほど悲惨な状況に遭遇しても、立ち上がろうともがいている人がいるのに。庭野に、そう簡単にあきらめちゃいけないと、横山の言葉を伝えなければいけない。

（子どもの頃と家族の話を聞いてみよう）

罪を犯した庭野を、救済することができる人間がいるとすれば、それは福岡にいる家族だろう。事件のことは、実家にも連絡しなければいけない。

彼らは迷惑なと言うだろうか。道をそれ、実家を飛び出して行った下の息子に、どんな言葉をかけるのだろうか。

（刑事にできることは、とても限られている）

八坂の言葉が耳に残る。

自分にできることは本当に少なく、世の中で起きていることは、とてつもなくシビアで複雑で大きい。――だけど、だからこそ。

ひとつずつ。

できることから私は始める。自分の仕事を一歩一歩踏みしめて、前に進んでいく。いつか、地域（ゾーン）が街になるよう祈りながら。

その覚悟を、庭野に伝えてみようと思った。

解説

宇田川拓也

どこからか人が集まり、営みを始め、賑いとともに歴史を刻み出すと、その土地は〈街〉へと変わっていく。

しかし、かつては緩やかに長い時間をかけてできていたそれも、二〇一〇年代の東京では、異常事態ともいえる急激な発展とともに生み出されようとしている。

江東区豊洲。

関東大震災後に埋め立てられてできたこの土地は、工業地帯としての役目を終えるや、急ピッチで再開発と区画整理が進められ、たちまち全国でもまれな人口増加地区へと姿を変えた。その勢いは凄まじく、平成十二年に四万八千人程度だった人口が、平成三十二年には二十万人を突破するといわれている。

本作――福田和代『ZONE　豊洲署生活安全課 岩倉梓』（単行本『ZONE　豊洲署刑事岩倉梓』を改題）は、まだ〈街〉として成熟していない〈地域〉の状態にある二〇一〇年八月から翌年六月の豊洲を舞台にした、全五話（月刊「ランティエ」二〇一一年一月号～十月号初出）からなる連作集である。ちなみに、副題には〝豊洲署〟とあるが、主人公である岩倉梓は最初からそこに配属されているわけではない。作中で豊洲二丁目の旧東京消防庁豊洲寮跡地に豊洲署が新設されるのは、二〇一一年初旬のこと。つまり本作は単に捜査小説であるだけでなく、深川警察署生活安全課の刑事が豊洲という異例のゾーンに飛び込み、捜査を通じて〝豊洲署〟刑事としての自己を確立していく成長譚（せいちょうたん）といった要素も備えているのだ。

梓は、深川、豊洲の両署を通じて、以前は捜査一課の切れ者だったと噂（うわさ）される八坂恭一郎が指揮を執る生活安全課〈八坂班〉に所属する紅一点である。五歳年下の優秀な新人刑事——佐々敏之とコンビを組み、豊洲で発生する様々な事案に取り組んでいくことになる。

ここで〝事件〟ではなく、あえて〝事案〟としたのには理由がある。生活安全課は殺人や強盗、組織犯罪といった重大事件こそ扱わないが、その職務範囲は驚くほど幅広い。地域の防犯、未成年者や家出人などの安全相談、ストーカー対策はもちろん、風俗業や警備業などの営業申請から銃刀類所持に至る各種許認可、偽ブランド品の販売や悪質な詐欺行為の取締などなど、起きてしまった事件の解決よりも事件を未然に防ぐことに重きを置いた、〝事案〟をおもに扱う縁の下の力持ち的な部署なのである。

各話で梓たちが携わるそれらの内容を見ていくと、第一話「橋向こうのかぐや／2010年8月」では、四十階建ての新築デザイナーズマンションの一室とは思えないほど荒れ果てた部屋で見つかった、衰弱した幼女の保護。加えて、行方のわからない八歳の長男と母親の捜索。第二話「樹下のひとり法師／２０１０年11月」では、身分を偽り、古い集合住宅にひとりで暮らしていて亡くなった六十代男性の身元調査。第三話「ハーメルンの母たち／２０１１年3月」では、翌週開催のイベント中止を求める脅迫状が届いた私立幼稚園からの相談と差出人の捜索およびイベント当日の警戒。第四話「鏡の中のラプンツェル／２０１１年4月」では、ガールズバーに勤める二十代女性からの執拗なストーカー行為の相談と犯人の割り出し。そして第五話「路傍のハムレット／２０１１年6月」では、同じアパートの住人だという男に金を騙し取られた主婦からの相談と東日本大震災の被災者を騙った詐欺事件の捜査。いずれも当事者にとっては重大かつ深刻な事態ではあるが、ニュースや新聞で大々的に採り上げられ、世間を震撼させるようなものではない。

しかし、だからといって本作を、捜査一課や公安の刑事が活躍する諸作品よりも地味で迫力に欠け、劣ると決めつける向きがもしあるなら、それは大きな間違いであると断言する。なぜなら、派生と細分化を繰り返し続ける膨大な警察小説のなかでも本作は、このジャンルの世界的二大双璧——エド・マクベイン〈87分署〉シリーズとマイ・シューヴァル&ペール・ヴァールー〈刑事マルティン・ベック〉シリーズの流れを汲む——といっても過言ではない、王道あるいは正統的な型を備えた、誠に滋味深い読み応えをもたらす指折りの作品なのである。

一九五六年に発表された第一作『警官嫌い』以降、約半世紀にわたって書き継がれ、警察小説の礎を築いた〈87分署〉シリーズは、スティーブ・キャレラ二級刑事をはじめとする刑事課の面々の活動と私生活をリアルに活写するとともに、ニューヨークをモデルにした架空の都市――アイソラという〈街〉が主役ともいえる大河小説であった。

いっぽう、『笑う警官』を代表作とする計十作を用いてスウェーデンの一九六四年から七四年の十年間を描いた〈刑事マルティン・ベック〉シリーズは、魅力的な登場人物と緻密な構成によって描かれる捜査、当時の社会に鋭い目を向けた作風が最大の特徴である。両シリーズの持つ美点は本作にいくつも重ねることが可能であり、このような観点から一読すると前述の〝王道あるいは正統的な型を備えた〟という見解にも、ご納得いただけるだろう。

では、なぜ福田和代は、そうした由緒正しい型に花形といわれる部署ではなく生活安全課の刑事を当てはめたのか。そこには、変化の大きなうねりに立ち向かうよりも、うねりの根本にある微動を見つめ、手を差し伸べる存在への強い想いが感じられる。

福田和代は長編二作目『TOKYO BLACKOUT』（東京創元社）の文庫版あとがきで、「世の中と人々を支える、〈名もなき〉人々を書くのが好きです。／（略）私たちが当然のように享受している日常生活を維持するために、多くの人々が自分の持ち場を守っています。何かに失敗し、〈あたりまえ〉のことが〈あたりまえ〉でなくなったときには、突き刺すような非難が待ちかまえているのですが、ふだんは、あまりその努力を称賛されることはありません。／そういう仕事や、それに携わる〈名もなき〉人々のことを、私は書かなければいけない。／そのために、小説を書いているのだという気がするのです」と固い決意を込めて述べている。この強い信念と深い眼差しが、時代、舞台、登場人物すべてに最高の形で注がれ、丁寧に紡ぎ上げられた本作は、まさにキャリアを代表する一作だといえよう。

二〇一一年の梓は、自身の職務を「ゾーンが〈街〉になる変化を見守ること」だと述懐していた。本稿執筆時（二〇一五年四月）に改めて読み直してみると、思わず「いまも豊洲を見守り続ける梓の目に、〈街〉の兆しは見え始めただろうか――」などと考えてしまう。そしてもうひとつ、本作は日々変わり続ける東京の一瞬を見事に切り取った小説であると同時に、いまよりも未来で輝きを増す稀有な物語であると思えてならない。時が過ぎ、読者がリアルタイムで目にしている豊洲と梓が見守る豊洲を引き比べたなら、きっとそこには、急激な環境の変化にも揺るがぬ〝〈名もなき〉人々〟の心情や生き方、仕事に対する姿勢といった倣うべき人間の資質が、より際立って映るに違いないのだから。

（うだがわ・たくや／ときわ書房本店）

本作品は、二〇一二年八月に小社より『ＺＯＮＥ　豊洲署刑事 岩倉梓』として刊行された単行本を改題したものです。

ハルキ文庫

ZONE（ゾーン） 豊洲署生活安全課（とよすしょせいかつあんぜんか） 岩倉梓（いわくらあずさ）

著者 福田和代（ふくだかずよ）

2015年5月18日第一刷発行

発行者 角川春樹

発行所 株式会社角川春樹事務所
〒102-0074 東京都千代田区九段南2-1-30 イタリア文化会館

電話 03(3263)5247(編集)
03(3263)5881(営業)

印刷・製本 中央精版印刷株式会社

フォーマット・デザイン 芦澤泰偉
表紙イラストレーション 門坂 流

ISBN978-4-7584-3900-8 C0193 ©2015 Kazuyo Fukuda Printed in Japan
http://www.kadokawaharuki.co.jp/[営業]
fanmail@kadokawaharuki.co.jp[編集] ご意見・ご感想をお寄せください。

ハルキ文庫

二重標的（ダブルターゲット） 東京ベイエリア分署

今野 敏

若者ばかりが集まるライブハウスで、30代のホステスが殺された。
東京湾臨海署の安積警部補は、事件を追ううちに同時刻に発生した
別の事件との接点を発見する——。ベイエリア分署シリーズ。

硝子（ガラス）の殺人者 東京ベイエリア分署

今野 敏

東京湾岸で発見されたTV脚本家の絞殺死体。
だが、逮捕された暴力団員は黙秘を続けていた——。
安積警部補が、華やかなTV業界に渦巻く麻薬犯罪に挑む！（解説・関口苑生）

虚構の殺人者 東京ベイエリア分署

今野 敏

テレビ局プロデューサーの落下死体が発見された。
安積警部補たちは容疑者をあぶり出すが、
その人物には鉄壁のアリバイがあった……。（解説・関口苑生）

神南署安積班

今野 敏

神南署で信じられない噂が流れた。速水警部補が、
援助交際をしているというのだ。警察官としての生き様を描く8篇を収録。
大好評安積警部補シリーズ。

警視庁神南署

今野 敏

渋谷で銀行員が少年たちに金を奪われる事件が起きた。
そして今度は複数の少年が何者かに襲われた。
巧妙に仕組まれた罠に、神南署の刑事たちが立ち向かう！（解説・関口苑生）

残照

今野 敏

台場で起きた少年刺殺事件に疑問を持った東京湾臨海署の
安積警部補は、交通機動隊とともに首都高最速の伝説のスカイラインを追う。
大興奮の警察小説。（解説・長谷部史親）

陽炎 東京湾臨海署安積班

今野 敏

刑事、鑑識、科学特捜班。それぞれの男たちの捜査は、
事件の真相に辿り着けるのか？　ST青山と安積班の捜査を描いた、
『科学捜査』を含む新ベイエリア分署シリーズ。

最前線 東京湾臨海署安積班

今野 敏

お台場のテレビ局に出演予定の香港スターへ、暗殺予告が届いた。
不審船の密航者が暗殺犯の可能性が——。
新ベイエリア分署・安積班シリーズ！（解説・末國善己）

半夏生 東京湾臨海署安積班

今野 敏

外国人男性が原因不明の高熱を発し、死亡した。
やがて、本庁公安部が動き始める——。これはバイオテロなのか？
長篇警察小説。（解説・関口苑生）

花水木 東京湾臨海署安積班

今野 敏

東京湾臨海署に喧嘩の被害届が出された夜、
さらに、管内で殺人事件が発生した。二つの事件の意外な真相とは⁉
表題作他、四編を収録した安積班シリーズ。（解説・細谷正充）

ハルキ文庫

笑う警官
佐々木 譲

札幌市内のアパートで女性の変死死体が発見された。
容疑をかけられた津久井巡査部長に下されたのは射殺命令——。
警察小説の金字塔、『うたう警官』の待望の文庫化。(解説・西上心太)

警察庁から来た男
佐々木 譲

北海道警察本部に警察庁から特別監察が入った。やってきた
藤川警視正は、津久井刑事に監察の協力を要請する。一方、佐伯刑事は、
転落事故として処理されていた事件を追いかけるのだが……。(解説・細谷正充)

警官の紋章
佐々木 譲

北海道警察は洞爺湖サミットのための特別警備結団式を一週間後に控えて
いた。その最中、勤務中の制服警官が銃を持ったまま失踪。津久井刑事は
その警官の追跡任務を命じられる。シリーズ第三弾。(解説・細谷正充)

巡査の休日
佐々木 譲

よさこいソーラン祭りで賑わう札幌で、以前小島巡査が助けた村瀬香里の
元に一通の脅迫メールが届く。送り主は一年前に香里へのストーカー行為で
逮捕されたはずの鎌田だった……。シリーズ第四弾。(解説・西上心太)

密売人
佐々木 譲

警察協力者連続殺人事件。次の報復の矢は何処へ向かうのか——。
狙われた自分の協力者を守るため、佐伯警部補の裏捜査が始まる。
シリーズ第五弾。(解説・青木千恵)
